conte

「어제는 잠도 못 잤어.」

「우리가 하는 걸 눈앞에 보여주는 거야.」

「있지, 내 몸, 마음대로 해도 돼.」

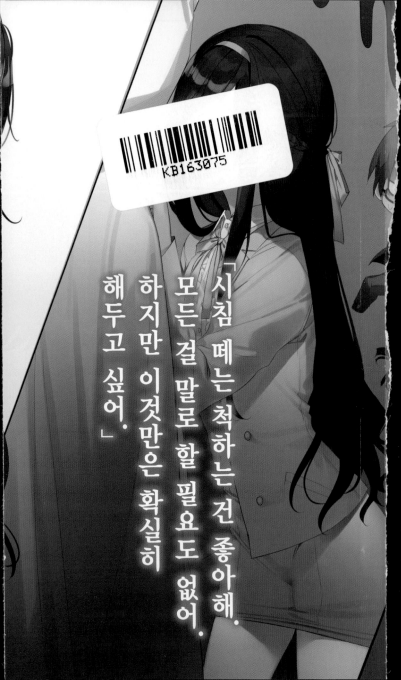

「시침 떼는 척하는 건 좋아해.

모든 걸 말로 할 필요도 없어.

하지만 이것만은 확실히

해두고 싶어.」

"지금 질투해줬지?"

"뭐, 그렇지."

"나, 키리시마가 그 표정 짓는 거 참 좋더라."

"하야사카도 비뚤어졌단 말이지."

"걱정 마. 나, 제대로 키리시마를 좋아하니까."

"두 번째지."

"응, 두 번째로."

그렇게 말하고 하야사카는 앞의 두 사람이 눈을 뗀 틈을 타 내 손을 쥐었다. 그리고 손을 쥔 순간 스위치가 켜졌는지 곧 몸을 찰싹 붙였다. 니트 위로 솟아오른 가슴이 팔에 밀려 들어오며 따뜻한 숨결이 느껴졌다.

하야사카는 어딘가 불건전함을 내포한 좋아한다는 감정을 전신으로 표현한다. 만약 그것에 지나쳐가는 남자들이 시선에 품고 있던 것과 같은 욕정으로 답한다면 엄청난 일이 벌어질 것 같다, 그렇게 생각했다. 그리고 그래 보고 싶다는 충동에 내달렸다.

그러나 우리는 황급히 몸을 뗐다. 갑자기 타치바나가 돌아봤기 때문이다.

"부장, 왜 그래?"

의아한 얼굴로 고개를 갸웃거리는 타치바나.

"아무것도 아니야."

"……그래. 그럼 됐고."

타치바나는 다시 야나기 선배와의 대화로 돌아갔다.

"하야사카, 자제하는 게 좋겠다."

"으, 응. 미안해, 왠지 분위기에 휩쓸려서……."

휩쓸릴만한 분위기는 전혀 아니었던 것 같았으나, 그 말은 입에 담지 않기로 했다.

"있지, 키리시마."

하야사카가 다시 작은 목소리로 말을 걸어왔다.

"우리 있지, 여름 합숙 때 타치바나 앞에서 키스했잖아."

"그랬지."

"그거, 없었던 일이 된 걸까?"

"적어도 나와 타치바나 사이에서 그 얘길 건드린 적은 없는데."

"나도 아무렇지도 않게 타치바나랑 사이좋게 지내면서 같이 옷도 사러 나가고 그래."

"흐뭇해서 보기 좋은걸."

"하지만 나랑 키리시마가 아직 그런 걸 하고 있다고 생각할지도 몰라. 연습 남친이라고 변명해버려서."

"괜찮아. 무슨 말을 한들 타치바나에겐 선배가 있으니까."

하야사카와 대화를 나누며 천천히 걸어가는 사이 타치바나와 야나기 선배와의 거리가 점점 벌어졌다. 선배가 노력한 보람이 있어 대화가 성립됐는지 무척 친밀한 분위기였다.

"타치바나랑 야나기 선배는 미남미녀라 누가 봐도 잘 어울리는 한 쌍이지."

"흐음, 그래~ 그렇구나~."

옆을 걷는 타치바나는 내 얼굴을 올려다보며 말했다.

"그럼 키리시마랑 타치바나가 서로 좋아하고 있다는 건 내 착각인 거지?"

"어?"

나는 무심코 되묻고 말았다.

그러나 하야사카는 "으응." 하고 고개를 저었다.

그리고 어딘가 텅 빈 것처럼도 보이는 눈빛으로 말했다.

"열심히 선배를 꼬드겨야겠다. 안 그러면 난 아무런 가치도 없으니까——."

선배가 데리고 간 곳은 최근 막 생긴 영화관이었다. 커다란 상업 빌딩이었고 다른 층에는 오락실과 식당가가 있었다.

"상영 시간까지 좀 남았으니 커피라도 마실까."

선배가 그렇게 말해서 카페에 들어가 담소를 나누게 되었다.

사각형 테이블에 2:2로 마주 보고 앉았다. 내 옆이 하야사카, 선배 옆이 타치바나였다. 자리에 앉으며 타치바나가 무척 자연스럽게 선배 옆에 자리를 잡아 선배는 조금 기뻐 보였다.

커피를 마시며 대화를 나누었다. 말을 꺼내는 것이 서툰 하야사카는 줄곧 듣고만 있었다.

이대로 가다간 평소와 다름없다.

그래서 나는 테이블 아래에서 스마트폰을 조작해 하야사카에게 메시지를 보냈다.

'호의의 상호성 규범'

그것을 확인한 하야사카는 테이블 아래에서 손가락을 움직여 알았다고 말하려는 듯이 내 허벅지에 동그라미를 그렸다. 손가락의 움직임이 야릇하다.

하야사카는 선배가 자신을 돌아보게 하고 싶었다. 그리고 우리는 아무런 계획도 없이 오늘을 맞이한 것이 아니었다.

영화관에 가기로 정한 날, 텅 빈 교실에서 우리는 계획을 짰다.

"심리학에는 '호의의 상호성 규범' 이라는 게 있어."

"나왔다. 키리시마스러운 거."

"미스연 노트에 적혀있던 게 다라니까."

과거 미스연에 재적한 졸업생이 남긴 통칭 '연애 노트'.

IQ가 180이었다는 소문이 남아있는 그 졸업생은 재학 중 연애 미스터리를 쓰려다가 욕망이 엉뚱한 곳으로 폭주해 사랑의 비법서를 완성시켰다. 그것이 연애 노트이다.

귓가에 미스터리라는 영문 모를 게임이 수록되어 있거나 심리학에 기반을 둔 여자아이와 친해지는 방법 같은 것이 실려있기도 했다.

호의의 상호성 규범 또한 그러한 심리학적 접근법 중 하나였다.

"사람은 남이 호의로 대하면 똑같이 호의로 대하고 싶어지는 심리적 경향이 있어."

"그래서?"

"자길 좋아해 주는 사람을 좋아하게 되는 거지."

누구나 경험이 있을 것이다.

"그럼 난 선배를 좋아한다고 솔직하게 태도로 표현하면 돼?"

"그렇게 되겠지?"

"그래도 난 그런 걸 말할 수 있는 처지도 아니고 내일은 타치바나가 있는걸……."

"그러니까 아무튼 칭찬하면 돼."

좋아한다며 말로 표현하는 것만이 호의가 아니다. 여성 잡지에서는 관심 있는 상대에게 구애하는 방법으로 이성을 칭찬한다는 방법이 자주 소개된다. 단순하지만 그 방법엔 심리학적 근거가 있다.

"그럼 난 선배를 잔뜩 칭찬하면 되는 거구나?"

"그러면 선배는 하야사카에게 홀딱 빠지는 거지!"

"해 볼게!"

그리하여 장면은 카페로 돌아와──.

나는 커피에 입을 대기도 하고 선배의 이야기에 맞장구를 치기도, 조용히 있는 타치바나를 곁눈질로 보기도 하며 테이블 아래로 다시 하야사카에게 메시지를 보냈다.

'선배 옷 처음 보는 거야. 최근에 산 게 아닐까?'

칭찬하면 분명 좋아할 것이다.

하야사카는 스마트폰을 보고 고개를 끄덕인 뒤 대화가 일단락되자 머뭇머뭇 입을 열었다.

"그, 저기……."

긴장해서 그런지 시선은 아래를 향했다.

"역에서 만났을 때부터 생각했는데……"

그거야, 힘내.

"옷이 참 멋진 것 같아서……"

조금만 더.

"타치바나 옷 말야!"

나는 무심코 커피를 뿜었다. 그쪽이 아니잖아.

"무척 멋져서 잘 어울려!"

"그, 그런가?"

고개를 갸웃거리는 타치바나. 당연하다. 오늘 그녀는 어느 쪽인지 굳이 말하자면 평소보다 힘을 덜 준 차림새였다. 그러나 하야사카는 멈추지 않았다.

"응, 막 하이 센스해! 타치바나, 패션 피플이야!"

"고, 고마워……."

긴장과 부끄러움 때문에 아슬아슬한 지점에서 칭찬할 상대를 타치바나로 변경해버린 모양이다.

'상대가 틀렸거든.'

나는 다시 책상 아래로 메시지를 보냈다.

'그리고 선배, 머리도 깎았어.'

하야사카는 그것을 보고 고개를 주억거리곤 이쪽을 향해 엄지를 세웠다.

아, 글렀다. 전혀 전해지지 않았다. 이젠 감추지조차 않는다.

기시감이 느껴지는 상황. 전혀 성공할 것 같지 않았지만 하야사카의 도전은 계속됐다.

또 대화가 일단락되자 하야사카는 선배에게 말을 걸었다.

"아까부터 생각했는데……"

이번에는 제대로 선배를 바라보고 있다.

"참 좋은 것 같더라고요."

그리곤 고개가 빙글 돌아갔다.

"타치바나 헤어 스타일이!"

뻔할 뻔자네!

"항상 느꼈거든. 뒤로 묶거나 원 랭스 커트를 하거나 오늘처럼 내추럴한 느낌을 낸 것도 너무 좋은 것 같아!"

"그런가?"

또다시 고개를 갸웃거리는 타치바나.

타치바나의 머릿결이 아름다운 것은 사실이었고 또 기분에 따라 헤어 스타일을 바꾸기도 했다. 그러나 지금은 머리가 뻗쳐있었다. 길에서 야구 모자를 쓰고 있던 것은 이 뻗친 머리를 감추기 위해서였다.

오늘의 타치바나는 어느 쪽인지 굳이 말하자면 의욕이 없었다. 아니, 그보다는 완벽하게 대충 차려입었다.

그러나 그런 것은 아랑곳하지 않고 하야사카는 눈을 빙글빙글 놀리며 파죽지세로 타치바나를 계속 칭찬했다. 외모뿐만 아니라 취미, 내면까지. 선배를 향한 뜨거운 마음은 엉뚱한 방향으로 날아가 버렸다. 제구 실력이 엉망인 투수가 폭투를 난무하고 있었다.

"히카리는 여자한테도 호감을 사는구나."

선배는 흐뭇하다는 듯이 말했다.

"글쎄. 쌀쌀맞다곤 자주 듣는데."

"그래도 하야사카는 좋아하나 본데."

응, 하고 타치바나는 쑥스러운지 머리카락을 만지작거렸다.

"왠지 나도 하야사카가 좋아졌어."

굉장한걸, 호의의 상호성 규범, 효과가 대단해.

그래도 그쪽이 아니란 말이지! 그렇게 생각하고 있자 스마트폰이 진동을 울렸다. 확인하니 하야사카가 보낸 메시지였다.

'한 번만 더! 선배한테 뭔가 말 걸어줘!'

하야사카, 오늘은 굳센걸.

나는 순순히 마지막으로 한 번만 더 화제를 던졌다.

"선배, 풋살은 요즘 어때요?"

"축구보다 코트는 작지만 공 차는 건 역시 즐겁더라."

"초보자도 많죠?"

"그런 사람은 내가 가르치지."

"하야사카도 배워?"

나는 하야사카에게 말을 돌렸다.

"응, 친절하게 가르쳐줘서 배우고 있어."

쑥스러운 듯이 고개를 숙이는 하야사카.

"난 서툴고 실수만 해서 도움을 받을 때가 많거든."

귀까지 새빨갛다.

"친절함에 항상 도움만 받아. 그래서 있지, 엄청 고맙다고 생각해."

그래그래, 선배에게 말이지.

그렇게 생각하던 차, 하야사카는 갑자기 내게 고개를 돌렸다.

"키리시마에게!"

"나?!"

엄청난 각도로 들어오는걸! 아무리 생각해도 선배에게 고맙다고 말해야 할 상황이잖아.

그러나 하야사카는 빠르게 재잘거렸다.

"항상 고마워. 내가 곤란하면 꼭 도와주고 은근슬쩍 거들어주고 격려해줘서, 정말 고마워, 키리시마. 앞으로도 잘 부탁해!"

그걸 전부 선배한테 말하라니까, 그렇게 생각했으나 하야사카는 '난 바보야~~ 누가 좀 말려줘~~' 라고 말하는 것처럼 울다가 웃는 표정 그대로 날 향해 얘기를 계속했으니, 결국 하야사카는 평소와 다름이 없었다.

"키리시마랑 하야사카는 역시 좋은 콤비구나."

사귀는 게 좋을 것 같은데? 그런 뉘앙스로 선배가 말했다.

여기서 타임 업, 영화 시간이 다가와 카페를 나섰다.

"미안해, 키리시마."

영화관으로 향하던 도중 에스컬레이터에서 하야사카가 중얼거리듯이 말했다.

"긴장하면 정말 엉망이 돼."

"오늘은 노력한 편이잖아."

"키리시마랑 단둘이면 말도 잘할 수 있는데."

에스컬레이터의 두 계단 위에는 선배와 타치바나가 나란히 서 있었다. 스쳐 지나가는 사람에겐 어엿한 연인처럼 보일 것이다.

영화관에 도착해 표를 뽑고 팝콘을 사서 좌석에 앉았다.

왼쪽부터 선배, 타치바나, 나, 하야사카 순서로 나란히 앉게 되었다. 팝콘은 두 개였고 역시나 선배와 타치바나가 하나를, 나와 하야사카가 다른 하나를 나누어 먹었다. 그러한 조합이 암묵 속에서 완벽하게 완성되어 있었다.

영화는 청춘을 아름답게 그린 보이 미트 걸이었다.

푸른 하늘 아래, 남자아이가 언덕 위에 있는 여자아이를 향해 선 채로 자전거 페달을 밟았다.

그런 클라이맥스 신을 바라보며 역시 사랑은 이렇게 상큼해야지, 그렇게 생각했다. 그때였다.

'잠깐, 하야사카!'

상영 중이라 나는 소리는 내지 않고 입만 움직여 전했다.

하야사카가 팔걸이 위에 놓여있던 내 손을 쥔 것이다.

'어두우니까 괜찮아.'

하야사카의 입이 그렇게 움직였다.

나는 슬쩍 왼쪽 옆을 보았다.

타치바나도, 그 너머에 있는 선배도 스크린에 집중하고 있었다.

"오늘은 잔뜩 힘냈으니까 상 줘."

하야사카가 귓가에 속삭였다. 아무리 그래도 옆에 타치바나와 선배가 앉아있는 상황에선 좀, 그렇게 생각한 나는 일단 무시하고 스크린에 시선을 집중했다. 영화는 곧 끝난다.

하지만 그러고 있으려니 하야사카가 귀에 숨을 불어넣거나 살포시 귀를 깨물기 시작했다. 점점 숨결이 촉촉하게 젖고 숨도 거칠어졌다. 나 원 참.

어쩔 수 없이 나는 그 손을 맞잡았다. 그러자 하야사카는 어두운 극장 안에서도 알아챌 만큼 기쁜 표정을 짓고서 어깨에 고개를 얹고 어리광을 부렸다. 하야사카는 달라붙는 것을 좋아했다.

한동안 그렇게 있었다.

그러나 엔딩 크레딧이 올라가기 시작했을 때——.

"여름 합숙."

문득 하야사카가 중얼거렸다. 내게만 들릴만한 작은 목소리로.

"내가 나가고서 그 방에서 타치바나랑 뭐 했어?"

스크린의 불빛이 비치는 그 얼굴은 어딘가 공허했다.

"……아무 일도 없었지?"

무감정한 목소리를 듣고서 나는 무심코 고개를 끄덕였다.

하야사카가 손에 힘을 주어 맞잡은 손이 조금 아팠다.

"……타치바나와는 아무 일도 없었던 거지?"

"…………응."

내가 다시 고개를 끄덕이자 하야사카는 표정을 점점 만면의 미소로 바꾸며 "그럴 줄 알았어!"라고 말하려는 듯이 기쁜 표정으로 팔에 달라붙었다.

주변에 들리지 않도록 내 옷에 얼굴을 갖다 대며 말했다.

"응, 역시 키리시마야. 최고의 키리시마야. 나만의 키리시마야. 키리시마가 날 배신할 리 없지. 나도 참 바보야, 이상한 생각이나 하고. 키리시마는 날 소중히 대해주고, 날 받아들여 주고, 날 기분 좋게 해주는데——."

하야사카는 줄곧 입안에서 중얼거리길 반복했다.

키리시마, 키리시마, 키리시마, 키리시마, 키리시마………….

◇

돌아가는 길, 나는 하야사카를 업고 있었다.

왜 이렇게 되었는가.

영화관 앞에서 해산했을 때, 하야사카는 선배 곁으로 달려갔다. 오늘은 고마웠다고 전하려 했던 모양이다. 그러나 하야사카는 덜렁이라 곁으로 가기도 훨씬 전에 고꾸라졌고, 신발의 힐까지 부러뜨리고 말았다. 걸을 수 없게 된 하야사카를 보고 선배가 말했다.

"키리시마, 부탁한다."

체격적으로 업는 건 선배가 적임이겠으나 타치바나가 있는 이상 선배가 하야사카를 업을 순 없었다. 게다가 선배는 나와 하야사카를 이어주려 했다.

"잘 가, 난 히카리 바래다주고 갈 테니까."

"하야사카, 괜찮아?"

타치바나가 묻자 하야사카는 "응." 하고 고개를 끄덕였다.

"난 덜렁대서 자주 이러거든. 괜찮아."

"그렇다면야 다행인데. 저기, 하야사카. 다음에 같이 또 놀자."

"응! 여자들끼리 노는 거 재밌으니까!"

"그럼, 또 봐. 부장도 바이바이."

오늘 타치바나는 평소보다 말수가 적었구나, 하고 느꼈다.

이런 식으로 해산하게 되어 나는 지금 하야사카를 업고 귀로에 오른 것이었다.

"난 진짜 구제불능이야아아!"

등에서 하야사카가 소리를 높였다.

"자꾸 움직이면 떨어져."

"우와아아아앙!"

손발을 다 내던지며 버둥거리는 하야사카. 튀어 오른 가슴이 리드미컬하게 등에 맞닿았으나 재질이 탄탄한 속옷을 입고 있는지 그다지 감촉은 느껴지지 않았다. 굳이 말하자면 내 몸을 사이에 둔 허벅지의 부드러움에 의식이 쏠렸다.

"제대로 하려고 했어, 선배가 날 돌아보도록, 진짜로 진짜로, 열심히 했단 말야!"

"알았대도."

하야사카는 울먹이며 코를 훌쩍였다. 정신없는 틈을 타 내 등에 닦았군.

"스스로가 한심해……."

"아니야, 안 그래."

달래듯이 흔들자 하야사카는 점점 침착을 되찾았다.

노을 진 거리, 오늘 하루가 끝나감을 느낀다. 해가 저무는 것이 빨라졌다. 여름은 완전히 지나가 늦가을로 접어들고 있었다. 이렇게 계절이 변해가듯이 우리의 관계도, 우리 자신도, 줄곧 제자리에 머무르지 못하고 변해간다. 그렇게 생각했다.

"있지, 키리시마."

"왜?"

"나, 안 무거워?"

"딱히."

"그래도 나, 조금 부담스러운 여자인데?"

"난 괜찮아."

"에헤헤."

하야사카는 팔에 힘을 주어 더 세게 매달렸다. 거리를 걷는 사람들이 우리를 바라보았다. 사랑이 무거워 부담스러운 *멘헤라 여자친구를 등에 짊어진 남자친구로 보이고 있음이 틀림없겠으나, 실제로 그 말대로이니 어쩔 수 없다. 그리고 그만한 호의를 여자아이에게 무조건으로, 대량으로 받고 있다는 사실은 역시나 기뻤다.

"호의의 상호성 규범 있잖아, 그거 진짜였구나."

하야사카는 어리광 섞인 목소리로 말했다.

"나, 키리시마가 다정하게 대해줘서 점점 좋아졌는걸. 키리시마는?"

---

*멘헤라 : 정신적으로 불안하며 주변을 휘두르는 사람을 가리키는 일본의 신조어.

"나도 하야사카가 점점 좋아지고 있어."

"기뻐라."

자신을 좋아해 주는 사람을 좋아하게 되는 것은 무척 자연스러운 일이다.

상대가 먼저 좋아해 주어서 이쪽도 마음껏 좋아할 수 있다.

그러나 우리는——.

"괜찮아, 잘 아니까."

하야사카가 말했다.

"그래도 어렵다. 결국 오늘도 선배랑 타치바나, 키리시마랑 나, 이런 식으로 조합이 짜여버렸고."

"저쪽은 약혼한 사이니까."

"선배, 타치바나를 바래다주고 간댔는데, 아니겠지?"

"아마도."

이후 둘이서 식사라도 하겠지. 그리고 선배는 타치바나를 집까지 배웅하고 갈 것이 틀림없다. 이, 어딘가 애달픈 가을밤에 특별한 분위기가 되지 않는다곤 단언할 수 없다.

"타치바나, 제대로 약혼자였지."

"그러게. 꼭 선배 옆에 있더라."

"의외로 고풍스러웠어. 세 걸음 뒤에서 따라갔고."

"거기까진 못 봤는데."

"키리시마, 지금 풀 죽었지?"

"안 죽었어."

"키리시마는 질투하며 즐기는 버릇이 있잖아~."

하야사카는 재미있다는 듯이 웃었다.

"앞으로 어쩔까. 선배, 날 여동생처럼 대하거든."

"우선 연애 대상으로 인식하게끔 해야겠지."

선배는 내가 하야사카에게 반한 줄 알고 그 사랑을 도와주려한다. 오늘 우리가 함께 불린 것도, 지금 하야사카를 배웅하고있는 것도 그러한 사정 때문이다.

"선배는 키리시마에게 참 다정하더라."

"중학교 때부터 친하니까."

키리시마는 하야사카를 좋아한다.

그렇게 생각하는 동안 선배가 하야사카를 좋아할 일은 절대로없다. 그 사람은 그런 사람이었다. 하지만 내가 첫 번째로 좋아하는 것이 타치바나라는 것을 밝힐 수는 없었다.

"많이 좋아하는 선배의 약혼자를 좋아하게 되다니, 키리시마도 고생이네."

"뭐, 그렇지."

만약 내가 타치바나와 사귀게 된다면 그것은 선배에 대한 커다란 배신이다.

"그래도 괜찮아."

하야사카가 말했다.

"내가 선배를 돌아보게 만들면 끝나는 얘기인걸. 그러면 약혼은 취소되고 타치바나는 프리가 되겠지? 그 뒤라면 사양할 필요 없잖아?"

"그렇지만, 그런 식이면 하야사카에게 미안하잖아."

"왜? 난 선배를 첫 번째로 좋아하니까, 자연스러운 일이야."

그러니까 있지 하고 하야사카가 말했다.

"선배가 날 돌아보게 할 때까지, 키리시마는 기다려줘야 돼?"

생각 탓인지 내 목에 감긴 하야사카의 팔에 힘이 담겼다.

"나, 제대로 할게. 키리시마가 바라는 대로 할 테니까."

"응."

"그러니까, 선배를 배신하면 안 돼."

"물론이지."

"나쁜 사람은 되지 말아줘."

"……알았어."

그 뒤로 하야사카는 어리광쟁이 모드로 들어갔다.

"조금 못했지만 오늘은 잔뜩 애썼으니까 괜찮아!"

그렇게 말하곤 코를 킁킁대며 목덜미의 냄새를 맡거나 뒤에서 눈을 가리는 것처럼 날 곤란하게 만들며 놀기 시작했다. 장난꾸러기 여자아이다.

나와 하야사카는 두 번째끼리지만 제대로 된 연인 사이이기에 이러한 스킨십은 당연하고 나도 즐겁다. 그러나──.

"나쁜 사람은 되지 말아줘."

하야사카는 그렇게 말했다.

그러나 오늘 나는 나쁜 사람이었다.

영화를 보고 있을 때의 일이다.

하야사카는 모두가 스크린에 시선을 집중하고 있는 줄 알고 팔걸이 위에 놓인 내 오른손을 쥐었다.

내 반대편 손은 팔걸이 아래에 있었다.

이유 없이 팔걸이 아래에 있었던 것이 아니다.

반대편 시트에는 타치바나가 있었다.

그때——.

내 왼손은 타치바나의 조금 차가운 손과 이어져 있었다.

제9화 통금 위반

가을 하면 문화제.

우리 고등학교는 전야제와 후야제가 있어 개최 기간이 조금 길다.

준비는 이미 시작됐다. 같은 반 학생들은 늦게까지 남아있었고 운동장에는 무대 설치가 한창이었다.

"탈출게임이면 그야말로 미스연이란 느낌이 나서 인기가 있을 것 같거든."

학생회장인 마키가 열변을 토했다.

방과 후, 나와 타치바나가 평소처럼 부실에서 쉬고 있자 이 남자가 들어와 미스연도 문화제 때 뭔가를 하라며 말을 꺼낸 것이다.

"……그런 말을 한들 말이지."

원래 부실을 쓰고 싶어서 이름만 빌렸을 뿐인 부 활동이었다. 여름방학에는 기적적으로 그럴싸한 부 활동에 나섰지만, 원래는 나와 타치바나밖에 없는 곳이었고 그 둘이 모두 미스터리 소설을 조금 읽는 정도가 끝이었기에 창작에 대한 모티베이션은 전혀 없었다.

"타치바나는 어때?"

마키가 물어보자 타치바나는 무뚝뚝한 표정으로 대답했다.

"딱히 의견은 없는데, 부장이 한다고 하면 할래. 이 정도야."

"변함없이 냉랭하네. 문화제잖아. 더 신나게 가보자고."

아무튼, 하고 마키가 말했다.

"뭔가 생각 좀 해줘. 안 그러면 고문인 미키 누나도 입장이 난처하다고."

알았다 알았어 하고 내가 말했다. 생각만이라면 공짜다.

"그보다 아직도 계속 사귀는구나."

"뭐, 그렇지. 미키 누나는 일 때문에 고민할 때가 많아서 내가 옆에 있어 줘야 하거든."

이 마키라는 남자는 대학 졸업 2년째인 교사와 사귀고 있었다. 영어 담당인 미키 선생님. 미스연의 고문이기도 해서 부 활동 실적이 없으면 그녀가 직원회의 때 궁지에 몰리게 된다.

"그렇게 됐으니 부탁한다. 일단 이거, 주고 갈 테니까."

마키가 티켓을 두 장 건네주었다.

"뭐야, 이게."

"놀이동산 거야. 귀신의 집도 있고 탈출게임도 하고 있으니 참고가 될 거다."

그 말만을 남기고 마키는 바쁜 듯이 부실을 빠져나갔다. 학생 회장이라 문화제에 관해서도 여러 일이 있을 것이다. 어수선한 분위기는 마키와 함께 사라졌고 조용한 분위기가 돌아왔다.

타치바나와 나만의 공간, 소설의 페이지를 넘기는 소리만이 교실에 울렸다.

싸락눈이 쌓이는 듯한, 그린 침묵.

한동안 그러고 있다가——.

"자, 그럼. 학생회장도 사라졌으니."

타치바나가 책을 내려놓고 천천히 일어섰다.

"부장, 커피 줘?"

"응."

타치바나가 사이폰으로 커피를 내렸다. 사이폰식 커피란 간
단하게 말하면 내리는 데 손이 많이 가는 커피를 말한다. 여름
방학 개학 후 바로 타치바나는 이를 위한 도구를 부실에 들고 왔
다. 그리고 매일 내게 커피를 내려주었다.

"자, 부장."

테이블 위에 컵을 두 잔 내려놓았다.

"고마워."

"이 정도로 뭘."

타치바나는 그렇게 말하고 새침한 얼굴로 내 옆에 앉았다. 부
장과 부원의 거리감이라고 하기엔 너무 가깝다. 무엇보다 타치
바나는 야나기 선배와 약혼한 사이다. 그러나——.

짧은 치마에서 뻗어 나온 하얀 허벅지가 내 다리에 딱 맞닿았
다.

"타치바나…… 이 부실은 넓어."

"설탕은 하나면 돼?"

"소파도 누워도 될 만큼 비었잖아. 조금 더 공간을 넓게 써도

돼. 아무리 그래도 이건 너무 달라붙었어."

"오늘은 조금 진하게 내렸어. 시로 입에 맞으면 좋을 텐데."

"저기, 타치바나, 내 말 들려?"

요즘 타치바나는 날 위해 열심히 커피를 내려주었고 둘만 있을 때는 시로라며 성이 아닌 이름을 불렀다. 그리고 마주 보고 앉는 것을 극단적으로 싫어하며 옆으로 나란히 앉으려 했다.

"시로랑 있으면…… 아직 조금 긴장돼……."

"대화가 성립하질 않는단 말이지."

"서로 좋아한다는 건 굉장하구나."

타치바나는 냉랭한 분위기 그대로 눈을 내리깐 채 계속 얘기했다.

"시로는 다른 여자에겐 할 수 없는 걸 나한테 해도 돼. 거꾸로 나도 다른 남자에게 해선 안 되는 걸 시로에게 해도 되지."

"아니, 뭐든지 해도 되는 건 아니지 않을까?"

"그래도 돼."

"아, 이제야 말이 통했네."

"그야 난 상대가 시로라면 뭘 해도 기쁠 테니까."

"극단적이란 말이지."

그리고 아마도 나 또한 그럴 것이다. 타치바나가 상대라면 무슨 짓을 당해도 기쁘다. 그것이 첫 번째로 좋아한다는 것일지도 모른다.

"우린 아무렇지도 않은 얼굴로 함께 있지만, 이제, 무슨 일이 벌어져도 이상하지 않아. 아주 살짝 발을 들이밀기만 해도 감정의 보를 무너뜨릴 수도, 그 감정에 몸을 맡기고 서로의 마음을 확인하는 것도, 뭐든 가능해. 그렇게 생각하니까…… 조금 긴장돼…….”

그렇게 말하며 타치바나는 그 가냘픈 몸을 내게 맡기려 했다.

방과 후의 부실에서 특별한 분위기를 지닌 첫 번째로 좋아하는 여자아이를 안아주고 싶다. 그렇게 생각했다.

그러나── 나는 그 몸을 밀어냈다.

“왜?”

타치바나의 아름다운 미간에 주름이 갔다.

“왜 이러는 건데?”

“몇 번이나 말했잖아. ‘두 번째 여친이라도 괜찮아.’ 라고 한 거, 난 받아들인 거 아니야.”

여름 합숙 때 나는 처음으로 타치바나와 키스했다. 그때, 그녀가 말했다.

내가 지금처럼 하야사카와 알콩달콩 지낼 수 있도록──.

내가 변함없이 야나기 선배와 사이좋게 지낼 수 있도록──.

그러면서 타치바나와도 연인이 될 수 있도록──.

‘나는 두 번째 여친이라도 괜찮아.’

그때는 그대로 줄곧 키스를 나누고 말았다. 그러나 합숙이 끝난 이후로 타치바나가 쑥스러워하며 다가올 때마다 나는 그녀를 밀어내고 있었다.

“너무 부도덕해. 선배 몰래 이런 짓을 하다니.”

“아직도 착한 사람이고 싶구나.”

타치바나의 표정이 차가워졌다.

"그런 시로는, 싫어."

"그렇다고 해도 좋지 않은 건 좋지 않은 거야. 만약 우리가 그런 짓을 하고 있단 걸 하야사카가 안다면 어떻게 생각할지."

"하야사카랑은 그냥 연습이잖아?"

타치바나는 나와 하야사카가 두 번째끼리 사귀고 있다는 사실을 모른다. 하야사카에겐 달리 좋아하는 사람이 있고 나를 연습 상대로 삼고 있을 뿐이라는 '연습 남친'이란 변명을 믿고 있다. 그러나 타치바나는 감이 좋다. 영원히 감출 수 있을 리가 없다.

"혹시, 아니야?"

푸른 빛이 도는 눈동자가 나를 붙잡고 놓아주지 않았다. 그러나 곧 "뭐. 무슨 상관이람." 하고 타치바나는 이야기를 마쳤다.

"하야사카가 시로를 진심으로 좋아하더라도 아무래도 좋아. 난 두 번째라도 괜찮으니까."

그러니까 몰래 나쁜 짓 하자——.

그렇게 말하며 내 넥타이를 붙잡고 얼굴을 끌어당겨 키스하려 했다.

입술이 닿기 직전, 나는 또 어깨를 붙잡아 멈췄다.

"타치바나도 하야사카랑은 친구잖아."

둘은 요즘 사이가 좋았다. 쉬는 시간, 우리 교실에 타치바나가 하야사카와 함께 있기도 했다. 앉아있는 하야사카의 뒤에서 타치바나가 머리를 땋아주기도 하는 모습이 무척 여자애들 같았다. 모두의 말을 빌리면 몹시 '귀중한' 광경이라나.

"휴일에 같이 외출하기도 하는 건 맞는데."

"하야사카도 저래 보이지만, 자길 대등하게 대해줄 친구가 거의 없어. 그래서 타치바나와 알게 돼서 기쁠 거야."

"나도 동성 친구가 전혀 없어서 하야사카랑 친해진 건 좋은데."

"그러면 그 친구 몰래 이러는 건 좋지 않잖아."

"그렇지만…… 그렇게 말하면서, 또, 안 해주려는 거구나. 하야사카와는 연습이라도 하면서."

타치바나는 미간에 주름을 새기고 불만스러운 표정을 지었다. 여름 이후로 키스를 한 적이 없었다. 내가 거부했기 때문이다. 그럴 때마다 평소 표정 하나 변하지 않던 여자아이는 욕구불만이 쌓인다. 그런 타치바나의 반응을 좋아하는 나란 남자는, 막돼먹은 남자다.

"영화관에선 손잡아줬으면서."

"그건…….

"뭐, 무슨 상관이람."

그때 나는 타치바나의 손을 뿌리치지 않았다. 그러니 나도 공범이었다. 그러나 타치바나는 그 점을 캐묻지 않았다.

"알았어. 시로는 누구도 배신하고 싶지 않은 거지. 그래서 나와는 지금까지처럼 부장과 부원으로 있으려는 거야."

"……뭐, 그런 셈이지."

"부장이 바란다면 난 그래도 좋아. 약혼자로서 올바르게 행동할게. 부장을 난처하게 만들지 않을게. 나쁜 아이가 아니라 착한 아이로 있을게."

아니, 이제 부장 같은 건 아무래도 좋아. 그렇게 말하고 타치바나는 몸을 떼었다.

"원래부터 하나도 안 좋아했고."

"눈앞에서 들으니 제법 견디기 힘든걸."

"이제부터 남이야."

"극단적이란 말이지."

"그만 갈래. 같이 있어 봤자 하나도 재미없어."

돌아갈 채비를 하던 타치바나는 테이블 위에 놓여있던 것을 눈치챘다. 그리고 한숨을 내쉬고 의욕 없이 그 종잇조각을 주워 들었다.

"이건 어쩔 거야?"

마키가 두고 간 두 장의 놀이동산 티켓.

"어쩔까."

"부 활동 기획을 위해 시찰하러 가는 건 무척 자연스러운 행동 같은데."

"그러게."

나는 잠시 생각한 뒤 말했다.

"그러면 이번 주 토요일이라도 가볼까."

"착각하진 않겠지만 이건 데이트 아니거든? 아무 기대도 하지 마."

"무척 직설적이네."

"그냥 부장과 부원 사이니까."

"알았다니까."

"부장과 단둘이라니 지루해 죽을 거야. 귀찮아. 차라리 혼자 가는 게 낫겠어."

"그 대사, 다른 사람이 들었다면 죽었을걸."

이건 데이트가 아니라 문화제를 위한 단순한 시찰이다.

누구를 배신하는 것도 아니며 양심의 가책을 느낄 일도 전혀 아니다.

단순한 부장과 부원의 관계. 그러나——.

나는 타치바나와 단둘이서 외출한다는 사실을 하야사카와 선배에게 말하진 않을 것이다.

그리고 아마, 타치바나도 그럴 것이다.

타치바나는 사람들의 시선을 끈다. 거리를 걸으면 남자든 여자든 타치바나를 바라본다. 그 반응은 예쁘다거나 그런 느낌이 아니다. 흔한 일상 속에 돌연 자리에 어울리지 않는 아름다운 것이 나타나 모두 무심코 놀라고 마는, 그런 느낌의 반응이다.

주말이 되어 전철에 탔을 때도 그랬다.

탑승객은 너나 할 것 없이 꼭 타치바나를 다시 돌아봤다.

나는 그런 타치바나와 나란히 좌석에 앉았다.

둘이 함께 놀이공원으로 향하고 있었다.

해안의 풍경이 차창 밖으로 흘러간다. 열차는 널널했다. 휴일에 외출하기 위해 나온 것치곤 늦은 시간대였기 때문이다. 바다

위로 햇살이 비쳐 반짝반짝 빛나고 있었다.

'타치바나, 내일 어떻게 할래?'

'낮부터 천천히 가도 되지 않을까? 그냥 시찰 가는 거잖아?'

그런 대화를 어제 전화로 나누었다. 타치바나의 말투는 시종 의욕이 없어 보였다.

아무래도 타치바나는 정말로 내게 관심이 사라진 것 같았다.

"타치바나는 여전히 닛폰방송 들어?"

"그러는 부장은 어차피 분카방송일 거 아냐. 힙한 척한다니까."

"요즘은 TBS 라디오도 체크하지."

"그래? 관심 없는데."

별것 아닌 대화를 나누었다. 문화제 시찰에 어쩔 수 없이 따라온 여자아이란 분위기다.

그리고 대화를 나누는 사이 타치바나는 잠이 들고 말았다. 하지만 어깨가 닿지도, 이쪽에 기대지도 않았다.

"우선 귀신의 집부터 가자. 봐두고 싶어."

놀이공원에 도착하자마자 타치바나가 말했다. 분수가 있는 광장에서 기념 촬영을 하지도 않았거니와 가게에서 머리띠를 사지도 않았다.

귀신의 집을 향해 빠르게 걸었다. 무척 사무적이다.

"그러고 보니 타치바나네 반은 귀신의 집이랬나?"

"뭐, 그런 셈이지."

"타치바나는 뭐 해?"

"귀신."

하얀 원피스를 입고 긴 머리를 얼굴 앞으로 내린다는 모양이다.

"어울리겠는데."

"그 공부도 할 거야."

그 말대로 타치바나는 귀신의 집에 들어가자마자 찬찬히 관찰하듯이 주변을 둘러보기 시작했다. 고택을 모티브로 한 일본풍 호러였다. 어둠 속에서 스산한 음악이 흘러나왔다. 하지만 타치바나는 태연했다.

"타치바나, 이런 거 안 무서워?"

"전혀."

특수 분장을 한 전통복 차림의 여성이 겁을 주러 와도 타치바나는 도망치지 않고, 오히려 가까이 다가가 찬찬히 바라보았다.

"조금은 놀라줘야지. 귀신 맡은 사람이 곤란하잖아."

"꺅—."

"국어책 읽기란 말이지."

"그보다 부장, 어째 허리가 뒤로 빠졌는데?"

"그래? 요즘 자세가 좀 안 좋아서 그런가?"

"아까부터 계속 비명도 지르고."

"발성 연습이야. 목 상태가 안 좋거든."

"출구까지 손잡아줄까?"

"그 정도까지 한심하진 않아!"

귀신의 집은 무사히 끝났다. 여자아이와 자연스럽게 달라붙을 수 있는 대표적인 장소였으나 타치바나는 공포물 내성이 무척 강했고 내 손을 잡고 이끌어달라 하는 것도 뭔가 아니었다.

다음 목적지인 이벤트홀을 향해 걸었다.

"왜 그래?"

한눈을 팔고 있자 타치바나가 물었다.

내 시선 끝에는 아이스크림 가게가 있었다.

"타치바나, 저런 거 먹고 싶지 않을까 싶어서. 좋아하잖아, 아이스크림."

"딱히 됐어. 놀러 온 거 아니니까."

"그래. 그렇지."

다음으로 향한 곳은 기간 한정으로 운영 중인 탈출게임이었다.

우리가 참가한 게임은 폭탄이 설치된 방에 갇혔다는 설정이었다.

방의 잠금장치를 풀기 위해 준비된 수수께끼를 풀어 번호를 알아내는 방식이다.

"탈출 성공률은 17%라는데?"

"어렵나 보네."

"그래도 나와 타치바나는 미스터리 연구부야."

"여유롭지."

방에 들어가 자리에 앉았다. 사회자의 설명을 듣고 신호와 함께 수수께끼를 풀기 시작했다.

책상 위에 놓인 십자말풀이 문제지를 보자마자 타치바나는 바로 내던졌다.

"나, 이런 시험 같은 건 좀…… 알레르기가…….'"

"어쩔 수가 없구만."

마지막 정답에 도달하기까지는 몇 가지 문제를 풀어야만 했다. 다른 팀이 모두 협력해 첫 번째 수수께끼인 십자말풀이를 풀어나가는 와중, 나는 그것을 혼자서 풀었다.

"뭔가 십자말풀이를 풀었더니 '벽을 봐라.' 란 말이 나왔는데."

"아아, 저거 아냐?"

타치바나가 방의 벽을 가리켰다.

벽의 화려한 무늬 속에 딱 하나 숫자가 섞여 있었다. 이 넓은 벽에서 순식간에 숫자 하나를 딱 찾아냈으니, 역시 타치바나의 관찰력은 대단하다.

그렇게 잠금장치를 해제하기 위한 숫자를 몇 개 모아야만 했으나, 금세 시간이 다 되었다.

"아까웠네."

"최종 정답인 숫자 10개 중 3개밖에 몰랐지만 말이지."

타치바나가 수수께끼를 편식하는 바람에 거의 진행하지 못했다.

그건 그렇다 치고, 이벤트홀에서 밖으로 나온 나는 하늘을 보고 말했다.

"벌써 해가 저물었구나."

"출발했을 때가 낮을 지나서였으니까."

"다른 거 또 볼까?"

"집에 갈래. 난 통금 있어서."

밑에서 조명이 반짝이는 놀이공원 안을 연인들이 손을 잡고 걸어갔다. 그 속에서 우리는 롤러코스터도, 관람차에도 시선을 주지 않고 출구로 향했다.

　나와 타치바나 사이에는 사람 한 명 정도의 공간이 비어있었다.

　"학생회장은 문화제에서 탈출게임이라도 기획하라고 했는데, 그런 건 못하겠지."

　"그러게."

　"날림으로 전시라도 해서 대충 넘기자."

　"추천하는 미스터리 소설 리스트라도 만들어서 책이라도 세워둘까."

　"라인업 짜면 메시지 줘. 내가 팝업 만들게."

　사무적인 대화를 나누는 사이 우리는 놀이공원 밖까지 나왔다.

　역으로 향해 해안선을 따라 만들어진 산책로를 걸었다.

　가로등에 불이 켜졌고 바다에서 불어오는 바람이 조금 쌀쌀했다.

　'통금 있어서.'

　그 말대로 타치바나는 조금 빠르게 내 앞을 걸었다.

　이런 애매한 관계를 줄곧 이어갈 것이라 생각했다.

　타치바나와는 부장과 부원으로서, 하야사카와도 적당히 지내며, 야나기 선배와도 지금까지처럼 변함없이.

　그래도 괜찮을 것 같았다. 역시 난 선배를 배신할 수 없었고 타치바나네 가정 상황을 부수고 싶지도 않았으며, 무엇보다 내가 하야사카를 어떻게 대해야 할지 알 수가 없었다.

처음에는 첫 번째로 좋아하는 상대와 잘 되었을 때, 나와 하야사카의 관계를 해소하기로 약속했다. 하지만 지금, 무미건조하게 그것을 실행할 수 있느냐 묻는다면——.

그렇게 생각하니 현상 유지란 결론에 다다랐다.

타치바나는 지금도 첫 번째로 좋아한다. 그러나 애당초 첫 번째로 좋아하는 여자아이와는 사귀지 못한다는 것이 내 철학이기에 이렇게 가까이서 보는 것만으로도 충분하다.

누구도 상처 주는 일 없이 타치바나와는 적절한 거리를 유지한 채 생활하자. 그렇게, 생각했다.

하지만——.

"재미없어, 재미없다고."

타치바나가 그렇게 말하며 걸음을 멈췄다. 그리고 돌아보고 말했다.

"역시 못 하겠어, 이런 뻔히 보이는 연기는."

방금까지 느껴지던 나른하고 사무적인 분위기에서 돌변했다.

드라마틱하고 격렬함과 날카로움, 아름다움을 지닌 여자아이로 돌아와 있었다.

"시로, 이거 데이트 맞지?"

꿰뚫는 듯한 시선으로 나를 바라보며 말했다.

"아니, 이건 미스연이 문화제에서 뭘 할지 생각하려고 시찰 온 거라 그랬잖아."

"귀찮아, 그런 거."

아냐? 하고 타치바나는 말을 이었다.

"처음부터 미스연은 활동 못 한단 거 알고 있었잖아."

"그건……."

"시로는 문화제 실행위원이니까."

그렇다.

후야제 무대 설치를 맡고 있었다. 게다가 타치바나가 자기 반 기획의 귀신 역할로 바쁘단 사실도 알고 있었다. 그래서 문화제에서 미스연은 활동 같은 걸 할 수 없으리란 사실을 이미 알고 있었다.

"그래도 놀이동산 티켓을 받은 건 둘이 나가고 싶어서 그랬던 거 아냐?"

타치바나의 눈동자가 희미하게 젖었다.

그리고 그녀는 감정이 격해져 말했다.

"나는, 데이트할 생각이었어."

연극의 시간이 끝나는 순간이었다.

내가 보지 않으려 하던 것, 눈치채지 않은 척하던 것이 당당하게 선, 그러나 어딘가 덧없어 보이는 타치바나에 의해 분명해지고 있었다.

그것은 오늘 하루 타치바나가 줄곧 가슴에 숨기고 있던 말과, 혹은 마지막까지 가슴에 담아두려 했을 터인 감정이었다.

"사실은 아침부터 오고 싶었어. 입구에서 같이 기념사진도 찍고 싶었어. 같이 머리띠도 하고서 공원을 돌고 싶었어. 아이스크림도 같이 먹고 싶었어. 롤러코스터도, 관람차도 같이 타고 싶었어. 그치만 시로가 부장과 부원으로 있고 싶어 해서, 관심 없는 척했어."

"타치바나……."

"있잖아, 시로는 오늘 어떤 생각으로 온 거야?"

타치바나의 눈동자 깊숙한 곳에서 무척 쓸쓸한 듯한, 마치 소녀와 같은 불안함을 알아채고 나는 무심코 말하고 말았다.

"——데이트할 생각이었어."

"내가 연기하는 것도 눈치챘었지? 내가 데이트할 생각으로 왔다고, 처음부터 알고 있었지?"

알고 있었다.

약속 장소에 타치바나가 나타났을 때부터, 그런 건 진작에 알고 있었다.

며칠 전 모두와 함께 영화관에 갔을 때, 타치바나는 보이시하다곤 표현할 수 있어도 뻗친 머리를 야구 모자로 감춘, 완전히 대충 꾸미고 온 차림새였다.

그러나 오늘 개찰구 앞에서 만난 타치바나는 달랐다.

프릴이 달린 오프 화이트 블라우스에 재킷, 리본 타이 그리고 스커트. 그 모두가 고급스러운 재질이라 외출 나온 아가씨 같은 분위기였다. 머리도 말았고 살짝 화장까지 해 누가 봐도 여자아이다웠다.

"그랬는데 모른 척했지. 너무해."

"……미안해."

나 또한 데이트처럼 다니고 싶었다.

그러나 눈치채지 못한 척할 수밖에 없었다. 나와 타치바나가 그만 감정에 몸을 맡기고 내달리면 분명 상처 입는 사람이 나온다. 내 손에는 하야사카의 감촉이 남아있었고 마음속에는 야나기 선배와의 추억도 많았다.

그래서 나와 타치바나의 관계를 애매한 채로 두고 싶었다. 하지만——.

'뭐, 무슨 상관이람.'

평소라면 그렇게 말했을 타치바나는 지금, 심하게 상처받았다.

그녀의 눈동자에선 지금 당장에라도 눈물이 흘러넘칠 것 같았다.

"어제는 잠도 못 잤어."

타치바나가 말했다.

"어떻게 하면 시로한테 귀엽다는 소릴 들을 수 있을까, 줄곧 생각했어. 옷장에서 옷을 잔뜩 끄집어내서, 거울 앞에서 고민하면서. 동영상 보고 공부해서 고데기까지 썼어."

"타치바나……."

"이걸 전부 없었던 일로 치부 당하는 건—— 조금 힘들어."

우리 네 사람을 생각한다면 말해선 안 된다.

그러나 결국 타치바나의 볼에 한 줄기 눈물이 흘렀고, 그래서 나는 낮에 만났을 때 역 개찰구 앞에서 입에 담지 못했던 말을 하고 말았다.

"오늘 타치바나, 무척 아름다워. 평소에도 아름답지만, 평소보다, 아름다워."

"시로……."

타치바나의 표정이 밝아졌고 나는 역시 첫 번째 여자아이가 웃는 얼굴이 보고 싶어서 타치바나와 마찬가지로 오늘 하루 못했던 말을 하고 말았다.

"나도 아침부터 오고 싶었고 사진도 찍고 싶었어. 머리띠는 조금 창피하지만, 같이 아이스크림도 먹고 싶었고 롤러코스터도 관람차도 타고 싶었어. 타치바나와 함께라면 지루한 커피잔이라도 상관없었어."

"……커피잔은 안 지루해."

"그만큼 데이트하고 싶었단 거야."

"그럼 있잖아……."

타치바나는 눈가를 닦은 뒤 쑥스러운 듯이 고개를 돌리며 손을 내밀었다.

"……손 정돈 잡자."

타치바나의 손을 잡은 순간, 눈에 보이는 풍경이 단숨에 선명해졌다.

세상에 색이 깃든 것만 같았다. 색채가 담긴 세상.

노을, 해안 도로, 같은 간격으로 늘어선 가로등.

우리는 기쁜 마음과 어딘가 섭섭한 마음을 가슴에 품고서 손을 잡고 걸었다.

불어오는 바람에 타치바나는 머리를 누르며 말했다.

　"시침 떼는 척하는 건 좋아해. 모든 걸 말로 할 필요도 없어. 하지만 이것만은 확실히 해두고 싶어."

　"뭘?"

　"나랑 사귈지 말지."

　더는 얼버무리지 마, 하고 타치바나가 말했다.

　"지금, 정해줘."

◇

　"시로 손은 생각보다 크네."

　"타치바나 손은 생긴 것처럼 섬세하구나."

　"피아노 쳐서 꽤 힘세."

　타치바나는 힘을 주었다. 죄어오는 손가락으로 타치바나의 뼈의 감촉이 전해졌다. 조금 아프고 기분 좋다. 그런 느낌이 들었다.

　타치바나는 통금 시간이 있어서 우선 전철에 올랐다.

　자리에 앉지 못해 문 앞에 나란히 섰다. 맞잡은 손은 그대로.

　'지금, 정해줘.'

　타치바나는 몇 번이고 물어오지 않았다. 그러나 그 답을 기다리고 있었다. 역 승강장에 있을 때도, 내려앉은 긴 속눈썹이 우울해 보여 그녀가 그것을 신경 쓰고 있다는 사실이 전해져왔다.

　나는 타치바나를 바라보았다.

만약 여기서 거절하거나 애매한 채로 그냥 둔다면 이번에야 말로 타치바나는 타인이 되어 내 곁을 떠나버린다. 그런 느낌이 들었다.

"시로, 왜 그래?"

"아니, 아무것도 아냐."

나는 선배를 배신할 수 없고 타치바나의 가정을 위해서라도 약혼이 취소되는 짓은 하고 싶지 않다.

그래도 연인이 되고 싶다면 숨어서 사귈 수밖에 없다.

그런 게 가능할까?

하야사카는 우리가 그러고 있다는 사실을 알았을 때 어떤 표정을 지을까?

그럼 역시 타치바나와는 전부 없었던 일로 해?

그러나 이미 나는 이 첫 번째 여자아이가 조용히 울고 있는 모습을 다시는 보고 싶지 않았다.

생각하는 사이 서서히 전철에 사람들이 오르기 시작했다.

몇 정거장을 지난 뒤에는 움직일 수 없을 정도로 만원 전철이 되었다.

"어디 노선이 멈췄나 본데."

"나, 시로 말고 다른 남자한테 닿으면 토하는데."

타치바나가 그렇게 말해서 열리지 않는 쪽 문 앞에 세우고 사람들에게 깔리지 않도록 내가 벽이 되어주었다.

"이거, 그거다. 전에 했던 벽쿵 같아."

"그러게."

타치바나의 단정한 얼굴이 가까웠다. 좋은 향기도 났다. 오늘 타치바나는 향수도 뿌렸다.

나는 아슬아슬하게 타치바나에게 닿지 않도록 버티고 섰다. 그러나——.

"시로, 이럴 때는 짓눌리는 게 편해."

"그래도, 뭐라고 해야 하나, 타치바나는 가냘프니까."

"난, 유리가 아냐."

지금 상황에 기댔다. 내가 짓눌리는 게 열차 안에 공간이 생겨서 다른 승객에게도 좋다. 그러나 그것은 올바름을 방패 삼은 변명이었고 결국 나는 그저 타치바나에게 닿고 싶을 뿐이었다.

"나도 있지." 타치바나가 중얼거리듯 말했다. "꽤 힘들어."

"……그렇겠지."

"응."

표정과 입으로 표현하지 않을 뿐이야 하고 타치바나가 말했다.

"하야사카랑 진짜 친구가 되고 싶었는데, 그렇게 생각해."

"될 수 있어."

"슌 오빠를 좋아하게 되었다면 좋았을걸, 그렇게 생각해."

"선배는 좋은 사람이야."

"시로를 좋아하지 말았으면 좋았을걸, 그렇게 생각해."

"……."

"하지만 현실의 나는 시로가 너무 좋아서, 그래서 슌 오빠의 마음에는 보답할 수 없고, 하야사카와도 진짜 친구가 될 수 없어."

──더는, 이 마음을 모른 척할 수 없어.

타치바나는 그렇게 말하고 내 가슴에 머리를 맡겼다.

나는 지금 타치바나의 이 가는 머릿결에 닿을 수 있다. 자그마한 이마에 닿을 수 있다. 볼에 닿을 수 있다. 아마도 그보다 훨씬 미래라 할지라도, 이 여자아이에게──.

그때 갑자기 전철이 흔들렸다.

뒤에서 밀어 오는 힘에 타치바나를 강하게 짓누르고 말았다. 그만 내 무릎이 타치바나의 다리와 다리 사이로 들어가 껄끄러운 자세가 되었다.

"어째, 미안하네."

"사과 안 해도 돼."

나는 시로를 좋아하니까 하고 타치바나가 말했다.

"시로는 나한테 뭘 해도 상관없어."

그러나 타치바나는 자기 허벅지 사이에 들어간 내 다리를 보고 살짝 볼을 붉혔다. 타치바나는 어른스러운 분위기지만 이러한 방면에 관해서는 무척 늦됐다.

"얼굴, 빨개." 내가 말했다.

정곡이었는지 타치바나는 발끈한 표정을 지었다.

"그냥 좀 더워서 그래."

그렇게 말하고 곧 평소처럼 태연한 표정을 짓더니 내 다리를 허벅지 사이에 끼웠다. 타치바나의 다리는 가냘팠지만 허벅지는 역시나 부드러워서 나는 기분이 이상해질 것 같았다.

그래서 의식을 돌리려고 열차 안을 둘러보며 말했다.

"이거, 우리 내릴 수 있을까. 진짜 사람들로 가득하네."

"……나는 이대로 종점까지 가도 상관없는데."

"통금 있잖아."

"난 이미 열여섯 살이야. 통금을 어겨서 엄마한테 혼나는 정도는 상관없어."

그리고, 하고 타치바나는 말했다.

"통금 시간에 맞춰서 돌아가면 그다음 내가 뭘 할지 알아?"

"분위기가 별로 듣고 싶지 않은걸."

"엄마랑 같이 나가서 슌 오빠랑 그 부모님이랑 같이 식사할 거야."

내려야 할 역까지는 앞으로 여섯 정거장 정도.

타치바나를 보내고 싶지 않았다. 그 마음을 인정하는 것은 간단했다. 그러나 그렇게 하는 것이 올바르냐 묻는다면, 아마도 그렇지 않을 것이다.

'지금, 정해줘.'

그 말이 되살아났다.

우리가 하려는 건 나쁜 짓이다. 하야사카와 야나기 선배를 속이고 현 상태를 유지하며 타치바나와 연인이 되려는 것이다. 용서받을 행위가 아니다.

그러나 곧 눈치챘다. 이건, 변명을 찾고 있을 뿐이다.

세간이 용서하지 못할 행위라서 타치바나와는 사귀지 않을 거라고?

달리 방법이 없다고 타치바나와 사귀어?

무엇을 골라도 그럴 수밖에 없었다는 것으로 만들려 하고 있었다. 자신의 결정을, 자신 말고 다른 무언가에 떠넘기려 하고 있었다. 그러면 안 되잖아, 그렇게 생각했다.

나는 타치바나를 바라보았다.

"시로?"

유리구슬 같은 눈동자로 바라본다.

그렇다, 타치바나는 언제나 변명하지 않았다. 날 책망하지도 않았다.

그랬는데 나는 항상 타치바나가 좋아해 주는 것을 기회 삼아 모든 것을 타치바나 탓으로 돌리고 줄곧 자신에게 유리한 이 상황을 즐겼다.

영화관에서도, 손을 잡은 것은 타치바나이니 어쩔 수 없다는 얼굴을 하고 있었다. 그래서 하야사카를 배신한 것이 아니다, 그런 변명을 스스로에게 들려주고 있었다.

하지만 타치바나가 내민 손을 쥔 것은 나였다.

내 본심은 단순했다. 타치바나를 좋아했고 지금도 타치바나가 선배에게 가지 않길 바랐다. 하지만 선배도 배신하고 싶지 않았고 하야사카에게도 상처를 주고 싶지 않았다.

지금까지는 이 구제할 방도가 없는 본심을 애매한 채로 두고 있으면 타치바나가 넌지시 그것을 눈치채고 내가 유리한 방향으로 움직여주었다. 타치바나에게 의지하고 있었다.

그러나 타치바나에게만 그런 짓을 시켜선 안 된다.

그녀는 남몰래 상처받고 있었다. 그러니―― 나는, 내가 책임지고 선택해야만 한다.

나는 자신의 악덕을 자각하며 이 부도덕한 사랑을 함께 짊어져야 한다.

그렇게 생각하자 머릿속의 나사가 날아갔다.

그래, 해주마. 스스로 만들어낸 환영 같은 세간의 도덕 따위 알 게 뭐냐.

그렇게 생각하자 뭐랄까, 바보가 되었다.

"시로?!"

타치바나가 놀란 목소리를 냈다. 내가 갑자기 타치바나를 더 강하게 짓눌렀기 때문이다.

기세를 타고 그녀의 머리에 얼굴을 댔다. 머릿결이 찰랑거린다.

"좋은 냄새 나."

"…………왠지 부끄러운데."

타치바나의 볼이 붉었다. 그렇다, 이런 앳된 모습이 보고 싶었다.

수비에 약해 강하게 나갔을 때 사람이 홀랑 넘어가는 점이 좋았다. 포커페이스가 무너지는 점이 좋았다. 여유를 부리면서도 내면은 여전히 어린아이인 점이 좋았다.

타치바나는 더는 나쁜 짓을 저지르지 않아도 된다. 내가 떠맡을 테니——. 전부, 나 때문이다.

"향수 어디에 뿌렸어?"

"목덜미."

나는 내 의지로, 내 책임으로, 누구의 탓도 하지 않고, 단호한 결의를 갖고서 부도덕한 사랑을 할 것이다.

타치바나의 긴 머리카락을 쓸어올렸다. 하얗고 가냘픈 목덜미에 주저 없이 얼굴을 들이댔다.

"아……."

타치바나의 한숨이 새어 나왔다. 그녀의 몸이 떨리는 것을 느꼈다.

"시로, 곧 역에 도착해……."

전철의 속도가 점점 줄어들었다. 여기서 내리지 않으면 타치바나는 통금 시간에 맞출 수 없다. 선배와의 식사에도 갈 수 없게 되리라.

나는 타치바나를 짓누른 채 움직이지 않았다. 이윽고 열차가 멈추고 문이 열렸다. 하지만 움직이지 않았다. 타치바나는 저항하지 않았다.

"시로…… 그런 거라고, 생각해도 되지?"

"──그래."

몇십 초 정도의 정차 시간.

우리는 정지한 세상 속에서 서로의 숨결을 느꼈다.

곧 문이 닫히고 열차가 움직이기 시작했다.

규칙적인 소리를 내며 열차가 나아간다.

타치바나는 내 웃옷 안으로 팔을 집어넣어 등 뒤로 손을 둘렀다.

주변이 알아채기 어렵게 껴안고 있었다.

항상 연애 노트의 게임을 변명 삼아 해 왔던 것을 생각해보면 이것이 처음으로 정면에서 이루어진 두 사람의 스킨십일지도 모른다.

"난 막돼먹은 남자야."

"그래?"

"타치바나, 내가 뭘 해도 좋다고 그랬잖아. 그래서 아까, 생각난 걸 그대로 한 거야. 타치바나가 곤란한 걸 알고 있었는데도."

"심술쟁이구나."

그래도 좋았어, 하고 타치바나가 말했다.

"시로가 그런 걸 부딪쳐오길 바랐으니까."

"그래도 돼?"

"그 감정으로 산산이 부서지고 싶어."

나는 만원 전철의 혼잡함을 틈타 타치바나를 감싸 안았다. 남자친구가 있단 것, 약혼자가 있단 것, 윤리관, 사회 정의, 그러한 것으로 억누르고 있던 좋아한다는 진짜 감정을 담아 힘껏 껴안았다.

타치바나의 허리가 활처럼 꺾였다.

"시로……."

"미안, 아파?"

"아니야."

타치바나가 말했다.

"너무 기분 좋아서……죽을 것 같아…….."

나도 바보였지만, 타치바나도 바보가 됐다.

결국 우리는 승객이 적어졌어도 그대로 껴안고서 종점까지 가고 말았다.

촌구석에 있는 역이라 되돌아가는 열차는 1시간 후 출발이었다. 새까만 승강장에서 방울벌레가 울었다. 주변에는 민가조차 없었다. 그러나 사랑에 들뜬 우리에겐 전혀 문제가 되지 않았다.

인적 없는 승강장 구석으로 가 타치바나의 얇은 입술을 비집고 혀를 집어넣었다.

타치바나는 이미 열이 올라 힘을 빼고 모든 것을 맡겼다.

나는 일방적으로 유린했다. 타치바나가 헐떡이듯 입을 연다. 그녀의 혀의 감촉을 확인하듯이 핥았다. 이빨 뒤까지. 여름과는 정반대다. 타치바나는 키스하며 온몸을 밀어붙였다.

"이제야 시로가 키스해줬어."

타치바나는 황홀해했다.

"이렇게 강제로 당하는 거, 너무 좋아. 더 해줘."

타치바나가 바라는 대로 나는 다시 마음껏 키스했다.

이렇게 아름다운 여자아이와, 첫 번째로 좋아하는 여자아이와, 그녀가 바라서 이러한 행위를 하는 것은 무척 조심스럽게 표현하더라도 최고로 기분 좋았다.

타치바나의 가냘픈 몸을 마음껏 안았다. 타치바나는 또 허리가 활처럼 꺾여 기쁨에 떨었다. 나는 그것이 기뻐 다시 강하게

안았다. 타치바나는 또 몸을 떨며 작게 경련했다.

우리는 점점 계단을 올랐다. 입을 떼면 침이 실처럼 늘어졌고 다시 키스를 했다.

"시로…… 숨…… 쉬게, 해줘."

타치바나가 숨이 끊어질 듯이 말했다. 나도 괴로워져 한 번 숨을 들이쉬었다.

산소 결핍이 올 것 같았다. 하지만 곧——.

"한 번 더 해줘, 더…… 더…….."

"물론이지."

몇 번째인지 모를 한 번 더 키스를 시작했다. 침이 입꼬리로 흘러내렸다. 일부러 소리를 내었고 그것이 우리를 더욱 흥분시켰다. 타치바나가 허리를 들이밀었다.

침을 교환했다. 몇 번이고, 몇 번이고, 반복해서—— 그때였다.

스마트폰의 셔터 소리가 들려왔다. 조금 떨어진 곳에서.

순간, 우리는 움직임을 멈추었다. 승강장에는 우리밖에 없는 것처럼 보였다.

만약 촬영한 사람이 있었고 숨은 것이라면 피사체는 우리였다. 그리고 찍힌 것은 두 사람이 키스하는 장면이다.

"스캔들감인걸."

"응, 그러게."

일부러 찍었다는 것은 우리를 알고 있을 가능성이 컸다.

후환이 될 것이 틀림없다. 그렇게 생각했지만, 그래도——.

"아무렴 어때."

"아무래도 좋지."

연애 노트에 실린 게임을 하고 있을 때와 마찬가지로 이런 짓을 하고 있을 때 우리는 금세 머리가 바보가 되고 만다.

그래서 아랑곳없이 키스를 계속했다. 타치바나는 숨이 막혀 괴로워하면서도 헐떡이며 계속 키스했다.

그리고 순간의 열기가 식자, 아니나 다를까 제정신으로 돌아왔다.

돌아가는 전철, 좌석에 나란히 앉아 우리는 곧바로 규칙을 만들었다.

학교나 역과 같은 공공장소에서는 키스하거나 껴안지 말 것이라는 규칙이었다.

우리가 앞으로 어떻게 될지, 어디로 나아갈지는 알 수 없었다.

어찌 됐든, 한 가지 확실한 것이 있었다.

"우리, 사귀는 거지."

열차 좌석에서 타치바나가 내게 축 기대어 말했다.

"응."

나는 고개를 끄덕였다.

"선배 몰래, 하야사카에게도 말하지 말고 연인이 되자."

제10화 커튼 속

"어라? 타치바나 여기 없어?"

하야사카가 말했다.

체육 창고에서 있었던 일이다.

나는 방금 수업에서 쓴 축구공을 정리하고 있었다.

"타치바나라면 허들 들고 나갔어."

"그랬구나."

체육복 차림의 하야사카는 주변을 둘러보더니 운동장에서 보이지 않도록 문을 닫았다.

"보아하니 나쁜 생각 하고 있지."

"그치만 요즘 줄곧 못 만났는걸."

하야사카는 토라진 표정으로 말했다.

"서로 문화제 때문에 바빴으니까, 뭐."

"키리시마는 실행위원이잖아. 후야제 무대 담당이지?"

후야제에선 매년 베스트 커플 대회가 열린다. 남녀가 한 조가 되어 이인삼각을 뛰거나 퀴즈를 풀어 누가 더 인연이 깊은 연인인지 경쟁하는 것이다.

우승한 조는 반드시 결혼하게 된다는 징크스도 있다.

"그거, 인기가 굉장하지. 문화제 마지막 무대라서."

"난 그냥 설치 담당일 뿐이지만 말이야."

무대를 조립하기만 할 뿐, 기획은 다른 팀이 짠다.

"그럼 키리시마, 당일엔 시간이 비는구나?"

"그렇게 되겠지."

그러면 있지, 하고 하야사카가 꼼지락거리며 말했다.

"커플 대회…… 같이 나가면 안 될까~ 싶어서……."

"글쎄. 아무리 그래도 어려울 것 같은데."

"그, 그치! 나간다는 건 모두에게 우리가 연인 사이라고 밝히는 거나 마찬가지니까……. 그런 짓을 하면 난 선배에게 갈 수 없게 되고 키리시마도 곤란하겠지."

이상한 소리 해서 미안해하고 사과하는 하야사카.

"그보다 하야사카는 반 행사 때문에 바쁘잖아."

"그러게 말이야."

나와 하야사카는 같은 반이다. 나는 문화제 실행위원이라 반 행사 활동을 모두 면제받았지만, 같은 반 학생들 사이에서 성실하다는 이미지로 통하는 하야사카는 기획의 중심이기도 했다.

"코스프레 카페라니 조금 뻔하지."

"다들 하야사카에게 기대하고 있어."

"응. 후야제 때도 가게에서 접객해달라고 부탁받았어……."

베스트 커플 대회에 나가는 것은 일정을 생각하면 불가능했다.

"알고는 있었지만 왠지, 나가보고 싶단 생각이 들었어. 문화제 분위기에 영향을 받았다고 해야 하나? 그런 게 있잖아? 조금 학교 전체가 들뜬 느낌."

"그야 뭐, 사랑의 계절이니까."

문화제 매직이라고라도 불러야 할까. 교사 이곳저곳에서 사랑이 싹트고 있었다.

"하야사카한테도 치근덕거리는 사람이 제법 있다고 들었는데."

"그냥, 아주 조금이야."

"늦게까지 남아있어도 괜찮겠어?"

"괜찮아. 평소처럼 고백받거나 연락처를 물어보거나 할 뿐이니까."

"하야사카가 멋있는 3학년한테 고백받았다고 여자들이 떠들던데……."

"으음, 누굴까…… 다들 똑같이 생겨서 차이를 잘…… 아!"

거기서 하야사카는 무언가 생각난 듯한 표정으로 갑자기 눈을 반짝였다.

"응, 엄청 멋있었어! 그 사람이랑 사귀면 어떨까? 하고 생각했어!"

하야사카, 역시 연기가 어설프다.

아무튼 내가 질투하게 만들고 싶다는 마음이 얼굴에 뻔히 드러났다. 어쩔까 싶었으나 그런 하야사카가 귀여워서 나도 어설픈 연기로 장단을 맞추어봤다.

"그, 그러지 마~ 그, 그런 소릴 하면, 내가 불안해지잖아~."

"키리시마는 샘이 많아서 어쩔 수가 없다니까~."

후훗, 하고 만족스러운 표정을 짓는 하야사카. 조금 더 질투심을 자극하기 위한 연기를 계속할 줄 알았으나 곧 가까이 다가와 내 체육복을 양손으로 붙잡았다.

"에헤헤, 걱정 안 해도 돼."

그렇게 말하며 이마를 내 가슴에 한껏 들이밀었다. 아니, 너무 홀랑 넘어오는 거 아냐?

난 조금 더 연기하려고 준비해놨는데.

"키리시마가 날 좋아해 주면, 오구 착해~ 하면서 머리 쓰다듬어주면, 난 아무 데도 안 갈게."

조르는 대로 나는 하야사카의 머리를 쓰다듬었다.

"이거 좋다~. 더 쓰다듬어줘~."

감정에 몸을 맡기고 한껏 어리광을 피우는 하야사카.

머리를 쓰다듬지 않더라도 아무 데도 안 갈 것 같은데? 그런 생각이 들었다. 그런 하야사카가 사랑스러웠다.

"안심해. 내 남자친구는 키리시마뿐이니까. 다른 남자는, 다들 아무래도 좋아."

하야사카는 그렇게 말하며 무슨 일인지 얼굴을 떼고 갑자기 그늘진 눈동자를 내게 향했다.

"하지만…… 그렇게 따지면 키리시마가 더 못됐지."

"왜?"

"난 누가 말을 걸어도 고백받아도 그냥 그뿐인걸. 그래도 키리시마는 아니잖아?"

"어?"

"나, 알거든."

그렇게 말하는 하야사카의 얼굴에서 감정이 사라져 내 등줄기에 식은땀이 흘렀다.

타치바나와 있었던 일은 들킬 리가 없었다. 스마트폰으로 대화도 집에서만 했고 놀이공원 이후로 둘이 외출한 적도 없었다.

하지만 그때 전철 종점에서 누군가 키스하는 장면을 찍었다. 설마 그게——.

"있지, 키리시마."

하야사카는 공허한 눈동자로 내게 물음을 던졌다.

"나한테 할 말 있지?"

"아니, 저기, 그건……."

"……부담스러운 여자애라고 느낄까 봐 못 물어봤는데."

하야사카가 체육복을 잡은 손에 힘이 들어갔다.

"키리시마는 왜 그런 짓을 할까? 나 신경 쓰여서 밤에 계속 잠도 못 잤어."

"우, 우선은 진정하자."

"엄청 예쁜 사람과 친하게 지내고 있지? 나한테 말도 안 하고, 나 몰래, 내가 있는데, 난 뭐든 해주는데, 뭘 해도 기쁘게 받아들일 수 있는데……."

"이해하지 못할지도 모르지만——."

"으응, 예쁜 사람이란 느낌은 아니구나. 굳이 말하자면 귀엽다, 려나……."

"귀여워? 뭐, 단둘이 있을 땐 귀엽다고 느낄 때가 많긴 한데."

"무척 쾌활하고."

"쾌활, 한가?"

"연하인……."

"연하? 연하, 연하, 아아, 연하!"

그제야 나는 생각이 미쳤다.

"하마나미 말이구나!"

나와 함께 일하게 된 문화제 실행위원인 1학년이다.

이름은 하마나미 메구미.

후배지만 착실하며 내게 자주 잔소리를 한다.

나는 하야사카에게 하마나미에 대해 설명했다.

"대화 내용은 전부 문화제 일이야. 그 녀석, 1학년인데 부위원장을 맡았거든. 그래서 나한테 이것저것 말을 걸어. 다 사무적인 지시나 일정에 관한 거야."

"그랬구나……."

하야사카의 눈동자에 빛이 돌아왔다.

"그랬구나…… 응, 응!"

"나도 아무 말 안 해서 미안해."

"아니야, 내 착각이었어. 귀여운 여자애랑 항상 같이 있길래 조금 걱정했거든. 나도 참 바보야, 키리시마가 그런 짓을 할 리가 없는데."

하야사카는 미안하다는 표정을 지으면서도 에헤헤 하고 웃으며 안겼다.

"키리시마가 내게 상처를 줄 리가 없지. 아침엔 조금 망설였지만, 역시 식칼은 두고 오길 잘했어."

"아, 응."

지금 아무렇지도 않게 엄청난 소릴 했는데?! 그건 그렇다 치고——.

"하야사카, 아무리 체육 창고라 해도 여긴 학교야."

"괜찮아. 나, 요즘 애썼으니까, 상이야."

그렇게 말하며 고개를 들고 올려다보았다.

변함없이 어리광쟁이다. 나는 하야사카가 바라는 대로 그 도톰한 입술에 키스했다. 하야사카는 더욱 보채듯이 입을 들이밀었다. 그러나 곧 체육 창고 밖에서 하야사카를 부르는 여학생의 목소리가 들려와 우리는 서둘러 몸을 뗐다.

"이제 가야겠다."

하야사카는 그대로 창고를 나가려다가 뒤돌아보고 말했다.

"우리, 제대로 사귀는 사이 맞지?"

"그럼."

"그러면 있지——."

하야사카는 묘하게 요염한 표정을 짓고서 말했다.

"문화제 정리가 끝나고 시간이 생기면 모두가 하는 거, 우리도 하자. 평범한 연인들이 하는 거 하자. 약속이야?"

그 말만을 남기고 체육 창고를 나갔다.

——모두가 하는 것.

하야사카가 말한 그것은 아마도, 무척 어른스러운 행위이다.

고등학생이라도 그런 행위를 하는 사람들은 나름대로 있을 것이다.

그러나 그것은 나에게 있어 중대한 문제라 곰곰이 생각할 필요가 있었다.

하지만 그 전에──.

"이제 됐으려나?"

그렇게 말하며 뜀틀 그늘에서 여자아이가 새침한 얼굴로 나왔다.

타치바나였다.

그랬다. 체육 창고에서 단둘이 되었을 때, 하야사카가 찾아온 것이다. 그래서 타치바나는 곧장 숨었다.

"하야사카가 말한 평범한 연인 사이가 하는 게 뭐야? 키스는 아니지?"

타치바나가 고개를 갸웃거리며 말했다.

"뭘까?"

나도 고개를 갸웃거리며 시치미를 떼었다.

타치바나는 최근에 순정 만화로 사랑을 막 배운 연애 초보였다. 게다가 약혼자가 있을 정도로 새장 속 아가씨였다. 그래서 키스 너머에 있는 것을 모르더라도 이상하지 않았다. 그렇다면야 지금 그대로도 문제없다. 보건 체육 시간에 뭘 했는지 궁금했지만, 아무튼 공부를 싫어하는 여자아이였다. 분명 수업 중엔 딴청을 피우고 있었을 것이다.

"뭐, 무슨 상관이람."

타치바나가 말했다.

"그보다 하야사카, 역시 시로가 없으면 망가질 것 같아."

이래도 되겠어? 하고 타치바나가 내게 물었다.

"시로도 하야사카랑 더 키스하고 싶었던 거 아냐?"

"저기, 뭐라 해야 할까……나랑 하야사카는——."

"됐어. 딱히 신경 안 쓰니까."

정말로. 아무것도 신경 쓰이지 않는 모습이었다. 나와 하야사카가 어떤 상황인지 묻지도 않았고 표정도 관심이 없어 보였다.

"하지만, 그래."

타치바나는 한 손으로 내 체육복의 가슴팍을 붙잡더니 얼굴을 쭉 당겼다.

그리고 가냘픈 입술을 밀어붙였다.

입을 뗀 뒤에는 장난스럽게 웃으며 말했다.

"덮어쓴 거야."

◇

균형이 아슬아슬해졌다.

하야사카의 나에 대한 마음은 점점 속도를 높여가는 추세다.

특히 요즘은 '평범한 연인이 하는 것'을 무척 하고 싶어 했다. 문화제 준비를 하는 사이엔 괜찮겠지만, 곧 결단을 내려야 할 때가 닥쳐올 것은 쉽게 상상이 갔다.

한편 타치바나는 기본적으로 쿨하고 자제심이 있었다. 그러나 감정적으로 변해 예리하고 날카롭게 찔러올 때도 있었고, 머리가 바보가 될 때도 있어서 예측하기 어려운 부분이 많았다.

아무튼 하야사카에겐 나와 타치바나의 관계를 잘 덮어두어야 한다.

그렇게 생각하니 역 승강장에서 울린 셔터 소리가 신경 쓰였다.

대체 누가 나와 타치바나의 키스 사진을 들고 있을까.

그런 생각을 하며 방과 후, 운동장 무대 설치를 하던 때였다.

"열심히 하고 계시네요~."

하마나미 메구미가 말을 걸어왔다.

문화제 실행위원인 1학년.

전체적으로 아담한 인상을 주는 여자아이였다. 앞머리를 대칭으로 잘라 요즘 애들 같은 스타일로 꾸몄지만, 선도 부원까지 겸임할 만큼 제법 성실한 성격이기도 했다.

"키리시마 선배, 너트를 조이는 모습이 제법 어울리는데요."

작업 진행 상황을 확인하러 왔는지 가슴에 파일을 안고 있었다.

"왠지 하마나미를 보면 안심이 돼."

"갑자기 왜 그래요?"

"하마나미는 여고생의 본보기야."

작금의 무척 평범한 여자아이였다.

정신적으로 망가지지도 않았고 날카로운 감성으로 이쪽을 찌르는 일도 없다.

"있잖아, 얘기 좀 더 하자."

"네? 대화를 종잡을 수가 없는데요? 선배, 어디 아파요?"

"하마나미는 참 좋아. 그렇게 제대로 아닌 건 아니라고 말해주거든."

"무슨 소리예요? 키리시마 선배 주변엔 나사 빠진 사람만 있어요?"

"그렇다니까."

내가 부도덕한 선택을 해도 하야사카와 타치바나는 그것을 책망하지 않는다. 오히려 기뻐하며 손을 얹기까지 한다.

"지금 바보들만 가득한 상황이라 누가 지적해주면 기쁘거든. 야, 하마나미, 더 뭐라고 해줘."

"아니, 어째 느낌이 위험한데요. 전 그런 거 싫어하는데."

"맞아, 난 위험한 녀석이야! 그렇게 말해줄 녀석이 필요하다고!"

"갑자기 날뛰지 말아요, 완전히 제정신이 아니잖아요!"

"너무 기분 좋다, 그 상식이 기분 좋아. 지금 내게 필요한 건 날 부정해줄 녀석이야, 혼내줄 녀석이라고……"

"전 선배의 그 정서가 무섭거든요!"

"더 해줘! 날 혼내줘! 쓰레기라고 말해줘!"

"귀찮게 구시네, 정신 좀 차려요!"

하마나미에게 파일로 얻어맞았다. 이 또한 최고였다.

"안 그래도 학교 전체가 들떴다고요. 실행위원인 우리가 정신을 놓으면 어떡해요!"

지금은 그 당연한 의견이 기분 좋았다.

나는 숨을 고르고 냉정을 되찾은 뒤 말했다.

"그래서, 무슨 일 있었어?"

"카페를 한다고 신고한 3학년 반이 실제론 유흥업소를 차리려고 했어요."

"실행위원으로서 봐주지 말고 잡아들이자. 문화제는 응당 건전해야지."

불건전한 관계가 이어지는 반동으로 나는 맑고 깨끗한 것을 원했다. 사람은 욕구를 만족시키지 못하면 대신할 것이 필요한 법이다.

"뭔가 문제가 일어난 뒤엔 이미 늦으니까요. 문화제를 성공시키기 위해서라도 절도를 지키게 해야겠죠."

"하마나미의 그 사고방식, 너무 멋져."

"그 상황극은 이제 됐다고요."

하마나미는 내 가슴에 척 손을 대었다.

"그렇게 됐으니 저랑 선배는 앞으로 매일 마지막 날까지 남아서 순찰을 할 거예요. 다들 들떠서 얼간이가 됐으니까요. 교내에서 풍기 문란한 일이 벌어진 다음엔 이미 늦어요."

"왜 나야?"

"설치만 하며 날로 먹는 실행위원은 선배밖에 없거든요."

"그렇겠지."

이렇게 되어 나는 불건전한 행위를 단속하는 쪽에 서게 되었다. 무척 앰비벌런트(양면 가치적)하다.

"먼저 선배에겐 타치바나 히카리 선배를 주의, 지도하도록 부탁 드려볼까요."

"뭐?"

"사이도 좋아 보이니까요."

갑자기 타치바나에게 화제가 튀어 나는 흠칫 놀랐다.

"어, 어, 어떻게 내가 타치바나랑 사이가 좋단 걸 알아?"

"그야 키리시마 선배는 같은 미스터리 연구부잖아요."

"아, 아아, 그렇지."

그랬다. 아무래도 나는 신경과민에 걸린 모양이다.

"그래도 왜 타치바나에게 주의를 주란 거야?"

"그쪽 반은 귀신의 집을 하잖아요? 아무래도 거기에 수수께끼를 부분적으로 넣어서 탈출게임으로 했다는 모양이에요. 귀신의 집에서 탈출하는 거죠."

놀이공원을 시찰한 성과는 있었던 모양이다.

"그건 괜찮은데, 손님 모집 방법에 문제가 있어요."

"어떤 느낌으로?"

"탈출게임 보수가 타치바나 선배래요."

"타치바나를 받을 수 있는 건가? 그건 굉장한걸…."

그럴 리가 없잖아요, 하고 하마나미가 냉정하게 말했다.

"타치바나 선배랑 같이 베스트 커플 대회에 나갈 수 있는 권리예요."

그래서 남학생들이 성대하게 의욕을 불태우고 있다는 모양이다.

우승한 커플은 장래에 결혼한다는 징크스도 있으니까.

"여자가 경품이란 게 좋지 않아요. 미묘한 안건이라 정식으로 뭐라고 하기도 어려우니까 키리시마 선배가 타치바나 선배한테 그만두라고 말해주세요."

"그래도 그건 아슬아슬하게 통과 아냐?"

나는 개인적인 사정은 제외하고서 말했다.

"귀신 차림 그대로 나가면 개그로 치고 넘어가잖아. 베스트 커플 대회는 남자끼리 나가서 웃음을 노리기도 하니까. 귀신도 그 범주 내 아냐?"

"안 돼요. 귀신이라곤 해도 타치바나 선배니까. 당일에 경품을 노리고 귀신의 집으로 사람들이 몰려들어서 혼란에 빠질걸요."

요즘 타치바나의 인기가 전교에서 폭발적으로 상승 중이라는 모양이다.

"그, 남자친구가 결국 가짜 남친이었잖아요."

"아아, 그거 말이지."

야나기 선배의 친척이 타치바나에게 이상한 벌레가 꼬이지 않도록 남자친구인 척하고 있었던 것이다.

정작 당사자인 야나기 선배는 타치바나를 생각해 약혼한 사실을 주변에 알리지 않았다.

"프리란 걸 알고서 남자들이 잔뜩 신났다고요. 저희 반 남자들은 일부러 2학년 교실까지 타치바나 선배를 보러 간다니까요."

현장에서 사고가 일어나면 큰일이라고 하마나미가 말했다. 뭐, 개인적으로도 타치바나가 다른 남자와 베스트 커플 대회에 나가는 모습은 보고 싶지 않다.

"알았어, 말해 둘게. 다른 문제 거리는?"

또 하나 있는데요 하고 하마나미가 말했다.

"2학년에 코스프레 카페를 하는 반이 있잖아요."

"그거 우리 반이야. 난 손도 안 대지만."

"외설적인 복장 같은 것도 준비했나 보더라고요."

내가 바로 떠올린 것은 하야사카였다.

모두에게 부탁받아 난처해 하면서도 웃고 있는 얼굴이 쉽게 상상이 갔다.

"그래도 그쪽은 주의를 안 줄 방침이에요. 매년 어디선가 저지르지만 문제가 된 적은 없거든요."

"흐음. 그래도 주변에 맞추려다 보니 입고 싶지도 않은 옷을 입게 된 여자애가 있을지도 모르잖아. 실행위원으로서 주의를 주는 게 좋지 않을까?"

"그렇네요. 그래도 그런 애가 있다면——."

하마나미는 잠시 생각한 뒤 말했다.

"같은 반이니까 키리시마 선배가 도와주면 되지 않아요?"

◇

하마나미와 교사 문단속을 하게 되고 든 생각은 이 문화제 시즌에는 다들 상상 이상으로 들떠서 얼간이가 된다는 점이었다.

"지금 허둥지둥 도망친 커플, 옷 벗고 있었지?"

"……체육관에서 무슨 리허설을 하던 걸까요."

"어서 문 잠그자."

그런 업무를 시작한 지 며칠 뒤, 나는 학생회실의 문을 두드리고 있었다.

방과 후에 있었던 일이다.

학생회실 주변에는 인기척이 없었다. 미스연 부실과 마찬가지로 구 교사에 있기 때문이다. 모두 나가고 없는지 부실에는 학생회장인 마키 말고는 아무도 없었다. 마키는 연이어 문화제 예산 자료를 훑고 있었다. 표정은 태연했지만, 처리가 빨랐다.

"웬일이야, 키리시마가 이쪽에 다 오고."

그냥 좀, 하고 나는 대답했다.

"전에 학생회 유튜버화 계획했었잖아."

"그게 왜?"

"그때 쓴 도구들 어디에 있어?"

"이 방 어딘가에 있을 텐데——."

나는 어질러진 학생회실에서 그것을 찾기 시작했다. 선반을 열거나 책상 아래에 고개를 들이밀기도 하다가 곧 그것을 발견했다.

커다란 쓰레기봉투에 담겨 있었다.

학생회 임원이 직접 출연하기 위해 준비한 것이었다. 마키의 즉흥적인 착안으로 제법 큰 액수의 예산이 들어갔다.

머리 회전이 빠른 마키는 곧 내 의도를 눈치챘다.

"키리시마, 그거 하야사카 도와주려는 거지."

"뭐, 그렇지."

오늘 점심시간에도 교실에서는 문화제 때 열 코스프레 카페를 준비하고 있었다.

그때 하야사카는 옷 갈아입히기 인형처럼 되어 주변의 요청에 따라 순순히 여러 옷을 입었다. 메이드, 고양이 귀, 하야사카를 호객의 중심으로 삼으려 했기에 역시나 외설적인 복장이 많았다.

코스프레 카페가 반의 방침인 이상 그에 반대할 순 없었다.

하야사카는 평소처럼 주변의 비위를 맞추며 웃음을 짓고 있었지만 이따금 보이는 표정은 무척 어두웠다. 그녀는 사실 이런 것을 좋아하지 않았다.

"이제 와서 하야사카에게 자기주장에 당당한 성격이 되라는 것도 어려울 테니까."

"그렇지. 그렇다고 내가 그만하라고 말하는 것도 이상하니까."

거기서 한 계책을 짜냈다.

"그래도 키리시마가 도와줘도 되겠어?"

"뭐 어때."

"아니 그렇게 되면 하야사카 녀석, 또 상태가 심상찮게 되는 거 아냐?"

내 도움을 받았을 때, 하야사카가 좋아한다는 감정을 폭주시키는 경향이 있는 것은 사실이었다.

"지금 너희가 어떤 상황인진 모르겠다만."

"남들에게 말할만한 단계가 아니게 됐지."

"나한테도?"

"어어."

"참 대단들 하네!"

마키는 어이없어하면서도 감탄하듯이 목소리를 높였다.

"알았어. 이건 학생회 녀석 중 아무한테나 갖다주라고 시키마. 학생회에서 주는 선물이라 하면 키리시마 이름은 안 나올 테니까."

마침 그때 1학년 서기 남학생이 들어와 마키의 지시로 커다란 쓰레기봉투를 짊어지고 우리 반으로 들고 갔다. 이제 걱정은 없겠지.

"미안한걸."

"뭘, 괜찮아."

그보다 핸들 잘 잡아라, 하고 마키가 말했다.

"남자의 '좋아한다'는 감정은 꽤 가볍잖아?"

"기본적으로 쉽게 반하니까."

"여자의 '좋아한다'는 감정은 좀처럼 얻기 힘든 만큼 그렇게 됐을 때 대체로 진심이야. 얻으면 당연히 기쁘겠지만, 아마도 우리가 상상하는 이상으로 무척 커다란 감정이라고."

"요즘 그렇게 느껴."

세간의 상식에서 벗어나 우리만의 연애를 성실하게 추구한다. 그 자세는 변함없었다. 영화와 드라마 같은 사랑에 우리를 끼워 넣어 진짜 감정을 무시하고 싶지 않았다.

그러나 틀에 박히지 않은 생생한 감정이란 선악을 넘어선 힘의 분출이기에, 나는 그것에 더욱 신중해질 필요가 있었다.

"그럼 슬슬 교사 문단속하러 가야 해서."

"그래, 수고해라."

"마키도 너무 늦게까지 있지 마."

그렇게 말하고 학생회실을 나섰다. 오랜 시간 마키와 대화를 나누고 말았다.

이미 구 교사는 캄캄했다.

비상등의 녹색 불빛이 병원을 연상시킨다. 내 발소리가 타박, 타박 울렸다.

낡은 복도의 분위기가 너무 그럴싸해 내 걸음이 저도 모르게 빨라졌다.

제2 화학실 앞을 지났다. 불투명 유리창 너머로 늘어선 해부 표본이 시야에 들어와 재빨리 시선을 돌렸다. 왠지 서늘했다. 그리고.

──누군가 보고 있다.

그런 느낌이 들었다. 시선을 느낀 것이다.

누군가 뒤를 따라오고 있다. 그런 생각에 뒤돌아보았으나 아무도 없었다.

어두운 교사가 비현실적인 상상을 부채질했다.

그때였다.

지학 준비실에서 까득까득 문을 손톱으로 긁는 듯한 소리가 들렸다.

무심코 걸음을 멈추고 만 그 순간──.

무언가가 튀어나와 들이받았다.

뒤로 넘어진 내 위로 올라탔다.

사람이었다.

그 손에 은색으로 빛나는 날붙이가 보였다.

◇

나는 공포물을 싫어한다.

중학생 때 마키네 집에 모여 공포 영화 상영회를 한 적이 있다. 줄곧 텔레비전의 소니 로고를 바라보다가 영화가 끝난 뒤 "별로 안 무서웠네." 하고 말했던 것을 기억한다.

그런 내가 구 교사에서 식칼을 든 지저분한 하얀 원피스 차림의 여자에게 습격받았으니 꺅— 왁— 헉—! 하는 심플한 비명을 지르는 것도 무리가 아니었다.

여자의 얼굴은 알 수 없었다. 얼굴 앞으로 늘어진 긴 머리에 가려져 보이지 않았기 때문이다.

하지만 간신히 귀신의 집을 떠올렸다.

"……아하, 타치바나였군."

"정답."

머리를 쓸어올리자 얼굴이 튀어나왔다. 하지만 얼굴에도 제대로 무시무시한 화장을 해놓았다.

"깜짝 놀랐어?"

"그러게. 제법인걸?"

비명을 듣고서 저 멀리 학생회실의 문이 열리고 마키가 고개를 내밀었다. 하지만 곧 사태를 파악했는지 쏙 들어갔다.

"타치바나, 이런 데서 뭐 해?"

"시로가 구 교사로 들어가는 게 보여서 놀라게 하려고."

내가 마키를 찾아간 것은 약 1시간 전이었다. 즉, 타치바나는 그사이 줄곧 아무도 없는 지학 준비실에서 대기하고 있었던 셈이다. 새카만 어둠 속에서. 멘탈 엄청 강하네.

"타치바나, 고작 그거 때문에?"

"그렇지, 뭐. 부 활동도 못 하고 외출도 못 하니까."

타치바나가 통금을 어긴 그날 이후로 그녀의 어머니는 외출을 엄격히 제한했다. 휴일에 함께 노는 것은 물론 불가능했고 평일에도 문화제 준비를 마치면 곧장 돌아갔다.

"둘 다 바쁘니까 어쩔 수 없지만 말야."

타치바나는 잠시 망설이는 기색을 보인 뒤 말했다.

"왠지, 조금 쓸쓸했다고 해야 하나? 잘은 모르겠지만……."

스스로도 그런 감정이 싹튼 것이 곤혹스러운 모양이었다.

"그렇게 된 거야."

타치바나는 내 위에 올라탄 자세 그대로 망설임 없이 키스를 했다. 입술을 들이밀고 내 입에 혀를 집어넣어, 무척 담백하고 부드럽게 한 바퀴 돌렸다.

"좋은데."

만족스러운 표정의 타치바나.

호러 분장이 아니었다면 무척 귀여운 표정이었으리라.

"그럼, 슬슬 갈게. 모두 모이기 전까진 해산 안 하거든."

타치바나는 시원스럽게 일어섰다. 쓸쓸하다면 조금 더 하고 싶다고 생각할 법도 하지만, 이것이 타치바나였다.

"문화제, 열심히 하고 있구나."

"시로가 말해서 그래. 이런 행사는 소중히 하는 게 좋다고 그랬잖아."

　타치바나에겐 개처럼 순종적인 부분이 있었다.

"그럼 갈게."

　그렇게 말하고 타치바나는 신 교사를 향해 달렸다.

　나는 시간을 두고 신 교사로 돌아갔다.

"이보세요, 선배, 늦었잖아요. 어디서 놀다 온 거예요!"

　실행위원의 본거지가 된 시청각실에서 하마나미와 합류했다. 하마나미가 교사의 1층과 특별교실, 내가 2층과 3층의 소등을 확인하러 가게 되었다.

　나는 우선 3층에 있는 3학년 교실부터 돌았다. 아직 남아있는 반이 있어서 어서 돌아가도록 재촉했다. 수험을 앞두고 있어서 3학년 반들은 너나 할 것 없이 문화제 기획에 그리 힘을 쏟지 않았다. 그럼에도 방과 후에 남아있는 것은 지나가는 청춘이 아쉽기 때문이리라.

　문화제를 준비하기 위해 늦게까지 남게 된 밤의 교사에는 신기한 매력이 있다.

　즐거움과 약간의 섭섭함이 뒤섞여 전철 막차와 닮았다.

　2층으로 내려와 2학년 교실을 돌았다.

　마지막으로 불이 그대로 켜진 교실이 있어 나는 그 교실 안으로 들어갔다.

불을 끈, 그 순간이었다.

뒤에서 누군가 껴안았다. 확인할 것도 없이 그 부드러운 감촉에 누군지 알 수 있었다.

"키리시마……."

어리광을 부리는 목소리와 등에 닿는 관능적일 만큼 뜨거운 숨결.

완벽하게 스위치가 켜진 상태인 하야사카였다.

가을밤, 문화제 준비 중인 교사, 단 둘뿐인 교실.

창으로 달빛이 비쳐들었다. 불은 껐지만 캄캄하진 않았다.

뒤에서 껴안은 하야사카의 팔에 힘이 들어갔다.

"타치바나랑 구 교사에서 같이 나왔지? 뭐 했어?"

서늘한 질문.

하지만 껴안은 느낌에서 위험한 상황은 아니라는 것을 알 수 있었다.

"타치바나가 부실에 두고 온 책을 집에 들고 가고 싶다고 해서 문을 열어준 거야."

괴로운 변명이었지만, 하야사카에겐 전혀 상관없었던 모양이다.

"그렇구나. 키리시마, 타치바나랑은 별로 사이좋게 못 지내고

있었지."

"문화제 준비 기간 중엔 미스연 활동을 안 하니까."

"그거 알아? 요즘 타치바나가 돌아갈 때 몰래 선배가 배웅하러 가."

타치바나는 요즘 나와 집에 가는 시간이 겹치지 않도록 하고 있었다. 선배와 있는 모습을 보여주지 않도록 하기 위해서일 것이다. 그것이 조금 기특하기도 했다. 하지만 지금은 그보다도――.

"저기, 하야사카."

"괜찮아."

하야사카는 정면으로 돌아들어 와 달라붙었다.

"지금 이 느낌, 익숙한데."

"고마워, 키리시마."

하야사카의 시선은 교실 끝, 학생회실에서 배달온 비닐봉지로 쏟아졌다. 그곳에서 곰돌이 캐릭터의 거대한 얼굴이 엿보였다.

마키가 학생회 유튜버화 계획을 세웠을 때 100만 엔이나 되는 예산을 써서 사들인 인형탈이었다. 학교 마스코트 캐릭터로 등장시켰지만 재생수가 전혀 늘지 않아 곧 계획은 없었던 일이 되었다.

"학생회 사람이 있지, 코스프레 카페에서 입어도 된다며 이 곰 인형 옷을 가져다줬어."

하야사카는 곧장 이걸 입고 싶다며 손을 들었다고 한다.

"다른 옷을 입어달라는 사람들도 있었는데 귀여운 곰 인형 옷이 좋아, 이거 아님 싫다고 말했더니 어떻게든 됐어."

당일에는 전신 인형탈을 입고 접객하기로 정해졌다는 모양이다.

"고마워. 나, 실은 가슴이 강조되는 옷은 입기 싫었거든."

"이걸 갖다 준 건 학생회잖아."

"으응, 키리시마 덕이야. 이런 건 전부 키리시마라구."

하야사카는 다시 내게 달라붙어 얼굴을 들이밀었다.

"얼마 안 가 하늘이 개는 것도 내 덕이 될 것 같은데."

"에헤헤. 점심시간에 내가 곤란해 하는 거 봤지? 그때 키리시마가 도와줄 것 같았거든. 그야 키리시마인걸."

그래도 나한테만 신경 쓰면 안 돼, 하고 장난스럽게 말했다.

"키리시마의 첫 번째는 타치바나니까."

그렇게 말하면서도 표정은 무척 기뻐 보였다.

"그보다 하야사카, 좀 지나치게 대담하다. 아직 남아있는 학생도 있어."

"그럼 숨자."

교실 맨 뒤, 창가까지 손을 잡고 이끌었다. 하야사카가 커튼을 쳤고 우리는 그 뒤로 숨는 형색이 되었다. 하야사카의 눈은 이미 촉촉하게 젖어 열이 오른 상태였다.

"키리시마는 최고야."

하야사카는 그렇게 말하곤 발돋움을 해 입술을 바짝 갖다 댔다.

"아니, 내가 무슨 최고야——."

정말로 그렇다.

왜냐하면 하야사카와 키스를 하고 있지만, 입안에는 아직 타치바나의 침이 남아있었다. 하지만 하야사카는 전혀 신경 쓰지 않고 혀를 집어넣었다. 촉촉이 젖었으며 도톰하고 무척 뜨거웠다. 몹시 기품있고 섬세한 타치바나의 혀가 주던 감촉과는 또 달랐다.

"다른 남자들은 다 형편없어. 몸만 보고 그런 옷을 입히려 들고. 하지만 키리시마는 달라. 키리시마만은 달라. 그러니까 최고야."

"아니, 나도 비슷한데."

지금도 타치바나와 하야사카를 비교하고 말았다. 하야사카의 몸은 부드러워서 꼬옥 껴안아 주고 싶다. 타치바나의 몸은 감각이 민감해 엉망진창으로 만들어주고 싶다.

하지만 하야사카와 내 마음은 같지 않아 서로 엇갈린 채 속도를 높였다.

"아니야, 키리시마는 달라. 그런 사람들과는 달라. 다른 남자들이 내 몸을 어떤 식으로 보는지 알아. 하지만 그 사람들에겐 안 보여줄 거야. 못 만지게 할 거야. 그래도 키리시마는 괜찮아. 키리시마에겐 보여줄게, 만지게 해줄게. 아니, 봐 줬음 좋겠어, 만져줬음 좋겠어. 있지, 키리시마는 내 몸, 마음대로 해도 돼. 장난감처럼 대해도 나, 전혀 상관없어. 응? 장난감처럼, 마음대로 해도 되니까."

그렇게 말하며 교복 재킷을 벗기 시작하는 하야사카.

그리고 어딘가 취한 것처럼 보이는 표정으로 말했다.

"……하자."

"뭐?"

재킷이, 이어서 스웨터가 바닥에 떨어졌다. 나는 시선을 돌리고 그것을 보며 얼간이처럼 "뭘?" 하고 물었다. 뭘 하자고 하는 걸까. 하지만 하야사카는 옅게 미소 지을 뿐이었다.

이럴 때 하야사카는 무척 요망하고 야하다.

"여기서…… 해버리자."

리본 타이도 바닥에 떨어졌다. 가슴이 드러난 셔츠, 그리고 치마.

"응? 만져줘……."

그 말에 나는 얼버무리듯이 하야사카를 안았다. 그러나──.

"오른손 손가락, 조금 더 위야."

하야사카의 등, 그 말을 따라 오른손을 움직이자 손가락 끝에 딱딱한 천과 금속구의 감촉이 느껴졌다.

"위아래로 밀면 바로 풀려."

말하는 대로 블라우스 위에서 후크를 풀었다.

하야사카가 몸을 비틀자 셔츠 안에서 분홍색 천이 떨어졌다.

브래지어였다.

아니 잠깐만, 이게 무슨──.

"자, 잠깐만, 하야사카. 문젯거리투성이인데."

너무 깊숙이 들어가 폭주하고 있었다.

하지만 하야사카는 내 말을 들을 생각이 없었고, 내 손을 잡더니 셔츠 한 장 차림이 된 가슴으로 가져가려 했다. 죄는 것이 사라진 하야사카의 가슴은 상상하던 이상으로 컸고 매끄러운 하얀 피부는 소녀 같았지만, 무척 선정적이었다.

하지만, 그때였다.

복도에서 남학생 몇 명이 대화하는 소리가 들려왔다.

'하야사카 아직 남아있나 본데? 아, 불 꺼져있네. 아직 있을 텐데…….'

'진짜? 있으면 메시지 ID 물어보자.'

'아예 고백해버려.'

이쪽으로 다가왔다.

솔직히 살았다고 생각했다.

"하야사카, 저거 봐. 빨리 재킷 입고──."

내가 말했다. 그러나.

"키리시마 말고 다른 남자애들은 다 죽어버리면 좋을 텐데."

하야사카는 싸늘한 눈빛으로 귀찮아 죽겠다는 듯이 말했다.

"항상, 항상, 이럴 때까지 방해를 하고……."

거기서 하야사카는 "아, 맞다." 하고 생각났다는 듯한 표정이 되어 밝게 웃었다.

"있지, 키리시마. 저 녀석들한테 보란 듯이 보여주자."

"무슨 소리야?!"

"우리가 하는 걸 눈앞에 보여주는 거야."

하야사카, 완전히 새까맣게 타락했다. 블랙 하야사카다.

"내가 있는 건 이미 들켰지만 키리시마는 괜찮아. 커튼 안에 있으면."

"아니, 피해를 보는 건 하야사카잖아."

"괜찮아. 깨닫게 해주자, 내가 그런 여자란 걸."

평소라면 누군가 왔을 때 제정신을 차리는데 오늘은 걸음을 멈추지 않았다. 점점 깊은 곳으로 향했다.

"멋대로 기대하고 멋대로 환멸하라지."

남학생들이 대화를 나누며 교실로 들어왔다.

이미 그들이 놀라 입을 떡하니 벌리고 있는 것을 알 수 있었다.

커튼 속에서 하야사카처럼 보이는 실루엣이 어떤 남자와 껴안고 있었으니 당연하리라.

게다가 발밑으로는 교복 재킷에 치마, 브래지어까지 떨어져 있었다.

하야사카는 옅게 미소 짓고는 내 목 뒤로 손을 둘렀다.

"음...... 응......."

들으라는 듯이 소리를 내며 키스하기 시작했다. 주변의 온도가 올라갔다.

소리를 참지 않는 모습에서 하야사카 본인이 점점 흥분하는 것이 느껴졌다.

"있지, 혀, 빨아줘."

말하는 대로 하자 하야사카는 몽롱한 얼굴로 헐떡이기 시작했다.

"앗, 으음, 기분 좋아아...... 침 줘...... 부탁이야, 침 줘......."

하야사카는 까치발로 서더니 내 다리에 허벅지 사이를 갖다 댔다.

남학생들이 침을 삼키는 소리가 들렸다.

"응? 만져줘…… 여기, 만져줘……."

내 오른손을 하얀 셔츠 속으로 이끌었다. 나는 작디작은 미지의 공포심과 함께 가슴의 언덕에 닿았다. 상상 이상으로 부드럽고 무게감이 없었다. 그것은 내 손의 움직임에 맞추어 자유롭게 형태를 바꾸었다. 피부가 촉촉해 빨아들이듯이 손에 달라붙었다.

"앗, 앗…… 거기…… 거기…… 좋아."

하야사카는 더는 키스할 수 없는지 그저 헐떡였다. 나도 흥분했다. 그 감촉 때문이 아니라, 내가 조금만 다르게 만져도 점점 볼을 붉히는 하야사카의 반응 때문이었다.

내가 딱딱해진 돌기에 닿자 하야사카는 한층 더 새된 소리를 지르며 달라붙었다.

서 있는 것도 고작인 것처럼 보였고 볼에도 열이 올랐다. 피부도 땀으로 젖었다.

"지금 거, 좋아. 더어…… 더 해줘어…… 그거, 기분 좋아…… 더어……."

달콤한 목소리를 내며 하야사카는 계속해서 앞으로, 앞으로 나아갔다.

커튼 안에서 하야사카가 몸에 걸친 것은 앞이 벌어진 셔츠와 하반신의 속옷뿐이었다. 달빛이 비치는 부드러워 보이는 몸. 그리고──.

"……이쪽도…… 이쪽도오…… 왠지, 이상해애……."

다리와 다리 사이를 내 허벅지에 밀어붙였다. 얇은 속옷 너머로 그 열기를 느꼈다.

그때 남학생들이 "미, 미쳤다." 하고 말하며 허둥지둥 밖으로 나갔다.

"남자애들은 항상 입으론 야한 소릴 잔뜩 하는 주제에 막상 눈앞에 닥치면 도망치는구나. 그래도 키리시마는 다르지. 키리시마는 달라. 키리시마는──."

"아니, 아무리 나라도 조금 쫄았는데."

내가 그렇게 말하자 하야사카는 갑자기 정색했다.

"……왜?"

그 짧은 정적이 조금 무서웠다. 어리광을 부리던 얼굴에서 느닷없이 표정이 사라졌다.

하지만 곧 "아." 하고 말하더니 무언가 생각이 미친 것처럼 표정이 몹시 환해졌다.

"기뻐! 키리시마, 그렇게나 내 생각을 제대로 해줬구나!"

"어?"

"그치. 갑자기 할 일이 아니지! 그야 아직 우린 고등학생이니까. 무슨 일이 생기면 큰일 나겠지? 키리시마는 그런 것까지 제대로 생각해주는 남자구나?"

감동한 하야사카는 내게 촉촉해진 온몸을 세게 밀어붙이며 말했다.

"다음엔 끝까지 할 수 있게 제대로 그런 준비 해둘게."

◇

　하야사카에게 교복을 입히고 돌려보낸 뒤 하마나미와 함께 문
단속을 하고 돌아가는 길이었다.

　"선배, 잠깐 편의점 들러요."

　그런 소릴 하길래 하마나미와 함께 군것질을 하기로 했다.

　편의점 주차장에서 닭튀김을 먹었다.

　"키리시마 선배, 칠칠찮네요. 무릎, 무릎."

　"무릎?"

　"뭔가 얼룩이 졌어요."

　"……조금 젖었네. 아까 차라도 흘렸나."

　하야사카가 다리와 다리 사이를 들이댔던 사실이 떠올랐다.

　만약 세간의 이미지에 빗댄다면 이런 것은 천박하고 좋지 못
할 것이다.

　깨끗하고 올바르고 아름답거라.

　하지만 우리의 마음은 이미지가 아니기에 이러한 생생함이 있
다.

　청순, 청초한 하야사카도 이런 행위를 하고 싶은 마음이 있다.

　있는 그대로를 솔직하게 바라본다면 이런 식으로 딱 잘라 말
할 수 없는 것이 잔뜩 있는 것이다.

　나는 옆을 바라보았다.

　하마나미 또한 그렇다. 유행하는 헤어스타일에 쾌활하고 성

실한 후배인 데다 딴지를 잘 걸어준다.

　하지만 그것은 내가 하마나미에게 멋대로 품은 이미지이고 그렇게 있어 주길 바라는 소망일 뿐이며 진짜 하마나미는 그렇게 쉽게 딱 잘라 말할 수 있는 사람이 아니다.

　"있잖아, 하마나미."

　나는 처음부터 눈치채고 있었다.

　"지워줄래?"

　"뭘요?"

　"나랑 타치바나가 키스하는 사진."

　하마나미는 내 얼굴을 빤히 바라보았다. 그리고 닭튀김을 세 개 정도 입으로 옮긴 뒤 우물우물 먹으며 말했다.

　"그 사진, 모두에게 들키면 큰일 나요?"

　"엄청 큰일 나."

　"그래요? 그 사진이 그렇게나 유용하군요."

　그럼, 하고 하마나미가 말했다.

　"절, 좋아한다고 말해주세요."

제11화 차고 싶어지는 등짝

하마나미는 타치바나를 별로 좋아하지 않는 모양이었다.

"얼굴이 이쁘다고 다들 너무 어리광을 받아주는 거예요. 평범한 여자애는 그렇게 쌀쌀맞은 태도론 못 살아요! 말라 죽는다고요!"

점심시간, 미스연 부실에서 있었던 일이다.

소파에 앉아 하마나미와 함께 도시락을 먹고 있었다.

협박 때문에 내가 하마나미를 좋아한다는 설정이 되어 이러고 있는 것이다.

"타치바나, 1학년 사이에서도 인기가 있나 보던데. 누가 연락처를 물어보는 걸 봤어."

타치바나는 세세한 걸 신경 쓰지 않는 타입이라 물어보면 물어보는 대로 알려주고 있었다. 그 남학생은 주먹을 불끈 쥐며 기뻐했다.

"그 녀석, 같은 반인 요시미란 녀석이에요. 전형적인 까불이죠. 만화를 읽고서 농구를 시작한 바보라고요."

"꽤 멋있었는데."

"어라, 불안해요?"

"글쎄다."

내가 그렇게 말하자 하마나미는 크게 한숨을 내쉬었다.

"타치바나 선배의 어디가 좋은 걸까요. 학교 끝나고 일부러 교실까지 보러 가봤자 귀신 화장을 하고 있잖아요. 어차피 얼굴도 다 가려지는데."

"후광 효과겠지."

"인기 있는 사람이 더 큰 인기를 끄는 심리 효과 말이죠. 남이 원하는 걸 자신도 가지고 싶어지는."

"알아?"

"전 공부도 성실히 하는 타입이라."

히트 상품은 더욱 히트하고 연애에서도 인기 있는 사람을 보면 '저 사람은 매력적인가 보다.' 하고 모두가 느끼며 그 인기는 계속해서 위로 치솟는다.

"그런 단순한 심리 효과에 당하다니, 남자는 바보예요."

하마나미가 말했다.

"키리시마 선배는 타치바나 선배의 어디가 좋아요?"

글쎄다 하며 내가 잠시 생각한 뒤 말했다.

"……얼굴, 이려나."

"솔직하시네!"

심플한 딴지.

"하마나미는 타치바나가 마음에 안 드나 본데 딱히 이런 짓을 해 봤자 타치바나가 대미지를 입지는 않을걸."

내가 하마나미를 좋아한다는 설정으로 생활한들 눈썹 하나 까

딱 안 할 것 같다.

"그래요? 그렇게 러브러브한 키스를 해놓고서? 분명 낙담할 걸요. 타치바나 선배를 납작하게 짓눌러 버리겠어요!"

"누가, 누구를 짓누른다고?"

"제가, 선배를, 짓누르겠다고요! 응? 끼에에엑!"

하마나미가 비명을 질렀다.

어느새 타치바나가 등 뒤에 서 있었기 때문이다. 여담으로 내가 앉아있는 위치에서는 부실로 들어오는 타치바나의 모습이 보였다. 그리고 하마나미, 리액션 솜씨도 맛깔난걸.

"타치바나, 무슨 일이야?"

"그냥 음악실에 악보 가지러 왔어. 그랬는데 옆에서 말소리가 들리길래."

타치바나는 찬찬히 하마나미를 바라보았다.

"시로, 얘 좋아해?"

"내가 하마나미에게 반했다는 소문이 벌써 퍼졌구나."

"하여간, 시로는 변덕스럽다니까."

그 말만을 남기고 타치바나는 부실 밖으로 나가려 했다.

"어? 따로 할 말 없어요?"

당황한 것은 하마나미였다.

"자기가 좋아하는 남자가 다른 여자를 좋아한다고 말하는 건데요?"

"응, 그러네."

"키리시마 선배를 좋아하는 거 아니에요? 이런 관계인데?"

하마나미가 스마트폰을 들었다. 나와 타치바나가 키스하는 사진이 표시되어 있었다.

"혹시 키리시마 선배를 갖고 논 거예요? 그럼 더더욱 이 사진을 뿌리면 큰일 나겠네요. 선배의 인기 절정 제국도 오늘로 끝이에요."

"흐음."

타치바나가 사진을 들여다보았다. 그리고 하마나미를 보며 말했다.

"시로, 얘, 엄청 착한 애구나."

"네?"

하마나미가 눈을 동그랗게 떴다.

전 두 사람을 협박하고 있는 건데요? 하는 얼굴.

"엄청 예쁘게 찍혔어. 있잖아, 그 사진 줄래? 폰 배경 화면으로 해 놓게."

타치바나는 하마나미에게서 스마트폰을 뺏어가 휙휙 조작했다.

"너, 이름이 뭐야?"

"하마나미 메구미인데요……."

"하마나미, 더 찍어줄래?"

"찍어요?"

"시로랑 찍힌 사진, 더 갖고 싶어. 그럼 지금부터 키스할 테니까."

"저기요……무슨 소릴 하는 거예요?"

"여름에 있지, 어떤 여자애가 눈앞에서 보란 듯이 키스했거든. 나도 남들 앞에서 보란 듯이 키스하고 싶었어. 하마나미, 더 찍어줘. 자랑하고 싶어."

담담하게 말하는 타치바나.

하마나미는 경직된 표정으로 날 바라보고 말했다.

"여기, 이세계예요?"

낯선 윤리관에 얼이 빠진 모양이다.

"타치바나는 그런 여자애야."

"아뇨, 키리시마 선배, 뭐라고 한마디 하는 게 좋을걸요. 여러 가지로 잘못됐다고."

그러게, 하고 나는 동의했다.

"타치바나, 배경 화면은 부끄러우니까 그만두자."

"그게 아니라고요! 하나도 안 중요하다고요! 키스를 보여주고 싶다든가 찍히고 싶다든가 하는 영문 모를 소리가 잔뜩 있었잖아요!"

그보다 그렇게 러브러브하면 당당하게 있으면 되잖아요, 하고 하마나미가 말했다.

"키리시마 선배가 사진을 지워달라고 말해서 그걸로 협박하고 있는 건데, 전혀 효과가 없잖아!"

"아니, 사진 때문에 곤란한 건 정말이야."

내가 말한 뒤 타치바나가 이어서 말했다.

"난 약혼자가 있거든."

하마나미가 눈을 크게 떴다.

"……참고로 그게 누군데요?"

"야나기 슌."

하마나미가 또 태엽 인형처럼 삐걱삐걱 고개를 비틀어 나를 바라보았다.

"저기, 제가 여기 있는 거, 야나기란 사람한테 부탁받은 건데요."

"알지, 말 안 해도."

"아뇨, 말해야겠어요!"

내가 하마나미에게 반했다는 가짜 정보가 돌자 곧 야나기 선배가 행동에 나섰다.

"갑자기 잘생긴 남자가 교실에 들어왔다 싶더라니 제 쪽으로 오더라고요."

하마나미는 잘생긴 남자를 껄끄러워했지만 상대가 너무 다정하게 대해서 대화가 이루어졌다는 모양이다.

"그 사람, 계속 키리시마 선배를 칭찬하더라고요. 그래서, 좋은 녀석이니까 같이 점심이라도 같이 먹어달란 부탁을 받아서 여기에 있는 거거든요. 그 사람, 야나기 슌이란 사람인데 말이죠. 그야말로 가족처럼 엄청나게 키리시마 선배를 생각해줬다고요."

하마나미는 나와 타치바나의 얼굴을 번갈아 보며 말했다.

"무섭거든요?! 둘 다!"

"시로, 하마나미는 기운이 넘쳐서 재밌네."

"그치."

"얼버무리지 말고!"

하마나미가 어깨로 숨을 몰아쉬며 말했다. 아무래도 더는 체력이 한계인 모양이다.

타치바나는 어깨를 움츠려 보였다.

"그렇게 된 거니까, 시로가 다른 여자애랑 뭘 하든 책망할 생각은 없어."

내 사랑은 끝날 사랑이니까, 하고 타치바나가 말했다.

"고등학생 시절에 한정된 관계야. 졸업하면 약혼자랑 결혼할 거고. 어디에도 흔적은 남기지 않을 거야. 어른이 되면 그런 일도 있었지, 하고 떠올릴 뿐이지."

딱 지금, 마음만 통하면 형태는 아무래도 좋다고 타치바나가 말했다.

"난 유령 같은 존재니까."

그런 식으로 생각하고 있었구나 싶었다.

"그래도 나쁘지 않아."

타치바나는 조용한 어조로 말을 이었다.

"시로 안에 남아있는 나는 줄곧 10대이고 줄곧 아름다운 채야. 아름다운 추억을 남기고 이별하는 거지. 그러면 돼."

하지만 고마워, 하고 타치바나는 하마나미를 향해 만족스럽게 스마트폰을 들어 보여주었다.

"사진을 찍는다는 건 생각도 못 했는데 있으니까 기뻐. 곧 지

우겠지만, 그때까지는 계속 보고 또 볼 거야."

그럼 갈게, 그렇게 말하고 타치바나는 부실을 빠져나갔다.

그 뒤로는 마치 깊은 산속 호수와도 같은 정적만이 남았다.

우리는 묵묵히 다시 도시락을 먹기 시작했다. 방금까지만 해도 그렇게나 소란을 피워대던 하마나미의 표정은 무척 얌전했다. 식사를 마치고 젓가락을 내려놓고서도 그 표정은 변함이 없었다.

"타치바나 선배는…… 조금 덧없어 보이네요."

풀이 죽은 하마나미.

"왠지 저, 슬퍼졌어요."

발끝을 바라보며 쭈뼛거린 뒤 자기 가슴을 붙잡았다.

"타치바나 선배의 마음을 상상했더니 왠지 괴로워졌어요. 너무 안타까워요. 앗, 아니, 전 타치바나 선배 편이 전혀 아니지만요. 원래 갖고 있던 마음은 변함없어요. 납작하게 짓눌러서――."

"말하는 걸 잊었는데."

"힉."

하마나미가 놀라 목소리를 높였다.

타치바나가 기척 없이 돌아왔기 때문이다. 완전히 하마나미를 가지고 놀고 있었다.

"이건 충고인데, 하마나미. 딱히 진심으로 시로가 좋아해 주길 바라는 건 아니지? 왜 그러고 놀고 있는진 몰라도 별로 좋은 방법은 아닐 거야."

나 같은 여자애만 있는 게 아니거든, 하고 타치바나가 말했다.

"그런 걸 신경 쓰는 여자애도 있어. 무서운 일을 당해도 난 모른다."

그 말만을 남기고 이번에야말로 부실을 빠져나갔다.

"무슨 소리예요?"

"글쎄?"

나는 시치미를 뗐다.

그러나 몇 분 뒤 하마나미는 무슨 소리인지 알게 되었다.

"이 애야? 키리시마가 좋아하게 됐다는 여자애."

부실로 들어온 하야사카는 하마나미에게 시선을 보내며 말했다.

그리고 갖다 붙인 듯한, 그러면서도 천사와도 같은 미소를 띠며 말했다.

"있지, 키리시마…… 난 몇 번째야?"

◇

키리시마 시로는 하마나미 메구미를 좋아한다.

어떤 의도를 품고 그런 설정으로 생활하고 싶은지는 알 수 없었으나 그 설정에 어울려주는 것이 나로서도 유리했다.

"난 또 키리시마가 하야사카를 좋아하는 줄 알았지."

날조된 소문이 흘렀고 곧 야나기 선배의 전화가 걸려 왔다.

"알잖냐, 하야사카는 엄청 귀여우니까."

"선배, 하야사카를 귀엽다고 생각했군요."

"뭐, 그야……."

야나기 선배는 순간 쑥스러움이 섞인 말투로 말했다.

"그런 식으로 생각하지 않으려고 했을 뿐이지."

"절 생각해서, 말이죠?"

"왠지 방해하는 느낌이 되면 미안하잖아."

"너무 신경 쓰는 거예요. 게다가 난 하야사카에게 연애 감정도 없고."

그런 거짓말을 했다.

"그러니 선배는 선배대로 제대로 하야사카를 평가해주세요. 귀엽다는 생각이 들면 귀엽다고 똑바로 말해주는 게 좋다고요."

야나기 선배는 날 배려해 저도 모르게 하야사카를 여자로 보지 않으려 했다.

후배가 반한 여자라는 라벨을 붙여 거리를 두고 있었다.

하지만 그것이 아니란 걸 알자 그 라벨은 떼어져 야나기 선배의 의식에 하야사카가 여자로서 부상했다. 그것은 선배가 하야사카를 '귀엽다'고 말한 점에서도 알 수 있었다.

"이건 그런 식으로 선배의 의식을 바꾸기 위한 연기였어."

나는 하야사카에게 설명했다.

"그렇구나. 그럼 키리시마는 진심으로 하마나미를 좋아하는 게 아니란 거지?"

"물론이지."

부실에서의 대화는 계속되고 있었다.

타치바나와 엇갈려 하야사카가 들어와 '난 몇 번째야?' 하고 물어본 뒤에 일어난 일이다.

내 설명을 듣고 하야사카의 인왕과도 같은 압박감은 어느 정도 누그러들었다.

"그럼 하마나미도 키리시마가 진심이 아니란 걸 아는 거구나? 그냥 연기란 걸 알고서 하는 거지?"

"네! 물론이죠! 미친 소리라고요!"

하마나미는 이 상황에 얼굴이 딱딱하게 굳었다.

"그렇구나, 응!"

하야사카는 자상한 선배의 얼굴을 하고서 하마나미의 양손을 쥐었다.

"고마워, 우리한테 협력해줘서!"

"어? 아, 네."

"왠지 기쁘다~. 나랑 키리시마의 관계는 있지, 지금까지 모두에게 비밀이었거든. 그래도 줄곧 누구한테 말하고 싶었어. 내겐 키리시마란 최고의 남자친구가 있다고. 두 번째끼리라도, 제대로 된 연인 사이니까."

그리고 "어쩌지? 이런 걸 말하는 건 너무 여친이라고 유세 떠는 건가? 아니야, 난 여친이 맞는걸." 하고 혼자서 이래저래 망설인 끝에 하야사카는 하마나미를 향해 말했다.

"키리시마를 앞으로도 잘 부탁해! 못 미더워 보일지 몰라도 막상 일이 닥치면 의지가 되니까!"

말해버렸어~! 하고 말하며 하야사카는 얼굴을 붉히면서 부실을 빠져나가 버렸다.

복도에서 "여자 후배 앞에서 여친이라고 유세 떨었어~." 하고 말하는 소리도 들려왔다.

자, 그럼──.

하야사카가 사라지자 하마나미가 날카롭게 나를 노려보았다.

"저기요. 뭐예요, 이게? 금시초문인데요…… 약혼자가 있는 타치바나 선배랑 키스한 게 다가 아니었어요? 왜 하야사카 선배가 나오는데요?! 두 번째라는 불온한 단어까지 나왔거든요?!"

"그건 말이지."

나는 타치바나와 하야사카, 야나기 선배와의 관계를 설명했다.

"미쳤어!"

얘기를 다 듣고서 하마나미는 휘둥그레 눈을 뜨고 외쳤다.

"무섭거든요! 뭐 하는 거예요?! 아니 그보다, 왜 그런 걸 저한테 얘기해요?"

"누군가 들어주길 바랐거든……."

"누가 신부님인 줄 알아요? 고해성사하는 자리인 줄 아냐고요! 저한테 얘기해봤자 용서 못 받는다고요!"

"하마나미는 어떻게 해야 좋을 것 같아?"

"어쩌고 자시고도 없어요. 그도 그럴 게 하야사카 선배는 완전히 키리시마 선배가 첫 번째가 됐잖아요!"

"역시 그래 보여?"

"야나기 선배를 꼬신다는 건 완전히 말뿐이란 게 뻔히 보인다고요! 행동부터 벌써 100% 여친이잖아요. 뒤에서 키리시마 선배랑 타치바나 선배가 키스했단 걸 아는 순간 지옥 스타트라고요!"

거기서 하마나미는 헉, 하고 숨을 들이켜며 눈을 커다랗게 떴다.

"혹시 이대로 졸업할 때까지 감출 생각이에요? 야나기 선배가 저런 마음인 걸 이용해서 하야사카 선배랑은 연인으로 지내며, 야나기 선배 앞에선 좋은 후배인 척하며 타치바나 선배와의 기간 한정 연인 사이를 완수하려고요? 아니, 제정신이에요? 돌았어요?"

"안 돼?"

"일촉즉발이라고요! 그런 폭탄을 안고서 고등학교 생활을 보내겠다니 믿을 수가 없네! 우리의 배움터를 화약고로 만들지 말아요! 사랑의 발칸 반도라구요!"

무서워라 무서워, 하고 외치길 반복하는 하마나미.

"경솔하게 키스신을 찍어서 선배를 협박하려 한 건 사과할게요."

"딱히 상관없어. 하마나미가 나쁜 녀석이 아니란 건 어렴풋이 알고 있으니까."

"다 알고 있다는 듯한 분위기를 내시네요. 하지만 이제 더 이상 저랑 어울려줄 필요 없어요. 전 따라갈 수 없는 세상이에요. 무리예요. 알고 있었다면 엮이지도 않았을 거고 더는 엮이기 싫어요."

"그런 섭섭한 소리 하지 말고."

"그런 말 해 봤자 안 돼요. 전 불건전한 건 싫다고요. 부디 하야사카 선배에게 찔리지 않도록 조심하세요. 그럼 이만."

부실을 나가는 하마나미.

우리의 인간관계에 말려들고 싶지 않아서 앞으로는 절대로 관여하고 싶지 않단다.

그러나——.

"대체 왜!!"

하마나미가 절규했다.

며칠 뒤 점심시간, 또다시 부실에서 있었던 일이다.

나와 하마나미뿐만 아니라 타치바나, 하야사카, 야나기 선배, 이렇게 모두가 모여 있었다.

"멤버 구성이 왜 이래요?"

"일이 많았다고 밖엔 설명할 수 없지."

사건의 발단은 문화제 실행위원장의 한마디였다.

'키리시마랑 하마나미가 상성 진단용 문제를 열 개 짜다 줘.'

베스트 커플 대회의 내용 중 일부를 맡게 된 것이다.

그렇게 하마나미와 함께 설문을 만들었지만, 당일에 바로 써먹을 수도 없는 노릇이라 예행연습을 하게 되었다.

그리고 그날 점심시간, 문제를 시험하기 위해 미스연 부실에

모인 것은——.

타치바나, 하야사카, 야나기 선배, 거기에 나와 하마나미라는 조합이었다.

의자를 늘어놓고 원형으로 앉았다.

"지옥인데요……."

"어쩔 수 없잖아."

사실은 마키와 하야사카의 친구인 사카이라도 부를 생각이었으나 급한 일이 생긴 그들이 멋대로 대타를 보낸 결과 이렇게 되었다.

"알았다고요. 뭐, 이미 벌어진 일이니 됐다 치죠. 근데 저건 뭔데요, 저건? 인간이 아닌 게 섞여 있잖아요! 카오스야!"

하마나미가 손가락으로 가리킨 끝에는 곰돌이 인형탈이 있었다.

하야사카였다.

우으읍 하고 인형탈 속에서 목소리가 들렸다.

"뭐라고 하는지 모르겠거든요!"

그러자 곰돌이 인형탈은 목에 건 화이트보드에 펜으로 메시지를 적었다.

'미안해~ 아까까지 의상 체크하고 있었거든.'

"웬 필담?!"

'이 인형탈, 목소리를 못 내. 당일에도 이거 입고 손님 맞을 거야~.'

"지금은 벗어주세요!"

그 말에 하야사카는 커다란 곰돌이 얼굴을 벗었다. 땀으로 앞머리가 이마에 달라붙었다. 몸은 인형탈 그대로라 조금 귀엽다.

"그리고! 그쪽은 왜 호러 생물인 채 참가한 건데요!"

타치바나는 귀신 차림으로 내 옆에 앉아있었다.

"머리 때문에 얼굴이 안 보인다구요!"

"이러면 돼?"

"나온 얼굴까지 무섭네! 화장 지워주세요! 전 공포물 싫어한단 말이에요!"

하야사카가 준 클렌징 티슈로 타치바나가 얼굴을 닦아냈다.

"상성 진단이라니 재밌겠는데."

야나기 선배가 그렇게 말하자 하마나미가 가슴을 움켜쥐고 고개를 숙였다.

"웃음이 상쾌해! 왜 내 가슴이 괴롭지!"

그렇게 말하면서도 준비를 위해 스케치북과 매직을 나누어주었다.

하마나미가 문제를 내고 나머지 네 사람이 답해보자는 계획이다.

막상 시작하려는데 하마나미가 작은 목소리로 귓가에 속삭였다.

"이제 와서 말하긴 그런데 정말로 할 거예요?"

"뭔가 문제라도 있어?"

"그야 상성 진단이잖아요."

멤버가 이런데요? 하고 하마나미는 모인 사람들의 얼굴을 둘러보며 말했다.

"지뢰 천지라고요!"

"그래도 축제 당일까진 시간이 없잖아. 한 번 시험해보는 게 낫겠지."

불이 붙으면 어쩔 거냐고 말하는 하마나미는 자신이 없어 보였다. 그 걱정은 이해가 갔다.

"괜찮아. 나한테 맡겨."

"진짜요? 으으으……."

하마나미는 신음을 흘렸으나 "어휴, 어떻게 되든 난 몰라요!" 하고 결국엔 자포자기하는 심정으로 말했다.

"그럼 상성 진단, 시작합니다!"

◇

"상성 진단 코너~~!! 둥둥 빠빠~~~!"

하마나미가 신나게 문제를 읽어나갔다.

"개와 고양이, 취향은 어느 쪽?"

당일에는 답이 일치한 커플에게 포인트가 가산될 테지만, 지금은 문제를 시험할 뿐이라 누가 누구와 짝이 될지는 정하지 않고 넷이 각자 답하기로 했다.

우리는 손에 든 스케치북에 답을 적어 동시에 공개했다.

하야사카와 야나기 선배가 고양이였고 나와 타치바나는 개였다.

"이어서 두 번째 문제! 바다와 산, 여름에 간다면 어디?"

하야사카와 야나기 선배가 바다라 답했고 나와 타치바나는 산이라 답했다.

"저기, 그게, 어어…… 어흠! 그럼 세 번째 문제! 초코송이? 아니면 *초코죽순?!"

설마 싶었으나 이 또한 하야사카와 야나기 선배, 나와 타치바나로 깔끔하게 갈렸다.

야나기 선배는 살짝 쓴웃음을 지었고 하야사카는 지어낸 웃음을 띠었다.

곧바로 하마나미가 내 허리에 수도를 꽂아 넣고 작은 목소리로 물어왔다.

"어째 뒤숭숭한데요?"

"나한테 맡겨. 이렇게 되는 건 이미 상정했지. 좋은 방법이 있어."

선배만 믿는다고 말하며 하마나미가 다음 문제를 읽었다.

"점프와 매거진, 만화 잡지 취향은 어느 쪽?"

선배가 매거진이라 답했고 하야사카는 점프라 답했다. 이 시점에서 조금 전까지의 구도가 무너졌기에 이번에는 안심이다. 그러나 나는 안전에 안전을 기하는 방법을 택했다.

"키리시마 선배는요?"

나는 스케치북을 앞으로 돌렸다. 적은 것은———.

스피리츠.

---

*초코죽순 : 일본의 식품회사 메이지에서 나오는 초코송이의 자매품으로 자주 비교된다.

"양자택일이라구요! 슈에이인지 고단샤인지 물어봤는데 설마하던 쇼가쿠칸이라뇨! 거기다 선데이도 아니잖아!"

하마나미는 딴지를 걸으면서도 선배 굿 잡이라는 표정을 지었다.

이 상성 진단에서 불편해지는 상황은 나와 타치바나의 대답이 항상 일치하는 경우다.

그러나 내가 둘 중 하나가 아닌 답을 고른다면 일치할 일이 없다.

그렇게 생각했으나──.

"타치바나 선배는요?"

"나도 이거."

타치바나가 적은 것은──.

스피리츠.

"이게 뭐예요?! 여기서 일치하다니, 어떻게 된 거예요?!"

"점프인지 매거진인지 물어보면 나는 스피리츠니까."

"양자택일은 어디 갔냐고!"

이에는 아무리 야나기 선배라도 불편했던 모양이다. 자신은 약혼자와 모조리 답이 틀렸고 후배가 그 약혼자인 여자아이와 모든 답을 일치시켰으니, 그럴 만도 했다.

그럼에도 마음 넓은 선배는 다정하게 웃으며 말했다.

"히카리랑 키리시마는 취미가 비슷하구나."

"미스연에 같이 있어서 그런가? 자주 그런 얘기를 하거든요."

나는 괴로운 변명을 입에 담았다.

타치바나도 조금 사이를 두고 말했다.

"그래도 똑같은 건—— 취미가 다야. 정말로."

약혼자를 배려하는 것을 느꼈으리라. 야나기 선배가 미안하다는 표정을 지었다.

"아니야, 됐어, 괜찮아. 키리시마와 히카리가 사이가 좋으면 나도 좋지."

그래도, 하고 선배가 말했다.

"이거 커플 대회 문제지? 더 연애랑 직결되는 문제가 낫지 않을까? 관객도 있으니까 보는 쪽도 그편이 재밌을 것 같은데."

제대로 고민도 해주니 야나기 선배는 역시나 좋은 사람이다.

"연애 쪽 문제도 있긴 있는데요."

"그거 하자."

그렇게 말한 것은 하야사카였다. 언젠가 보았던 지어낸 듯한 미소를 짓고 있었다.

"괜찮겠어요?"

하마나미는 "오히려 선배를 배려하고 있던 건데요!" 하고 말하고 싶은 표정이었다.

그러나.

"취미 상성은 체크해봤자 소용없어. 연애 상성 해보자. 지금까진 없던 거다?"

"아, 알았어요……."

하야사카의 압박감에 진 하마나미는 다음 문제를 읽어나갔다.

"공원에서 조명 장식 구경, 집에서 노닥거리기, 크리스마스를 연인과 보낸다면 어느 쪽?"

결과는——.

하야사카와 야나기 선배가 조명 장식 구경을, 타치바나와 내가 집에서 노닥거리기였다.

왜일까. 나와 타치바나는 완벽하게 일치하고 만다. 원래부터 그런 경향은 있었다. 심야 라디오나 미스터리 소설 같은 공통된 취미가 많았다. 하지만 이 정도일 줄이야——.

분위기가 완전히 바뀌었다.

하야사카의 눈썹이 가늘게 떨리고 있었고 아무리 야나기 선배라도 약혼자와의 쏟아지는 불일치가 거북스러운 모양이었다.

"키리시마 선배…… 이쯤에서 그만두는 게……."

하마나미가 글썽이는 눈으로 날 바라보았다.

"그래야겠지. 슬슬……"

그러나.

"무슨 소리야? 하마나미, 다음 거 하자."

하야사카가 공허한 눈빛으로 그렇게 말하자 하마나미는 "네, 넷!" 하고 당황하며 대답했다.

그러나 그 뒤로도 흐름은 변하지 않았다.

데이트하며 로맨스 영화를 보고 싶은 것이 하야사카와 야나기 선배, 할리우드 대작이 나와 타치바나.

여행은 해외로 가고 싶다는 것이 하야사카와 야나기 선배, 온천 여관에 가고 싶은 것이 나와 타치바나.

쓸쓸할 때 너무너무 만나고 싶어서 몸이 떨리는 것이 하야사카와 야나기 선배, 특별히 만날 필요는 없는 것이 나와 타치바나, 라는 대답이 되었다.

하야사카는 "왜…… 너무해." 하고 중얼거렸고 야나기 선배도 점점 기운을 잃어갔다.

"저기, 혹시 키리시마 선배."

하마나미가 참다못해 물었다.

"일부러 부채질하는 거예요?"

"난 그렇게 성격 나쁜 사람 아니야!"

하마나미는 드디어 양자택일 문제를 그만뒀다. 설문뿐. 그러나.

"미술관에 데이트를 하러 갔습니다. 연인과 보고 싶은 그림은? 선택지는 없어요~ 각자 마음대로 사이좋게 답해보세요~."

이런 하마나미의 내던지는 듯한 질문에도 나와 타치바나의 대답은 일치하고 말았다. 모나리자.

"키리시마 선배, 짰죠? 진짜 짠 거 맞죠?"

"아니야. 안 짰어, 안 짰다고."

떨고 있는 하야사카는 그만 울음을 터트릴 것 같았다. 원래는 첫 번째로 좋아하는 상대인 야나기 선배와 이만큼 일치한 것이니 기뻐해야 하겠으나 그녀의 심리는 그럴 상황이 아니었다.

보다못해 내가 말했다.

"일치하지 않더라도, 딱히 상관없어."

"어?"

"일치하지 않는 사람끼리 연인이 되는 게 퍼즐 조각처럼 깔끔하게 맞아떨어질지 몰라. 서로 부족한 부분을 채워주겠지. 하지만 완전히 일치한 사람들끼리는 어디로도 갈 수 없어."

"키리시마……."

이것은 아마도 영원히 풀지 못할 명제 중 하나이다. 가치관이 일치하는 사람들끼리 사귀는 것이 좋은지, 다른 사람들끼리 사귀는 것이 좋은지.

나는 지금 그 한쪽 측면만을 말한 것이다.

하야사카의 표정이 조금 밝아졌다.

야나기 선배도 "그러게." 하고 기운을 되찾았다.

타치바나는 한쪽 눈썹을 치켜세우고 나를 바라보았다.

"그럼 이게 마지막이에요. 이번에도 자유롭게 대답해주세요."

하마나미가 이 자리의 마무리에 들어갔다.

"연인과 함께 먹고 싶은 과자는?"

결과는──.

킷캣이나 하얀 연인처럼 네 사람의 답이 모두 갈렸다.

인간관계가 틀어진 뒤 각자가 다른 길로 나아가게 되어 엔딩을 맞이한 청춘 영화처럼 깔끔한 결말이었다.

타이밍 좋게 종소리가 울려 철수하기 시작했다. 모두 행복하게 잘 살았답니다~ 같은 느낌이다.

순서대로 부실 밖으로 나갔고 마지막으로 나와 타치바나만이 남았을 때 그 일이 일어났다.

"마지막 문제, 내가 쓴 뒤에 다시 썼지?"

타치바나는 내가 손에 든 스케치북을 보며 말했다.

"처음에 뭐라고 썼는지 보여줘."

"다시 쓴 적 없어서 그런 것도 없어."

"그럼 그 스케치북 보여줘."

"안 돼."

"됐어, 억지로라도 볼 테니까."

타치바나가 스케치북을 뺏으려 해 나는 저항했다.

사실은 처음에 포키라고 적었다. 그러나 타치바나가 포키라고 적는 것을 보고 아슬아슬하게 비스코로 바꿨다. 하야사카와 야나기 선배의 마음을 고려해 완전 일치를 피했다.

그러나 타치바나는 그 사실을 눈치채고 조금 화가 났다.

"됐으니까 보여줘, 시로."

"안 된다면 안 돼."

"거기다, 아까 말한 건 뭐야? 일치한 사람들끼린 어디로도 갈 수 없다든가 하는 거."

"그건……."

"취미든 뭐든 일치해야 당연히 상성이 좋지."

우리는 서로의 손목을 붙잡고 닦달해댔다.

그러나 도중에 부실의 분위기가 얼어붙은 것을 눈치챘다. 우리가 나오지 않아 모습을 살피러 돌아왔을 것이다. 입구 부근에 하야사카와 야나기 선배, 하마나미도 있었다.

"히카리?"

야나기 선배가 놀랍다는 얼굴로 우리를 바라보며 말했다. 시선은 내 손목을 붙잡은 타치바나의 손에 쏠려있었다.

"남자를 만질 수 없는 게 아니었나……."

옆에 선 하야사카는 표정을 잃은 채 중얼거렸다.

"시로…………라니, 그게 뭐야?"

◇

타치바나가 남자를 만질 수 없는 것은 유명한 이야기다.

그런데 나와 타치바나가 서로를 붙잡고 있는 장면을 야나기 선배와 하야사카에게 들키고 말았다.

부실의 분위기가 얼어붙을 만했다.

하마나미는 아수라장이 펼쳐질 기색을 눈치채고 머리를 감싸 쥐고 있었다.

"부장은 남자로 생각 안 해. 그래서 만질 수 있어."

타치바나가 정색한 얼굴 그대로 태연하게 그런 소릴 했다.

잠깐의 침묵.

"그래, 그랬구나."

입을 연 것은 야나기 선배였다. 방긋 웃으며 표정을 풀었다.

"키리시마랑 히카리가 친한 걸 보니 기분이 좋네. 전에는 히카리, 학교에 친한 사람이 없다고 그랬으니까. 키리시마, 앞으로도 잘 부탁한다."

"아, 네……."

"그럼 난 다음 시간 체육이라."

그렇게 말하고 재빨리 부실을 나가버렸다.

야나기 선배가 곤혹스러워하는 것은 명백했다. 그럼에도 억지로 웃으며 그런 말을 해주었다. 그것이 야나기 선배였다. 미안함을 느꼈다.

가슴에 작은 아픔을 남기고 이 자리는 끝났다고 생각했다. 그러나──.

"키리시마랑 하마나미는 나가줄래?"

하야사카가 말했다.

"나, 타치바나랑 둘이 하고 싶은 얘기가 있어서."

"그래도……."

"그냥 걸스 토크야."

괜찮을까?

그러나 하야사카에게서 유무를 따지지 않겠다는 압박감이 느껴져 나와 하마나미는 순순히 부실을 나섰다.

문을 닫자 하마나미가 갑자기 자세를 낮췄다.

"왜 그래?"

"쉿─! 제 안에서 무언가가 들으라고 명령하고 있어요!"

그렇게 되어 나와 하마나미는 부실 앞에서 귀를 기울이게 되었다.

문 하나 너머로 하야사카와 타치바나가 대화하는 소리가 들려왔다.

"미안해, 타치바나. 남게 해서."

"괜찮아, 다음 수업 나가기 싫었으니까."

말투는 온화했으나 어딘가 찌릿찌릿한 분위기가 전해져왔다.

"이상한 거 물어보는 것 같은데, 저기……."

"내가 시로를 만진 거?"

잠시 사이를 두고 하야사카가 응, 하고 대답했다.

"타치바나, 남자를 만지지 못했었지……."

"그렇지."

"약혼자가 있는데, 약혼자는 만질 수 없는데, 키리시마는 만질 수 있구나……. 야나기 선배, 아까 너무 불쌍했어. 타치바나가 잘못한 것 같아……."

다시 침묵이 내린 뒤.

"아까 말한 것처럼."

타치바나가 말했다.

"남자라고 생각 안 해서 만질 수 있어. 시로에겐 그런 걸 못 느끼니까."

"그 '시로' 라고 부르는 거 있잖아……."

"불편해? 하지만 하야사카랑 시로는 '연습' 이잖아?"

깨진 유리 같은 분위기.

지금, 아마도 여름 합숙의 연장전이 시작됐다. 그날을 중심으로 한 말다툼이 발생했다.

하야사카도 완전히 열이 올랐고, 그래서 말하고 말았다.

"나, 키리시마랑 했어."

"뭘?"

"아마도 타치바나가 아직 모르는 거. 키리시마는 다른 여자애한텐 한 적 없는 걸 나한테 했고 난 다른 남자애한텐 절대 허락하지 않는 걸 키리시마에게 허락했어."

하마나미가 흠칫 놀란 얼굴로 날 바라보길래 우리는 아이콘택트로 대화했다.

"했어요?! 아니, 한 거 맞죠! 이 분위기는 완전히 했다고요!"

"안 했어! 그 몇 계단이나 전이라고!"

몸을 만지거나 했을 뿐이다. 무척 불건전한 상황이긴 했지만.

"흐음. 잘은 모르겠지만, 하야사카, 다른 좋아하는 사람이 있던 거 아니야?"

"그래도 키리시마랑 했어. 앞으로도 더 할 거야. 괜찮지?"

"나한테 물어볼 필요 없을 것 같은데."

"그치. 타치바나는 약혼자가 있고 키리시마를 남자라고 생각 안 하니까. 나랑 키리시마가 뭘 하든 상관없지?"

"상관없어."

"다행이다. 나, 타치바나가 키리시마를 좋아하는 게 아닌가 싶었거든."

"오해야."

"그랬구나. 그럼 우리, 계속 친구로 지낼 수 있겠네."

"그러게."

"뭔가 여름에 이런저런 일이 있어서 이상한 분위기가 됐지만, 난 타치바나랑 친구가 돼서 참 기뻐."

좋아하는 사람이 같으면 어려웠겠지만, 아니니까 괜찮지? 하고 하야사카가 말했다.

"그렇지."

"그럼 다음에 같이 누구네 집에서 묵자. 밤새도록 연애 얘기 같은 거 하고 싶었거든."

"재밌겠네."

"다행이다."

그럼 이만 갈게, 하고 하야사카가 부실을 나서려 했다.

나와 하마나미는 황급히 옆 교실인 구 음악실로 들어가 문에 등을 대고 쪼그려 앉았다.

하야사카는 복도에 나온 순간부터 코를 훌쩍이기 시작했다.

"나, 정말 못됐어……."

그렇게 말하며 발소리는 멀어져갔다.

"뭔가 방금, 불꽃이 튀었죠."

하마나미가 말했다.

"타치바나 선배가 도중에 물러서서 참은 덕에 터지진 않았지 만요."

하마나미는 천천히 스마트폰을 꺼내 나와 타치바나의 키스 신 사진을 열었다.

"이거, 지울게요. 다른 사람 눈에 띄었다간 큰일 나니까."

"그래도 되겠어?"

"괜찮아요. 왠지 이걸 보고 있으면 타치바나 선배의 마음이 떠올라서 서글픈 마음이 들거든요. 타치바나 선배, 이 기간 한 정인 사랑을 지키려고 대꾸 안 한 거죠."

"날 협박해서 해줬으면 하는 게 있었던 거 아니야?"

하마나미는 한숨을 쉬었다.

"전부 부처님 손안이었군요."

뭐, 그런 셈이지 하고 나는 말했다.

"좋아하지? 그 요시미란 남자애."

타치바나를 쫓아다니는 잘생긴 농구부 1학년.

잠시 사이를 두고 하마나미가 고개를 끄덕였다.

"타치바나 선배에게 남자친구가 있으면 요시미도 포기할 줄 알았거든요."

"놀이공원에서 우리를 우연히 발견한 거구나."

"네. 타치바나 선배가 평소보다 예뻐서, 아, 데이트구나 싶었어요. 그래서 따라가서 찍어버린 거예요⋯⋯."

하지만 뿌리거나 할 순 없었다. 하마나미는 올곧은 여자아이니까.

"내가 하마나미에게 반했다는 설정은 후광 효과를 노린 거지?"

"타치바나 선배처럼 절 인기 많은 여자애로 연출하면 돌아봐주려나 싶었어요. 전 수수하고 이성과 관련된 소문도 난 적이 없어서."

"나 같은 건 액세서리가 못 됐지?"

"네. 실패였어요."

"그렇게 딱 잘라 말할 것까지야."

"이제 됐어요. 역시 제게 이런 방식은 안 어울렸나 봐요. 요시미를 좋아하는 마음이 폭주해서 수단을 가리지 않겠다는 생각까지 미치고 말았어요."

하마나미와 요시미는 소꿉친구로 까불대는 요시미를 줄곧 하마나미가 돌보는 관계인 모양이다. 하지만 요시미는 한 살 위인 타치바나에게 푹 빠졌다. 아래 세대가 보기에 타치바나처럼 조용한 미인은 미스터리어스한 분위기가 나서 무척 매력적으로 보였을 것이다.

"조금 정도는 도와줄 수 있을 것 같은데."

내가 말하자 하마나미는 무릎을 안고 고개를 수그리더니, 얼굴을 감추며 말했다.

"그럼 딱 하나만요. 타치바나 선배가 탈출게임의 경품이 되는 걸 그만두게 해주세요."

"가장 빨리 탈출한 사람과 베스트 커플 대회에 나가는 거 말이지?"

"네. 요시미 녀석, 도전할 생각이에요. 만약 타치바나 선배와 나가서 우승한다면…… 결혼한다는 징크스도 있어서……."

"알았어, 타치바나에겐 그렇게 말해 둘게."

죄송해요, 하고 사과하고 하마나미는 한동안 그대로 고개를 숙이고 있었다.

나는 옆에서 하마나미가 기운을 되찾는 것을 계속 기다렸다.

이윽고 하마나미가 고개를 들었다.

"그런데 키리시마 선배, 타치바나 선배를 너무 편리하게 이용하는 거 아니에요?"

"그렇게 생각해?"

"아까도 하야사카 선배에게 얕잡아 보였잖아요. 하지만 이 관계를 성립시키려고 말대꾸도 못 했으니 스트레스가 쌓였을걸요."

"그럴지도 모르겠는걸……."

그때였다.

부실 문이 열리고 타치바나가 나오는 기척이 느껴졌다.

나와 하마나미는 숨을 죽이고 타치바나가 자리를 뜨길 기다렸다.

그러나 타치바나의 발소리는 구 음악실 문 앞에서 멈췄다.

좀체 떠나려 하질 않는다고 생각하던 그때——.

등 뒤로 충격이 일었다.

내가 기대고 있던 음악실 문을 타치바나가 걷어찬 것이다.

제12화 응용 편

초인종 소리가 울려 현관으로 나갔다.

문을 열자 새초롬한 표정의 타치바나가 서 있었다.

"교복이 아니네?"

"한 번, 집에 다녀왔으니까."

고급스러운 블라우스에 복숭아색 카디건, 크림색 스커트.

우리 집 현관에 타치바나가 있었다. 신기한 감각이었다. 평민이 사는 집에 공주님이 놀러 온 듯한 느낌. 일상과 비일상이 뒤섞였다.

"시로가 여기서 자랐구나."

집에 올라와 슬리퍼를 신고서 타치바나는 쑥스럽다는 듯이 살짝 시선을 깔며 말했다.

"이거, 가족끼리 먹어."

뭔가 세련되고 비싸 보이는 포장의 선물 과자를 건네주었다.

"엄마랑 여동생 모두 나갔거든. 나중에 전해줄게."

타치바나는 우리 집에 관심이 깊어 보이는 모습이었다. 낡은 단독 주택. 그리 깔끔하게 정돈해 놓지 않아서 서둘러 계단을 오르도록 이끌어 내 방으로 안내했다.

"길 헷갈리진 않았어?"

"나, 지도 볼 줄 알아."

"타치바나가 사는 동네랑 다르게 구획 정리가 별로 안 됐거든."

"이런 오래된 동네도 좋아해."

상성 진단 테스트를 하고 며칠이 지난 방과 후에 있었던 일이다.

그날 이후로 나와 타치바나는 학교에서 잘 엮이지 않으려 했다. 서로에게 닿거나 시로라 불리는 장면을 누군가 목격한다면 큰일이었다.

그런 상황 속에서 오늘 아침, 타치바나에게 메시지가 도착했다.

'재시험 봐야 하니까 공부 가르쳐줘.'

시기로 생각해보면 쪽지 시험일 것이다. 어디서 공부할지 대화를 나누는 사이 타치바나가 우리 집에 오고 싶다는 말을 꺼내 이렇게 됐다.

아마도 집에 찾아오고 싶었을 것이다. 그 증거로———.

"타치바나, 공부할 생각 없지?"

부엌에서 차를 준비해 방으로 돌아와 보니 타치바나는 내 침대에 누워있었다.

"여기서 매일 자는구나."

타치바나는 그렇게 말하며 이불을 돌돌 뒤집어썼다.

"시로 냄새가 나."

"페브리즈 냄새밖에 안 날 텐데."

"재미없는 소릴 하네."

타치바나는 그런 말을 하며 베개를 품에 안고서 얼굴을 묻고 숨을 들이쉬었다.

아주 자기 집 안방이다.

나는 하마나미의 말을 떠올렸다.

'타치바나 선배, 많이 참고 있을걸요.'

상성 진단을 마치고 하야사카에게 얕잡아 보였다. 그래서 우리 집으로 와 마음껏 어리광을 부리고 싶은 것일지도 모른다. 그러나——.

무방비하게 내 침대에 드러누운 타치바나.

연애 초보라곤 하지만 그 의미를 다소는 자각해야만 한다.

이것은 거의 집 데이트나 다름없고 방해할 사람은 아무도 없기에, 이런 곳에서 그러고 있으면 아무리 나라도 그럴 마음이 생겨난다.

더 만지고 싶다. 그렇게 생각한 그때였다.

"무슨 소리야?"

타치바나가 말했다. 복도에서 문을 긁는 소리가 들린 것이다.

내가 문을 열자 강아지가 뛰어 들어왔다. 시바견이었다.

"어? 귀엽다!"

타치바나가 침대에서 몸을 일으켰다.

시바견이 방안으로 달려 들어왔다. 그대로 타치바나에게 뛰어들려는 모습에 나는 양손으로 품에 안아 올렸다. 낯선 손님이 있어서 신이 난 듯싶었다. 멍멍하고 기쁜 듯이 울며 꼬리를 흔들었다.

"어허, 히카리, 얌전히 있어야지."

내가 말하자 타치바나가 의아한 표정을 지었다.

"히카리?"

"이 개 이름인데……."

그렇다, 타치바나의 이름과 똑같았다.

"난 딱히 상관없는데……."

타치바나는 곤혹스러운 듯이 머리카락을 만지작거렸다.

"굳이 안 그래도 난 시로가 원하면 뭐든지 해줄 수 있는데……"

"오해하는 것 같단 말이지."

타치바나를 내 마음대로 할 수 없는 대리 보상으로 개에게 같은 이름을 붙여서 엉덩이를 때리거나 하며 도착적 쾌락에 빠진 것이 아니었다. 그리고 타치바나, 은근슬쩍 엄청난 소릴 했지.

"이름을 붙인 건 여동생이고 성별도 수컷이야. 여동생이 줄곧 개를 기르고 싶었던 모양이라."

"그렇구나."

타치바나는 그건 그것대로 재미없다는 표정을 지었다.

"그러니까 돌보고 있는 것도 여동생이야."

"시로는 히카리를 돌봐주지 않는구나."

"표현이 말이지~."

타치바나도 개를 좋아하는지 그 뒤로는 히카리(개)와 장난을 치며 놀았다.

"히카리, 침 너무 흘렸다."

내가 말하자 타치바나가 "어? 어떡해." 하고 입가를 손으로 만졌다.

"야, 히카리, 아무 데나 핥고 다니지 마."

"죄송해요⋯⋯."

"히카리, 손."

"네."

"⋯⋯일부러 그러는 거지."

타치바나는 시종 시치미를 뗐지만, 히카리(개)와 노는 것이 즐거워 보였다. 그녀가 사는 아파트는 애완동물을 기를 수 없다는 모양이다.

히카리(개)는 한바탕 놀고 만족하자 꼬리를 흔들며 방을 나갔다.

기분파인 점이 조금 타치바나와 닮았다.

그 뒤로 나와 타치바나는 나란히 침대에 앉았다.

"자, 그럼."

타치바나는 침착한 말투로 말했다.

"시로, 내게 뭔가 하고 싶은 말이 있었던 거 아냐?"

본 주제에 들어갔다는 느낌이다.

"타치바나에겐 뭘 숨길 수가 없구나."

"학교에서 계속 뭔가 말하고 싶다는 눈치였으니까."

"하마나미에게 부탁받은 건데."

나는 서두를 떼고 말했다.

"문화제 때 있잖아, 타치바나네 반은 귀신의 집 탈출게임을 하지?"

"하지."

"1등 경품이 타치바나와 베스트 커플 대회에 나갈 수 있는 권리라며?"

"나라고 해야 하나? 내가 분장한 귀신인데. 웃으라고 하는 거야."

"그렇기야 하겠는데, 그거, 거절해줄 수 없어?"

"왜 그걸 하마나미가 부탁하는데?"

나는 하마나미의 사정을 설명했다.

하마나미에겐 요시미라는 소꿉친구가 있다는 것. 하마나미가 요시미를 좋아한다는 것. 그 요시미가 타치바나에게 푹 빠졌다는 것. 그리고 요시미가 탈출게임에서 1등이 되어 타치바나와 베스트 커플 대회에 나가려 한다는 것.

"요시미가 누군지 전혀 모르겠는데."

"농구부의 조금 멋있는 남자앤데. 타치바나가 연락처 알려줬어."

"기억에 없어."

그 뒤로 타치바나는 한동안 생각에 잠기는 듯한 표정을 짓다가 말했다.

"일단은, 기각이려나."

"아까 내가 말하는 건 뭐든지 듣겠다고 말한 건 기분 탓인가?"

"부탁하는 방법이 틀렸어."

그렇다면 하고 나는 잠시 생각한 뒤 말했다.

"타치바나가 나 말고 다른 남자랑 베스트 커플 대회에 나가지 말았으면 좋겠어."

"처음부터 그렇게 말했으면 들어줬을 텐데, 이젠 안 돼."

"심술쟁이네."

어떻게 해야 해줄 거야? 하고 내가 물었다.

"응용 편 하고 싶어."

"응용 편?"

"노트에 적힌 거. 기초 편 했었잖아?"

미스연에 전해지는 연애 노트, 그것에 적힌 남녀가 친해지기 위한 게임.

전에 손을 쓰지 않는 게임의 기초 편을 했다. 덕분에 나는 타치바나가 먹여주지 않으면 포키의 맛을 느낄 수 없는 몸이 되고 말았다.

그 게임에는 응용 편이 존재했다.

"그거 해주면 생각해볼게."

"어쩔까. 그런 종류의 게임을 하면 불건전한 방향으로 빠지기 십상인데."

나는 평범하게 키스만 하면 안 돼? 하는 시선을 보냈다.

이미 우리는 게임을 변명으로 삼을 필요가 없어졌다. 서로의 마음을 알고 있었다.

하지만 그것은 타치바나의 차가운 시선에 튕겨 나갔다.

"얼마 전에 있잖아, 어떤 여자애한테 마구 도발을 당했거든. 뭔진 몰라도 시로랑 특별한 행위를 했다던데. 나도 평범한 건 싫어."

화가 제법 났군. 아마도 그렇게 참게 한 나에게.

문 너머로 차인 것을 떠올렸다.

"시로, 어떻게 할래?"

"아니, 그런 종류의 게임은 아무리 그래도……."

"알았어, 이제 됐어."

타치바나가 일어섰다.

"하야사카랑은 뭐든 하면서 나랑은 안 하는구나. 정말 슬퍼……갈래."

돌아갈 준비를 하고 그대로 문을 열어 방을 나서려 했다.

평소라면 이것은 타치바나의 연기일 테지만, 이번에는 돌아가겠다는 목소리가 떨렸고 정말로 울음을 터트릴 듯한 표정이었다.

나는 가슴이 아려왔고 이렇게 되면 어쩔 수가 없었다.

"야, 거기 안 서!"

나는 양손을 뒤로 꼰 채 발로 타치바나가 연 문을 닫았다.

"……해줄 거야?"

"그래. 그러니까 그런 표정 짓지 마."

"응."

타치바나는 눈가를 손가락으로 닦으며 평소처럼 쿨하게 웃었다.

"그 대신, 경품이 되는 건 사퇴해야 해."

"알았다니까."

타치바나는 평소 모습으로 돌아왔지만 그녀치곤 감정의 기복이 격했다. 역시 하마나미 말처럼 참는 것이 많아서 신경질적이 된 것일지도 모른다.

그래서 나는 이번에 이 불건전한 게임에서 타치바나가 바라는 대로 액셀을 끝까지 밟고자 했다.

"그럼, 해 볼까!"

"응, 해 보자."

손을 쓰면 안 되는 게임 응용 편.

결국 해보기로 했다.

◇

손을 쓰면 안 되는 게임은 연애 노트에 수록된 바보 같은 게임 중 하나다. 규칙은 간단하다. 손을 쓰지 않고 정해진 시간이 다할 때까지 남녀가 단둘이 지내기만 하면 된다.

손을 쓰지 않고 이런저런 일을 하게 되는 것인데, 그렇게 되면 능란하게 움직일 수 있는 부위가 한정되어 자연스럽게 입을 쓰게 된다.

기초 편에서는 종이컵을 입에 물어 상대에게 물을 먹여주거나 둘이 포키를 물고 먹기도 했다.

응용 편도 규칙은 같았으나 딱 하나, 상황이 추가되어 있었다.

실내 온도를 최대한 높게 설정할 것. 그를 위해 에어컨의 난방 온도를 최고로 올렸고 더불어 히터까지 준비했다. 곧 방 안이

한여름보다 뜨거워졌다.

"우리 있지, 이런 걸 하면 꼭 마지막엔 부끄러워져서 그만뒀지."

"뭐, 그랬지."

"이번엔 그걸로 승부하자. 먼저 그만둔 쪽이 지는 걸로."

즉, 치킨 레이스. 이기기 위해서는 액셀을 계속 밟아 상대가 브레이크를 밟도록 만들 수밖에 없다.

"내가 이기면 경품이 되는 건 사퇴하겠단 거지?"

"바로 그거지."

오케이하고 말하며 나는 타치바나와 옆으로 나란히 침대에 앉았다.

가습기까지 틀어 이제 방안은 사우나 상태였다. 땀이 멈추지 않았다. 관자놀이에 땀이 흘렀고 교복 셔츠도 피부에 달라붙기 시작했다.

"시로, 덥지?"

"이만큼 했으면야, 뭐."

"나, 카디건 벗고 싶어."

그렇다, 이것이 응용 편. 더워서 옷을 벗는 것이 전제였다.

"알았어."

손을 쓰지 못하기에 나는 타치바나의 카디건 자락을 입에 물었다.

타치바나는 오늘도 향수를 뿌렸다. 웬일로 조금 달콤한 향이다. 입에 물고 느끼는 카디건의 재질은 부드러워, 정말로 공주님 같은 여자아이라고 느꼈다.

"왜 그래?"

"아니, 아무것도 아냐."

나는 천 너머로 타치바나의 가냘픈 몸의 감촉을 느끼며 입으로 카디건을 벗겼다.

타치바나는 하얀 블라우스에 롱 스커트 차림이 되었다. 타치바나도 땀을 흘려서 블라우스가 피부에 달라붙었다. 검은 캐미솔이 비쳐 보여 선정적이다.

"시로도 덥지."

"그러게. 나도 벗고 싶은걸."

교복 재킷을 벗겨달라고 하려 했다. 그러나.

그녀가 입을 들이민 곳은 내 목 근처였다. 놀라서 나는 침대에 뒤로 쓰러졌다.

타치바나는 뒤쫓아와 내 위에 올라탔다.

"저기, 타치바나?"

"넥타이 풀어줄게. 덥잖아."

그렇게 말하고 입을 써서 매듭을 풀기 시작했다. 타치바나의 숨결이 목에 닿았다. 부드러운 머리카락이 늘어져 가슴팍을 간질였다. 나는 몸을 비틀었다. 그러나 타치바나가 꽉 붙들어 맨 탓에 도망칠 수 없었다.

"후엇서."

풀었어 하고 넥타이를 물고서 타치바나가 기쁜 듯이 말했다. 내 목에는 그녀가 남긴 입술의 감촉과 함께 침이 조금 묻었다.

손을 쓰면 안 되는 게임은 서로를 좋아하는 두 사람에겐 조금 갑갑하다. 지금 당장 껴안고 싶은데 그럴 수가 없다. 하지만 그것이 또 두 사람의 마음에 불을 지폈다.

"이번엔 내 차례지."

반동을 주어 나는 몸을 일으켰다. 그러자 이번에는 타치바나가 쓰러져 밑에 깔렸다.

허벅지로 나를 붙잡고 있었기에 타치바나의 다리와 다리 사이에 내가 들어간 모습이었다.

무척 저속한 자세. 그러나——.

타치바나는 난처하다는 표정을 지으면서도 내 허리 뒤로 다리를 교차했다. 롱 스커트는 완전히 뒤집혀 하얀 다리가 허벅지부터 전부 드러났다.

우리는 둘 다 완전히 스위치가 켜져 바보가 되었다.

"타치바나, 땀 흘렸지. 닦아줄게."

타치바나를 덮쳐 얼굴을 가까이했다.

"어? 시로?"

타치바나의 관자놀이에 땀이 한줄기 흐르고 있었다.

"수건은 책상 아래—— 잠깐만, 거짓말, 말도 안 돼…… 싫어……."

나는 그것을—— 혀로 부드럽게 핥아냈다. 순간 타치바나는 눈을 휘둥그레 뜨고 얼굴을 새빨갛게 물들였다.

"제, 제정신이야?! 땀이야!!"

"그게 왜?"

"그게 왜냐니……."

"그만둬?"

내가 묻자 타치바나는 눈을 빙글빙글 돌리면서도 횡설수설하며 말했다.

"그, 그만 안 둘 거야. 시로 마음대로…… 해도 돼."

"괜찮겠어? 부끄러워 보이는데."

"괜찮아. 나, 그…… 제대로 샤워하고 왔으니까…… 안 부끄러워."

이렇게 공세를 펼치는 것에 타치바나는 약했다. 그저 몸을 맡기고 점점 행동이 앳되게 변할 따름이었다.

나는 타치바나의 땀을 차례차례 핥았다.

이마, 관자놀이, 뺨, 그리고 목덜미. 타치바나의 피부는 하얗고 무척 부드러웠다.

타치바나는 목덜미가 특히나 민감한지 핥을 때마다 몸을 떨었다. 무표정을 가장하려 해도 점점 숨이 거칠어졌다. 나를 꽉 붙들어 맨 다리에 힘이 들어가며 타치바나의 허리가 공중에 떠올랐다.

나는 타치바나가 들이미는 허리를 내 허리로 밀어냈다. 서로 몸을 비비는 것 같아 마치 그때를 위한 예행연습 같다. 점점 기분이 고양되었다.

서로 허리를 맞대고 밀어내며 나는 타치바나의 땀을 계속 핥았다.

"앗…… 시로, 잠깐…… 앗…… 앗."

"안 돼?"

"안 되는 건 아닌데, 앗…… 안……돼애…… 뭐야, 이거……
허리가, 자꾸."

한 차례 땀을 다 핥아내자 타치바나는 숨이 끊어질 듯 헐떡였
다.

평소라면 여기서 마치겠으나 나는 액셀을 끝까지 밟기로 결심
했고 무엇보다 이번에는 치킨 레이스 승부였기에 타치바나도
비틀거리면서 대항했다.

"잘도 했겠다?"

공수 역전, 이번에는 다시 내가 밑에 깔렸다.

"시로, 셔츠 단추도 푸는 게 낫지 않겠어?"

그렇게 말하고 입으로 내 단추를 풀었다. 그러며 타치바나는
마치 일부러 그러듯 내 피부를 핥았다.

"타치바나, 난 샤워 안 했는데."

"딱히 상관없어. 난 시로를 좋아하니까."

타치바나는 내가 한 것처럼 목과 가슴팍을 핥기 시작했다. 조
그마한 입과 조그마한 혀.

목을 핥으니 오싹거리는 쾌감이 등줄기를 달렸다. 타치바나
의 촉촉이 젖기 시작한 숨결이 피부에 닿는 건 언제나 기분이 좋
다. 나도 당연히 다른 사람이 땀을 핥아주는 부끄러움을 느꼈으
나——.

"어째 멀쩡해 보이네."

"원래부터 내가 시작한 일이니까. 각오는 했지."

타치바나는 무척 불만스럽다는 표정을 지었다.

"나도 시로를 곤란하게 만들고 싶어."

그렇게 말하고 내 목덜미에 입술을 갖다 댄 뒤 강하게 빨기 시작했다. 젖은 입술과 숨결이 목덜미에 닿았다. 타치바나는 숨쉬기 괴로워 보였으나 좀처럼 떨어지려 하지 않았다.

"잠깐, 그건……."

얼마나 지났을까, 얼굴을 뗀 타치바나는 숨을 헐떡거리면서도 만족스러운 표정이었다.

"다 됐다."

"어떤 느낌이야?"

"시로는 내 거, 그런 느낌."

키스 자국이었다. 내 목덜미에는 타치바나가 가진 호의의 증거가 생겨났을 것이다.

"이거, 곤란하겠지?"

"그래도 뭐, 반창고를 붙이면 가려지니까."

"가리지 말라고 하면?"

"그건……."

"……뭐, 무슨 상관이람."

살짝 새어 나온 본심에 나는 타치바나를 사랑스럽다고 느꼈다.

타치바나는 조금 쓸쓸해 보이는 표정이었다. 긴 머리가 촉촉이 젖었다.

"타치바나, 땀범벅이잖아. 이러다 탈수 오겠다."

"시로도야."

나는 침대 옆 테이블에 시선을 주었다.

빨대가 꽂힌 페트병. 수분 보급용으로 준비해둔 것이다.

우리는 서로 고개를 끄덕였다. 머리가 바보가 된 두 사람에게 말은 필요 없었다.

"시로, 잠깐만 있어 봐."

타치바나는 물을 입에 머금더니 침대에 누워있는 내게 몸을 겹치고 가냘픈 입술을 갖다 댔다. 타치바나의 체온으로 조금 미지근해진 물이 흘러들어왔다.

입을 떼자 침이 실처럼 이어졌다. 우리는 서로를 좋아했기에 뭐든 교환할 수 있었다.

"타치바나도 마시는 게 좋겠다."

"시로가 먹여줘. 시로 걸 내게 넣어줘. 시로 걸 마시고 싶어."

우리는 입과 입으로 서로에게 물을 먹여주었다. 몸이 겹쳐 두 사람의 땀이 뒤섞인다. 이미 축축하게 젖어 의식은 점점 관능적으로 변했다. 의식이 녹아내려, 입에서 물이 떨어져 누워있는 타치바나의 가슴을 적셨다. 나는 그 물을 핥았다. 블라우스는 거의 투명해져 완전히 속옷이 비쳤다.

"그런데 이대로라면 게임에 결착이 안 나겠는데."

타치바나는 내게 무슨 짓을 당해도 기쁘다고 말했다. 그 말에 거짓은 없었는지 우리는 그저 둘이 함께 기분이 좋아지고 있을 뿐이었다.

"그럼 있지."

타치바나는 부끄러운 듯이 옆으로 몸을 돌리며 말했다.

"더 굉장한 거 해줘. 내가 부끄러워서, 무심코 항복하고 싶어질 만한 거."

"괜찮겠어?"

"응."

나는 다시 타치바나를 쓰러뜨렸다.

"타치바나, 블라우스 앞, 조금 열까."

"……그래도 돼. 시로가 그러고 싶다면, 난, 괜찮아."

타치바나는 옆을 바라보고 얼굴을 베개에 묻으며 말했다.

입으로 블라우스의 단추를 풀었다. 캐미솔을 입은 걸 알고 있었기에 사양하지 않고 모든 단추를 풀어 벗겼다. 타치바나는 아무 말도 하지 않았다.

스커트는 어느새 벗겨져 있었다.

속옷과 캐미솔에 양말만 신은 타치바나. 활짝 보이는 하얗고 촉촉한 피부가 매끄러워 보였다.

충동적으로 쇄골을 따라 핥았다. 어깨가 무척 아름답다.

타치바나는 정말로 무슨 짓을 당해도 "하지 마."라고 말하지 않았다. 옆으로 보이는 얼굴은 어딘가 기대하고 있는 것 같기도 하다. 하지만 이것은 게임이었고 내게는 타치바나를 부끄럽게 만들 아이디어가 있었다.

"오른손, 위로 올려."

"어?"

타치바나는 감이 좋아 금세 눈치챘다.

"……거짓말, 이지?"

"그만둬?"

타치바나는 날 바라본 뒤 "심술쟁이."라고 말하고 오른손을 올렸다. 그래, 이 얼굴이다. 강하게 나가면 약해지는 주제에 조금 기쁜 듯 보이는 타치바나의 이 얼굴이 보고 싶었다. 더, 부끄럽게 만들고 싶었다.

"이러면…… 돼?"

오른손을 올리는 타치바나.

"진짜로 할 거야?"

대답 대신 나는 타치바나의 하얗고 매끈한 겨드랑이를 핥아 올렸다.

"시로…… 진짜 바보야."

"그저 타치바나가 좋아서 그래."

"나도."

그렇게 말하며 내 아래로 타치바나의 몸이 움찔하고 튀어 올랐다.

"어휴…… 시로 마음대로 해."

나는 타치바나의 겨드랑이를 계속 핥았다.

"시로…… 앗, 앗…… 싫어, 또…… 멋대로…… 이거, 아냐……."

타치바나는 아까처럼 교차시킨 다리로 나를 붙잡고서 허리를 띄우며 계속 몸을 뒤틀었다.

평소의 쿨한 여자아이는 온데간데없이 얼굴을 베개에 묻고 울먹울먹 부끄러움을 견디는 여자아이가 있었다.

"……치욕이야."

한 차례 끝내자 타치바나는 숨을 헐떡이며 말했다.

"항복할 거야?"

"괜찮아……아직 멀쩡……하거든……."

강한 척하는 타치바나.

마침 잘 됐다. 나는 부끄러워하는 타치바나가 더욱 보고 싶었다.

"타치바나, 얼굴이 빨개."

"……더워서 그래."

그럼 하고 나는 말했다.

"조금 더 벗을까?"

타치바나는 움츠리며 앳된 표정으로 말했다.

"……시로가 벗겨주면…… 그럴래."

◇

타치바나는 침대에 앉았고 나는 그 앞에 무릎을 꿇은 자세가 되었다.

게임의 응용 편은 최종 국면으로 접어들었다.

벗자고 말은 했지만 벗길 것이 거의 없었다. 처음에 시선이 간 곳은 역시 선정적인 검은 속옷이었으나, 내가 점찍은 것은——.

'타치바나, 양말 벗는 게 좋을 것 같은데?'

'어? 거짓말……진심이야?'

'그만둬?'

'……벗을래.'

그런 대화를 나눈 뒤 이렇게 내가 무릎을 꿇은 상황이 된 것이다.

"이, 있잖아."

타치바나가 고개를 옆으로 돌리며 말했다.

"역시 내가 시로 양말을 벗기는 건 안 될까? 내가 먼저……."

"안 돼. 우선 타치바나부터야."

"응…… 알았어……."

타치바나는 토라진 표정을 지으며 머뭇거리듯이 다리를 내밀었다.

강하게 나가면 타치바나는 정말로 내가 말하는 것을 뭐든 들어준다. 순종적이다.

나는 그런 타치바나의 하얀 양말 끝을 앞니로 물었다.

"무슨 말 하기만 해 봐."

타치바나의 말에 내가 고개를 끄덕였다.

"……빨리해줘."

나는 천천히 양말을 잡아당겨 벗기기 시작했다.

입으로 양말을 벗겼다. 섬유유연제의 향기밖에 나지 않았지만, 당하는 쪽은 제법 부끄러울 것이다.

타치바나는 고개를 옆으로 돌린 채 귀까지 빨개지며 수치를 견디고 또 견디고 있었다.

입에 물고 고개를 들면 타치바나의 하얀 허벅지가 보인다. 그 안쪽에 있는 검은 속옷의 얇은 천은 땀과 무언가에 젖어서 색이 변했다.

"시로, 얼른 해줘……."

타치바나는 더는 쿨한 여자아이가 아니었다. 내 심한 공세에 바보가 되었다.

더, 이렇게 나사 빠진 소녀 같은 타치바나를 보고 싶었다.

왼발을 다 벗겼다. 역시 샤워를 하고 와서 그런지 바디워시의 향기가 났다.

"반대편 다리도 올려."

타치바나가 고개를 끄덕였고 난 반대편 발의 양말도 벗기기 시작했다.

천천히 당겨 전부 벗겨냈다.

그때 타치바나가 방심한 것을 느꼈다. 그래서──.

"시로, 싫어, 안 돼 안 돼 안 돼, 그러지 마아!"

타치바나가 흐트러졌다.

내가 타치바나의 발가락을 핥았기 때문이다.

"말도 안 돼, 거짓말 거짓말 거짓말. 잠깐, 이제 안 돼. 부끄러워서 못 견디겠어!"

나는 그만두지 않았다. 더 흐트러지길 바랐다, 앳되어지길 바랐다.

엄지발가락을 물고 발가락 사이를 정성껏 핥았다. 타치바나는 발의 피부조차 매끄럽고 부드러워 정말로 새장 속 아가씨 같았다.

"제발, 그만 용서해줘. 내가 졌어, 내가 졌다니까!"

타치바나가 항복했다. 하지만 나는 계속해서 핥았다. 통통 붇게 만들고 싶었다.

타치바나가 몸을 뒤트는 모습을 더 보고 싶었다. 평소의 쿨한 표정 그 아래, 본심이 담긴 얼굴을 보고 싶었다.

나는 그런 생각에 엄지발가락부터 순서대로 핥았다. 새끼발가락까지 왔다가 다시 돌아갔다.

"잘못했어, 잘못했어, 잘못했어. 제발, 그만 용서해줘……."

귀엽다, 그렇게 느꼈다.

타치바나에겐 여유 넘치는 어른스러운 부분과 소녀다운 부분이 함께 존재한다.

"시로, 나, 죽을 것 같아. 다른 거라면 뭐든지 할 테니까, 용서해줘. 이제 그만 용서해줘. 죽을 것 같단 말야아."

죽겠다는 소릴 연이어 외치며 얼굴을 손으로 가리고 몸을 비트는 타치바나.

나는 분위기를 타고 계속해서 핥았다. 그러나——.

"진짜!! 시로는 바보야!"

결국 부끄러움이 분노로 바뀌었는지 반대편 다리로 있는 힘껏 가슴을 차는 바람에 나가떨어졌다.

임계점을 돌파해버린 모양이다.

미간을 찌푸린 얼굴은 화가 났다.

"입! 헹궈!"

타치바나는 책상 위에 놓인 페트병을 집더니 난폭하게 내 입에 쑤셔 넣었다.

"마시면 안 돼!"

입에 손을 쑤셔 넣어 억지로 헹궜다. 그 자리에 입에서 물이 줄줄 흘러넘쳤지만 우리는 이미 축축이 젖어 딱히 상관없었다.

한바탕 그런 짓을 벌인 뒤 타치바나는 숨을 돌렸다.

조금 냉정함을 되찾은 모습이었다.

"시로는 진짜, 나, 부끄러워 죽는 줄 알았거든?"

"미안, 너무 갔지."

우리는 바닥에 주저앉아 정신을 차렸다. 분위기에 휩쓸려 행동이 너무 과했다.

숨을 고른 타치바나가 내게 다가왔다.

"……차서 미안해."

"아니, 차일 만했어."

"멍 같은 거 안 생겼어?"

타치바나가 내 셔츠를 뒤집어 가슴팍을 보았다.

거기서 우리는 둘 다 옷을 풀어헤치고 축축하게 젖었다는 사실을 깨달았다.

우리는 바보가 된 상태라, 그래서 또 스위치가 켜졌다.

"있지, 시로. 저기…… 뭐라고 해야 할까, 지금 게임 한 번 더 안 할래?"

"그러게. 땀은 닦아야 하니까."

"이번엔…… 손도 마음대로 쓰자."

"그래."

지금 이 상황에서 서로를 껴안고 핥는다면 기분이 하늘을 찌르리라.

"시로……."

"타치바나……."

젖은 타치바나는 미칠 듯이 요염했다. 어딘지 황홀한 표정에 축 늘어졌다.

품에 안고서 서로 입안을 핥아주며 아직 핥지 않은 이곳저곳을 핥아주자. 그런 생각에 타치바나의 어깨를 붙잡았다. 그때——.

"나 왔어~."

갑자기 문이 열렸다.

보아하니 여동생이 쇼핑백을 들고 서 있었다. 발치에는 꼬리를 흔드는 히카리(개)도 있었다.

"오빠……?"

나와 타치바나를 번갈아 본 뒤 여동생은 고개를 숙였다.

"방해해서 죄송합니다. 저랑 엄마는 한 번 더 나갈게요. 두 시간은 돌아오지 않을 테니 아무쪼록 계속해 주세요."

여동생은 "보면 안 돼~." 하고 말하며 시바견 히카리를 안고 서둘러 그 자리를 뒤로했다.

◇

밖은 이미 어두웠다.

역까지 가는 길을 타치바나와 걸었다.

함께 손을 잡으니 틀림없이 100% 여자친구 같았다.

"어째 어머니랑 여동생이 신경 쓰게 만들어서 미안했어."

타치바나는 손에 든 종이가방을 보며 말했다.

"이렇게 선물도 잔뜩 받았고."

"신경 쓸 거 없어. 이웃이나 친척들이 준 거니까."

"통금이 없었으면 같이 저녁 먹었을 텐데."

"엄마가 초밥을 시키려 했지…… 난 창피하더라."

"좋은 어머니셔."

그 뒤로 엄마와 여동생이 소란을 피워댔다. 아무렴 내가 여자애를 데려왔기 때문이다.

엄마는 "설마 시로가 여자애랑 사귀게 될 줄은 몰랐네~." 하고 타치바나를 보며 놀랐고 여동생은 "커서 내가 오빠를 돌봐야 할 줄 알았어." 하고 심한 소릴 했다.

우리 아들 잘 부탁할게 하고 고개를 숙이는 엄마에게 타치바나는 "저야말로요." 하고 정중하게 고개를 숙여 인사했다.

그 뒤로 타치바나는 엄마와 여동생에게 이리저리 끌려다녔고 나는 덜렁 혼자가 되었다.

그리고 해가 저물어 이렇게 타치바나를 역까지 바래다주고 있었다.

"여동생, 중학생이야?"

"중2."

"다음에 같이 옷 사러 가자고 그러더라."

여동생은 금세 타치바나를 따르게 된 모양이었다.

"어머니도 여동생도 시로에게 여자친구가 생겼다며 무척 기뻐했지."

타치바나는 거기서 눈을 내리깔고 조금 쓸쓸한 느낌을 담아 말했다.

"난, 제대로 된 여자친구가 아닌데도."

상점가의 아케이드를 걸었다.

햄버거 가게와 오락실을 볼 때마다 만약 우리가 제대로 된 연인 사이였다면 방과 후, 이런 곳에서 평범하게 같이 놀았겠구나 하고 상상했다.

"여친이라고 거짓말해서, 미안해."

"타치바나가 사과할 일이 아니야."

"약혼자가 있어서, 미안해."

"그것도 타치바나가 사과할 일이 아니야."

"제대로 된 연인이었다면 좋았을걸. 여동생과 놀러 가거나 어머니와 함께 부엌에 서서 요리하거나, 하고 싶었어."

"타치바나……."

이런 상상은 좋지 않지, 하고 타치바나가 말했다.

평소와 같은 포커페이스로 돌아와 더는 감정을 읽어낼 수 없었다.

"하야사카랑 제대로 사귀어. 연습 남친 같은 건 그만두고."

갑자기 그런 소릴 했다.

"어머니도 여동생도 좋아할걸. 가짜 여친 같은 것보다 더……."

"아니, 하야사카에겐 달리 좋아하는 사람이 있어."

"그럴지도 모르지만, 시로를 어지간히 좋아하잖아. 주변이 보이지 않게 될 만큼. 연습 여친인 채로 두는 건, 불쌍해."

"……타치바나는 그래도 괜찮겠어?"

"…………………괜찮아."

나는 고등학교를 졸업할 때까지만 시로랑 있을 수 있으니까, 하고 타치바나가 말했다.

역에 도착해 우리는 헤어졌다.

"그럼 갈게."

타치바나는 등을 돌리고 개찰구로 향했다. 오가는 인파 속에 뒤섞여 혼동할 일은 없었다. 낡아빠진 밤의 역사 건물 안에서도 홀로 하얀 꽃 같은 분위기를 발하고 있었다. 무엇보다 내가 한 번 본 타치바나를 놓친다는 것은 있을 수 없었다. 어디에 있든지 찾아낼 수 있을 것이다.

그렇게 눈으로 좇고 있자 타치바나가 마지막으로 뒤를 돌아보고 말했다.

"난 사라져갈 연인이면 돼. 그걸로 충분하니까."

제13화 100% 여친

"대충 준비는 끝났네요. 팸플릿도 찍었으니 이제 안심이에요, 안심."

하마나미가 말했다.

늦가을 밤, 학교에서 돌아가는 길에 있었던 일이다.

문화제 실행 위원회의 업무도 일단락되어 남은 것은 당일을 기다리는 것뿐이었다.

"아, 편의점 들러요. 제가 쏠게요. 닭튀김이면 돼요?"

하마나미의 말에 편의점을 들렀다.

가게 앞에서 닭튀김을 먹는다.

편의점 군것질 메뉴는 사람마다 다르다. 하야사카는 고기만두를 먹을 때가 많았고 타치바나는 추운 날에도 아이스크림을 먹었다.

"저기, 키리시마 선배. 그래서 그 건은⋯⋯."

하마나미가 머뭇거리며 말했다.

"아아, 그거. 타치바나가 탈출게임 경품이 되는 거 말이지."

"마, 맞아요."

"타치바나, 거절한대."

내가 말하자 하마나미는 안심한 표정을 지었다.

"하마나미도 제법 여자아이답네."

"그야…… 뭐어, 징크스라고는 해도 우승하면 결혼이니까요……."

"요시미를 좋아하는구나."

"저도 잘 모르겠어요. 의식하기 시작한 건 최근이에요. 그냥 까불이라고 생각했었는데……."

요시미는 초등학생 시절에 만화를 계기로 농구를 시작했다고 한다. 그러나 생각보다 진심이었는지 중학교 시절에는 전국 대회에 나갔다. 고등학교에선 주변 레벨이 올라 벤치에서 고전 중이다. 그런데도 밤늦게까지 공원에서 연습을 한단다.

"왠지…… 멋있게 느껴져서……."

그랬는데, 하고 하마나미는 슬픈 듯 말했다.

"어느새 타치바나 선배를 좋아한단 말을 꺼내더라고요. 어릴 적에 절 신부로 삼겠다고 말했던 주제에……."

"괜찮아, 하마나미의 사랑은 잘될 거야."

"어떻게 그렇게 단언할 수 있는데요."

"타치바나가 그랬어. 소꿉친구는 최강이래."

"……그러고 보니 키리시마 선배랑 타치바나 선배도 어릴 적에 만났죠."

닭튀김을 다 먹고 우리는 역을 향해 걷기 시작했다.

"어째 타치바나 선배는 생각보다 착한 사람이네요. 변한 거예요? 원래 그래요?"

"글쎄. 어떤 사람인지 파악하기가 막연하지. 변덕스러운 면이 있고 조금 예술가 기질도 있으니까."

덧붙여 AB형에다 왼손잡이다.

"의외로 소녀 취향이라 해야 하나, 순수한 부분이 있는 것 같아요."

하마나미가 말했다.

"그래서 이번에도 사실은 키리시마 선배를 기다리려는 거 아니에요?"

"기다린다고?"

"탈출게임의 경품이 되는 거 말이에요. 키리시마 선배가 탈출게임에 참가해서 1등이 되어주길 기대했던 거 아니에요? 그래서 같이 베스트 커플 대회에 나가고 싶어 했던 게 아닐까요?"

"아니, 하지만 그건……."

"뭐, 전부 제 상상이지만요. 그래도 문 너머로 차인 건 잊지 않는 게 좋을걸요."

타치바나에게 격렬한 감정이 있다는 건 나도 잘 알고 있다.

"그렇다곤 해도 다른 한 사람보다도 여유가 있는 건 틀림없지만요."

"하야사카 말이지……."

"전부 키리시마 선배 때문이라고요."

하마나미가 말했다.

"도망치는 사람을 뒤쫓고 싶어지는 심리 같은 게 있잖아요."

"심리적 저항 말이지."

"키리시마 선배가 타치바나 선배를 첫 번째로 좋아한다는 상황이, 바로 하야사카 선배 입장에선 계속 뒤쫓고 싶어지는 상황이라고요."

확실히 상시 심리적 저항을 느끼는 중이라고도 할 수 있을 것이다.

"하야사카 선배가 당연히 *얀데레로 변할 만하죠. 심리적 저항은 수많은 심리 효과 중에서도 강한 축에 속하니까요."

그건 심리학 실험으로도 증명된 사실이다.

아마 내가 타치바나를 좋아한다고 말하면 말할수록 하야사카는 나를 뒤쫓고 싶어질 것이다.

"부럽다~ 그렇게 누가 좋아해 줄 수 있다니."

하마나미가 말했다.

"저도 심리적 저항 효과로 요시미의 관심을 끌어볼 순 없을까요?"

"어떻게 하려고."

"이런 건 어때요?"

하마나미가 내 팔에 팔짱을 끼었다.

"아니, 아무리 그래도 이건 안 되지. 뒤쫓고 싶어지기 전에 나랑 하마나미가 사귀고 있는 줄 알걸."

"그렇겠죠?"

그런 소릴 하면서도 하마나미는 팔짱을 낀 채 달라붙었다.

"에휴~ 이런 걸 하고 싶거든요. 키리시마 선배가 아니라, 그

---

*얀데레: 상대에게 병적으로 집착하는 사람을 가리키는 인터넷 유행어.

바보 요시미랑!"

"날 연습대로 삼지 마."

"어차피 키리시마 선배는 저 같은 건 연습도 안 되잖아요, 타치바나 선배나 하야사카 선배에 비하면 저 같은 건 어차피 애니까."

그런 연인 시뮬레이션을 하며 역 앞 광장까지 왔을 때였다.

야생의 감일까, 등줄기가 서늘한 것을 느끼고 주변을 둘러보자──.

벤치에서 한 여자아이가 일어서 이쪽을 바라보고 있었다.

하야사카였다.

무표정한 얼굴로 나와 하마나미가 팔짱을 낀 팔을 바라보며 고개를 갸웃거리고 말했다.

"있지, 키리시마. 나는, 필요 없는 여자야?"

"얼마나 기다렸어?"

"하나도 안 기다렸어. 고작 세 시간 정도."

하야사카는 고작 세 시간이라는 말이 정말 진심에서 우러나온 듯한 표정이었다. 내가 어리둥절한 표정을 지어도 왜 그러는지 모르겠다는 분위기로 순진무구한 표정을 지은 채 고개를 갸웃거릴 뿐이다.

우리는 역 앞 벤치에 나란히 앉았다.

팔짱을 끼고 있던 하마나미는 하야사카에게 연신 사과한 뒤 사라져버렸다.

떠나며 내가 "요시미랑 연애할 땐 너무 꾀부리지 마."라고 말을 걸자 "다, 다, 당신이 할 말이야!!"라는 말을 일방적으로 쏟아내고 갔다. 지당한 말씀.

"키리시마, 안 추워?"

하야사카는 그렇게 말하고 자기 목에 감긴 목도리를 내게 감아주려 했다.

"아니, 추운 건 하야사카지."

벤치에서 줄곧 기다리고 있던 하야사카의 볼은 새하얗다.

"스마트폰으로 메시지를 보냈으면 실행위원 빠지고 왔을 텐데."

내가 말하자 하야사카는 "괜찮아."하고 말했다.

"나, 키리시마에게 부담이 되고 싶지 않은걸."

우선 나는 자동판매기에서 뜨거운 페트병 홍차를 사서 하야사카에게 건넸다.

하야사카는 그것을 받아 들곤 기쁜 듯이 손을 데우기 시작했다. 이렇게 보면 정말로 귀여운 여자아이다.

"에헤헤, 역시 키리시마야."

"모처럼이니 어디 가게로 들어갈까?"

"아니야, 지금 이대로가 좋아."

오랜만에 천천히 이야기하고 싶었을 뿐이라고 하야사카가 말했다.

"하마나미, 엄청 무서워했지."

"하야사카가 웃는 얼굴로 겁줘서 그래."

"조금 지나쳤나? 사실은 신경 안 써. 팔짱을 낀 정도는 전혀, 하나도 신경 안 써. 나, 그런 걸 허락해줄 수 있는 착한 여친이 되겠다고 결심했으니까."

"그, 그래⋯⋯."

"게다가 나도 키리시마 말고 다른 남자랑 친하게 지내는걸."

"어?"

"야나기 선배."

최근 자주 연락을 주고받는다는 모양이다.

"잘됐네."

"응. 진로라든가 꽤 개인적인 일까지 얘기해줘."

"그러고 보니 선배, 하야사카를 귀엽다고 했었지."

"얏호!"

주먹을 불끈 쥐는 하야사카. 그런 뒤 퍼뜩 놀라 날 바라보았다.

"미, 미안해. 나⋯⋯ 아니야, 그게 아냐. 키리시마, 날 싫어하지 말아줘⋯⋯."

갑자기 울음을 터트릴 것 같은 하야사카. 역시 정신이 불안정하다.

괜찮다고 나는 다독이듯이 말했다.

"야나기 선배는 첫 번째 상대니까."

"그치, 그렇지? 그래도 지금, 키리시마가 풀죽은 표정을 해줘서, 나 기뻤어."

그렇게 말하고 내 팔을 껴안았다. 오랜만의, 다정하고 부드러운 감촉.

"그래서, 야나기 선배와는 잘 되어가는구나."

"응. 저번에는 밤중에 갑자기 전화가 걸려 왔거든."

"그거 굉장한데. 꽤 친하지 않으면 그런 거 못 하지."

"응. 상담하고 싶은 게 있었나 봐."

"어떤 거?"

"키리시마가 타치바나랑 손잡고 걷는 걸 봤대."

차가운 바람이 지나갔다.

나와 야나기 선배는 집에서 가까운 역이 같았다. 타치바나가 우리 집으로 놀러 왔을 때, 돌아가며 역까지 바래다주었다. 그때 우리는 줄곧 손을 잡고 있었으니, 그것을 본 것이리라.

"아니지?"

하야사카가 공허한 눈동자로 말했다.

나는 무심코 "어, 어어……." 하고 거짓말을 하고 말았다.

"그치? 그래서 선배한텐…… 분명 잘못 본 거라고 말해놨어."

하야사카가 말했다. 늘어진 앞머리 때문에 그 표정은 살필 수가 없었다.

"그야 키리시마가 그런 짓을 할 리가 없는걸. 내가 애쓰고 있는데 그렇게 심한 짓을 할 리가 없지. 키리시마가 날 배신할 리 없어. 키리시마, 키리시마, 키리시마."

"잠깐만, 하야사카──."

"선배가 날 돌아봐 주면 전부 잘될 거야. 그러면 키리시마는 선배를 배신하지 않아도 되고 나도 타치바나랑 친구로 있을 수 있어. 나, 타치바나가 정말로 좋거든. 그러니까 어서 선배를 꼬드겨야지. 그러면 누구도, 무엇 하나 망가질 일 없어."

하야사카는 내 팔을 붙잡았다. 힘이 들어가 조금 아팠다.

"키리시마, 내가 성공할 때까지 꼭 기다려 줄 거지? 나쁜 사람이 되면 안 돼? 응, 될 리가 없지. 키리시마니까, 믿고 있어."

하야사카는 아마 어렴풋이 알고 있다. 하지만 믿고 싶지 않아서 내 환상에 매달리려다가 망가져 가고 있었다. 차마 보지 못해 나는 말하고 말았다.

"만약 내가…… 이미, 나쁜 사람이 됐으면 어떻게 할 거야?"

이대로 솔직하게 모든 것을 털어놓아도 좋다. 실망 받아도 좋다, 그렇게 생각했다. 하지만──.

하야사카의 반응은 예상 밖이었다.

만약 내가 이미 나쁜 사람이라면──.

"그건, 내가 잘못한 거야. 응, 지금 전부 알았어. 내 잘못이야."

"뭐?"

"내가 못 미더워서, 내가 키리시마를 만족시키지 못해서, 그래서 키리시마가 제대로 기다려주지 못하는 거야. 전부, 나 때문이야. 내가 못난 여자라…… 그러니까…… 내가 착한 여자가 되면 돼. 그러면 키리시마는 꼭 기다려주겠지, 선배를 배신하지 않고, 내가 꼬드길 때까지 기다려줄 거야, 내가 만족시켜 줄 수 있다면—— 전부 잘될 거야!"

고개를 든 하야사카의 표정은 여태껏 본 적 없을 만큼 밝았다.

기다려달라고 기운 넘치는 목소리로 말했다.

"나, 착한 여친이 될게. 키리시마에게 있어서 100%의 여친이 될 테니까!"

키리시마가 나쁜 사람이 되지 않도록 한다.

하야사카는 '착한 여친'이 되려고 노력하기 시작했다.

내가 하야사카에게 만족하면, 선배를 배신하게 되는 이 타이밍에 타치바나에게 접근하지 않을 것이라는 논리였다.

"키리시마, 역사 노트 제출해야 하는데 괜찮아?"

아침 교실에서 하야사카가 방긋방긋 웃으며 다가와 물었다.

"딴청 피우던 시간이 많아서 좀 위험할지도 몰라."

"나, 필기 다 했어. 베낄래?"

"고마워."

"그럼 키리시마 노트 줄래?"

"어?"

"내가 베껴줄게."

하야사카는 억지로 내 노트를 책상에서 끄집어내더니 자기 발에 걸려 넘어질 뻔하며 자기 자리로 달려서 돌아갔다. 노트는 그날 중으로 돌아왔다. 하야사카가 적은 페이지만 귀여운 글씨체에 컬러풀했다.

하야사카가 생각하는 착한 여친이란 제법 헌신적인 여자친구였던 모양이다.

그리고 역시나 하야사카여서, 조금 과한 부분도 있었다.

하야사카의 100% 여친 계획이 시동한 지 며칠 뒤.

점심시간, 책상에 누워 자는 척을 하고 있는데 같은 반 학생들의 대화가 들려왔다.

"어째 하야사카, 요즘 계속 키리시마랑 같이 있지 않냐?"

"맞아. 조리 실습 때 쿠키를 만들어서 곧장 키리시마한테 들고 갔지."

"키리시마가 새로 나온 젤리 얘길 했더니 다음 날 사 와서 주더라고."

"그거, 키리시마가 그냥 기둥서방인 거잖아."

나와 하야사카의 관계는 비밀이었고 지금까지 교실에서는 말한마디 나누지 않는 거리감을 유지한 채 생활했다.

그것이 완전히 무너졌다.

이건 넌지시 주의를 줘야겠다고 생각하던 차, 누가 어깨를 두드렸다.

얼굴을 드니 당사자인 하야사카였다.

"있지, 키리시마, 요즘 계속 매점에서 빵 사지? 전에는 도시락이었는데."

"여동생이 싸줬는데, 어째 갑자기 안 싸주게 됐어."

그래? 그렇구나~ 하고 하야사카는 기쁜 듯한 표정을 지었다.

"그럼 내일부터 내가 싸다 줄게."

그렇게 말하며 V 사인을 보여주었다.

같은 반 남학생들이 그런 우리의 모습을 멀리서 바라보며 뭐라고 수군거리기 시작했다.

"있잖아, 하야사카. 아무리 그래도 너무 당당하게 말 거는 거 아냐?"

"왜?"

"어째 지금 이대로 가다간 무슨 말을 들을지 모른다고 해야 하나……."

"그래도 있지, 우선은 키리시마를 만족시켜 줘야 하잖아? 안 그러면 나쁜 사람이 될 거지? 괜찮아. 나, 다 알고 있으니까. 이제 혼자서 전부 할 수 있어."

"저기, 하야사카――."

"응응, 분명 잘될 거야!"

하야사카는 불끈 주먹을 쥐고 후련한 듯한 표정으로 말했다.

"그러니까 내일부터 기대해!"

이렇게 나의 여친 수제 도시락 생활이 시작됐다.

하야사카가 도시락을 싸 오면 점심시간에 시간을 두고 미스연 부실로 가서 함께 먹는다. 그런 나날이 시작된 것이다.

하야사카는 주변의 시선이나 두 번째 여친이라는 규칙을 무시하고 오로지 '착한 여친'이 되겠다는 목적만을 위해 온 힘을 쏟았다.

내가 뻗친 머리 그대로 등교하면 머리를 눌러주며 웃어주었다. 방과 후에는 함께 만나 두서없는 대화를 나누며 돌아갔다.

야나기 선배에 대한 첫 번째 사랑과 전혀 양립되지 않는 점을 무시한다면 즐거운 나날이었다.

귀여운 여자친구가 있는 고등학교 생활이란 이런 것이구나 하고 느꼈다.

만약 내가 하야사카와 첫 번째로 좋아하는 사이였다면 이런 미래도 있었을지 모른다.

그렇게 됐으면 좋았을 걸, 하고도 생각했다. 그러나──.

"키리시마, 왜 그래?"

하야사카가 말했다.

"젓가락 멈췄잖아. 혹시 싫어하는 거 있었어? 사양 말고 말해도 돼."

"아니, 괜찮아, 전부 내가 좋아하는 거야. 싫어하는 건 하나도 없고 다 맛있어."

점심시간, 부실에서 있었던 일이다.

그날도 함께 하야사카의 수제 도시락을 먹고 있었다.

"뭔가 부족한 게 있으면 말해줘, 나, 뭐든지 할게."

"지금도 충분해. 하야사카는 정말 요리를 잘하네. 좋은 신부가 되겠어."

"정말?! 기뻐라! 나, 착한 여친이 다가 아니라 좋은 신부도 될 수 있겠구나!"

그렇게 말하며 맞은편 소파에 앉아있던 하야사카가 내 옆으로

와 달라붙었다.

"학교란 말이지."

"조금만."

동물이 따르듯이 또 머리를 비비기 시작했다.

정말로 귀여워서 착한 여자친구라고 생각했다. 완벽한 연인이었다.

"어제 라디오, 나도 들었어, 엄청 재밌었어!"

하야사카가 어젯밤 라디오의 감상을 꺼냈다. 내가 항상 듣고 있는 방송이었다.

"그리고 미스터리 소설도 읽었어. 어려운 부분도 있었는데 수수께끼가 풀리는 순간은 엄청 상쾌했어!"

하야사카는 요즘 미스터리 소설도 읽게 됐다.

"그럼 나, 슬슬 갈게."

그렇게 말하고 도시락통을 귀여운 주머니에 넣고서 부실을 나가려 했다.

이 표면상의 즐거움을 더 이어 나가도 좋을지 모른다.

하지만 이것은 단순한 이미지이다. 이랬으면 좋겠다는 것일 뿐, 누구도 행복해질 수 없다.

그래서 결국 나는 말하고 말았다.

"하야사카, 난 하야사카를 제대로 좋아해."

"응. 그렇게 말해주니까 기쁘다!"

"그래서 무리하지 말았으면 좋겠어."

하야사카는 문 앞에 멈춰서 이쪽을 돌아보곤 어리둥절한 표정으로 말했다.

"무리한 적 없는데?"

"아침 일찍 일어나 도시락을 싸고 라디오도 듣고 미스터리 소설도 읽으면, 잠은 언제 자?"

"안 자도 돼. 키리시마의 이상적인 여친이 되기 위해서니까, 당연한걸."

"하야사카…………."

"난 있지, 아무것도 없잖아? 타치바나랑 다르게 키리시마가 날 좋아해 줄 만한 게 아무것도 없어. 그러니까 노력해야지. 키리시마가 좋아해 줄 수 있게. 괜찮아, 이번에는 무리하는 것처럼 안 보이게 할 테니까. 미안해, 신경 못 써서. 타치바나처럼 요령 좋지 못해서. 그래도 할수 있게 될게. 곧 그렇게 될 테니까. 그러니까 기다려줘."

하야사카는 낙관적인 말투로 말했다.

"키리시마가 나한테 푹 빠져주면 전부 잘될 거야. 키리시마가 나쁜 사람이 안 되도 될 거야. 내가 완벽한 여친이 되면──."

"하지만 이러다간 하야사카의 첫 번째 사랑에도 좋지 않아. 우리, 조금 소문이 돌고 있어."

"그치? 왠지 나 엉망진창이지. 애당초 타치바나는 첫 번째 여자아이인데 내가 선배를 돌아보게 할 때까지 기다려달라니, 말이 안 되지? 그런 거 전부 알고 있어. 제대로 이해하고서 하고 있는 거야. 제대로 생각한 다음 내린 결론이야."

그도 그렇게, 하고 하야사카가 말했다.

"난 바보라서 키리시마가 점점 좋아지는걸. 어쩔 수 없어."

◇

"또 아카네를 망가뜨렸지."

사카이가 말했다.

하야사카의 친구로 평소에는 수수한 안경을 끼고 있는 여자아이이다. 그러나 안경을 벗고 앞머리를 올리면 어른스러운 사랑꾼 여자아이가 된다.

"아카네가 스스로 선택한 거겠지만 말야."

가을비가 쏟아지는 아침에 있었던 일이다.

나는 1교시를 빼먹고 자전거 주차장에서 사카이와 대화를 나누고 있었다.

"아카네, 최근에 남자 손을 뿌리쳤어."

"그거 나도 봤지."

연결 통로에서 3학년 남학생이 건드리려 들었을 때의 일이다.

'하야사카, 문화제 같이 돌자.'

남학생은 그렇게 말하며 하야사카의 어깨에 손을 올리려 했다.

'만지지 말아요!'

하야사카가 호들갑스럽게 뿌리쳤기에 그 남학생은 발끈한 표정이었다. 모두가 보는 앞에서 매몰차게 대해 창피를 당했다고 여긴 모양이다.

그가 떠난 뒤 하야사카는 어쩔 줄을 몰라 하고 있었다.

"머리를 기르려는 것 같던데. 왜인지 알아?"

"타치바나가 되려는 거겠지."

"맞아. 키리시마 취향에 맞춰서."

라디오와 미스터리 소설도 마찬가지다. 그것이 내가 이상적으로 생각하는 모습이라고 판단한 것이다.

"많든 적든 사람은 남에게 맞춰서 자신을 바꾸는 법이지만, 아카네는 그게 지나치지."

"하야사카는 '내겐 아무것도 없다'고 말했어."

"키리시마랑 타치바나의 상성이 너무 좋아서 비교해버린 거구나."

아카네는 자기긍정감이 낮으니까, 하고 사카이가 말했다.

"이번 계기는 뭐야?"

"내가 타치바나랑 손을 잡았거든."

"제법인걸."

"그걸 야나기 선배가 봤나 봐."

"아수라장이잖아."

"하야사카는 선배가 잘못 본 거라며 자신을 설득하고 있어."

"보고 싶지 않은 현실이겠지."

그래서 망가진 거구나 하고 사카이가 말했다.

"야나기 선배가 아카네에게 반해서 둘이 붙으면 모두가 행복해지는 건 사실이지. 야나기 타치바나 라인이 자연 소멸하는 거니까. 그래도 그건 불가능하잖아. 야나기 선배가 아카네에게 갈 거라곤 생각 못 하겠어."

"내 생각도 그래."

"아카네는 솔직하게 인정해야 해. 키리시마가 첫 번째가 됐다고."

가까이 지내다 보면 어느새 첫 번째로 좋아하게 되는 게 자연스러운 건데, 하고 사카이가 말했다.

"아무튼 여전히 이 관계를 계속할 생각이라면 우선 아카네를 보듬어줘."

"어떻게 해야 해?"

"우선 도와줘야지. 아카네, 지금 위기니까."

"무슨 일 있어?"

"손을 뿌리친 3학년 남학생이 아카네한테 도리어 원한을 품었나 봐."

하야사카는 타치바나를 흉내 내 강하게 거절했다. 그것이 예상 밖의 결과로 이어진 모양이었다.

"알았어."

"당연히 그래야지. 두 번째지만, 유일한 남자친구니까."

"하지만 도와준다고 해서 타치바나의 흉내를 그만두는 건 아니잖아?"

그렇다면 평소 행동을 반복하는 것뿐이다.

"그렇지. 아카네를 강하게 긍정해줘야 해. 지금 그대로도 괜찮다고."

"그 방법을 모르겠어."

"키리시마, 의외로 머리가 안 돌아가는구나."

무척 간단하고 효과적인 방법이 있다고 사카이가 말했다.

"아카네에게 해주면 돼. 평범한 연인들이 하는 걸 말야."

◇

어른 남녀가 하는 무척 친밀한 행위를 한다. 확실히 그것은 최상급의 긍정이다.

상대를 완벽하게 받아들이지 못했다면 보통 그런 행위는 할수 없다. 그 행위를 한다는 것은 상대에게서 호의를 보증받는 것이나 마찬가지다. 애정의 확인 행위란 것은 제법 올바른 해석이다.

만약 그 행위로 하야사카를 강하게 긍정해줄 수 있다면 나는 그 행위에 나서는 것을 진지하게 고려해야만 한다.

하지만 그 행위가 가지는 의미가 내게는 너무 중대해서 아직은 판단할 수 없었다.

아무튼 그 전에 내게는 해야 할 일이 있었다.

"그래서 어디 가는 거냐?"

마키가 물었다.

"편의점."이라고 나는 대답했다.

비가 그친 방과 후에 있었던 일이다.

돌아가는 길에 있는 편의점에서 하야사카를 억지로 헌팅해 데려가고자 남자 몇 명이 잠복하고 있다고 사카이가 알려주었다.

하야사카가 쌀쌀맞게 대한 남학생이 지역의 좀 노는 선배들에게 자기가 다니는 고등학교에 야하고 귀여운 여자애가 있다고 얘기한 것이 원인이다.

"왜 나도 같이 가는데?"

옆을 걷는 마키가 말했다.

"상대도 몇 명인가 있다잖아."

"싸움이라도 하려고?"

"상황에 따라선."

"키리시마, 사실은 쫄았지."

"누가 그래."

"그럼 왜 날 앞에 세우려고 하는데."

그런 대화를 나누며 편의점에 도착했다. 주차장에 남자 셋이 모여 있었다.

"야, 키리시마, 저거 좀 논다기보단 깡패 같은 느낌 아니냐?"

"선글라스를 쓴 녀석이 형님 격인가 본데."

"검은색 밴을 세워놓은 게 참. 저기에 하야사카를 태울 생각이겠지."

"어떻게든 해야겠다."

"키리시마, 남자네."

"뭐, 그렇지."

나는 어깨를 으쓱이며 남자들 쪽으로 걸어갔다. 그러나──.

"부디 물러나 주십쇼."

그들 앞에 서자 난 빛의 속도로 머리를 숙였다. 무서운 건 무섭다.

"늬들은 뭐냐?"

드레드 헤어를 한 남자가 말했다. 가슴에는 두꺼운 금색 목걸이를 걸었다.

"하야사카 친구입니다. 그리고, 하야사카는 그런 여자애가 아니니 말 걸지 말아주세요. 라고 옆에 있는 이 남자가 말했습니다."

"아뇨, 그냥 이 개허접 안경잼이 키리시마가 말한 겁니다. 이 녀석, 아까 상황에 따라선 힘으로라도 말을 듣게 하겠다며 허세를 부렸다고요. 때릴 거면 이 녀석을 때려 주세요."

우리는 서로를 방패로 세우며 그냥 돌아가 달라고 부탁했다.

"그래도 말이다."

리더처럼 보이는 선글라스가 말했다.

"그 여자, 문화제 준비 중에 커튼 안에서 남자랑 했다던데? 우리가 꼬시면 입으론 싫다고 그러면서도 몸은 신나서 따라오는 거 아니냐?"

남자들은 우리도 하고 싶단 말야~ 하고 천박하게 웃으며 말했다.

마키가 놀랍다는 눈으로 날 바라보았다.

"뭐? 했어? 학교에서 했어? 그건 아무리 그래도 심한 거 아니냐?"

"안 했어! 그보다 지금은 그런 걸 말할 때가 아냐!"

그렇군, 그래서 이런 일이 벌어진 건가 싶었다.

실제로 커튼 속에서 하야사카는 치마를 벗고 큰소리로 신음을 흘리며 자신에게 말을 걸려고 한 남자들에게 보란 듯이 보여주었다. 그 청초한 하야사카가 그런 짓을 할 리가 없다는 목소리가 태반이었지만, 역시나 다소는 소문이 돌고 있었다.

"그러니까 말이다. 함 꼬시기 전엔 그냥 갈 순 없다 이 말이지. 생긴 것도 보고 싶고. 아, 보고 싶은 건 몸인가? 완전 야하다며? 벗은 것도 보고 싶네."

남자들이 다시 소리 높여 웃었다.

이런 부류의 사람들과 얽히면 하야사카의 마음은 탁해질 것이 틀림없다.

"전부 오해거든요."

돌아가 달라고 나는 부탁했다. 하지만 저쪽도 여자애와 즐겁게 놀아볼 생각에 힘이 잔뜩 들어간 상태라 한 발짝도 물러서려 하지 않았다. 오히려 화를 내며 거친 목소리를 내기 시작했다.

"너 인마, 그 하야사카란 여자랑 뭔 관곈데? 그냥 친구는 아니지?"

"…………남자친구입니다."

"야한 여친을 놀려 두는구만."

"하야사카는 그런 여자 아냐. 너무 저속한 소리 하지 마."

이쪽도 다소는 발끈했기에 점점 말투가 거칠어졌다. 이쯤 되니 상대가 보기에 우리는 약해 보일 테니 손이 나가는 것이 자연스러운 흐름이었다.

"늬들 고개는 숙이면서 우릴 깔보고 있지? 누구 눈이 동태 눈깔인 줄 알아?"

드레드 헤어를 한 남자가 주먹을 휘둘렀다.

"아, 때릴 거면 여기 마키를."

"아니, 키리시마를 때려 주세요, 안경을 박살내 버리라고요."

결국 내가 코를 주먹으로 얻어맞았다.

아프고, 코를 맞아서 자연스럽게 눈물이 나왔다. 코 아래로 뜨거운 것이 느껴졌다. 피다. 하지만 이러면 됐겠거니 하고도 생각했다. 여기서 내가 두들겨 맞으면 그들도 헌팅할 상황이 아니게 될 테고 문제가 되지 않는 사이 도망쳐줄 것 같았기 때문이다.

"뭐야? 이 자식. 헤실헤실 왜 쪼개?"

더 얻어맞을 것 같은 상황이 되었다.

그때였다.

"그런 거 그만해 주시죠?"

우리와 같은 고등학교의 교복을 입은 남학생이 끼어들어 드레드 헤어를 한 남자의 팔을 붙잡았다.

"셋 정도라면 상대해드릴 수 있는데요."

짧은 머리에 선은 가늘지만 탄탄하게 단련한 몸을 지녔다. 운동부 학생이다. 깡패들도 체격이 좋았지만 허풍 떨기 위해 만든 근육이었다. 그와는 달랐다. 유연함과 실전 위주의 강함이 느껴졌다. 그는 1대3 그대로 불량한 남자들과 잠시 눈싸움을 벌였다.

그러는 사이 짧은 머리의 남학생과 부 활동 동료처럼 보이는 남학생 몇 명이 찾아왔다.

이렇게 되니 아무리 자신들이 좀 논다지만, 불리하다고 느꼈을 것이다.

"아, 노잼."

그런 말을 일방적으로 내뱉곤 검은 밴에 올라타 사라졌다.

"선배, 괜찮아요?"

짧은 머리를 한 남학생이 내 얼굴을 들여다보았다. 어디선가 본 적이 있는 얼굴이었다.

"넌……."

"전 요시미예요. 요시미 마코토라고 합니다."

쾌남답다. 남자인 내가 보더라도 멋지다.

오호라, 하마나미 녀석, 제법 보는 눈이 있는데?

"고마워, 덕분에 살았다."

"아뇨, 실은…… 키리시마 선배에게 볼일이 있어서 말을 걸었는데요."

요시미는 조금 말이 서툰 남자아이란 느낌이었다. 호감이 갔다.

"그래도 난 타치바나와 관련해선 도와줄 수 없어."

"아뇨, 그게 아니라요."

머리를 긁적이는 그는 뭔가 하고 싶은 말이 있는 것처럼 보였다.

내가 기다리고 있자 머뭇거리면서 멋쩍다는 듯이 말했다.

"키리시마 선배는 그, 하마나미랑 사귀는 사이예요?"

"……아니, 전혀 그런 거 아닌데."

하마나미와는 그저 문화제 실행위원 일로 같이 있을 때가 많았을 뿐이다. 그것을 설명하자 요시미는 안심한 표정을 지었다.

"요시미, 혹시⋯⋯."

"뭐⋯⋯ 그런 거죠."

요시미는 쑥스럽다는 듯이 말했다.

"제가 좋아하는 건, 하마나미 거든요."

◇

"미안해, 나 때문이지."

하야사카가 동그랗게 만 휴지를 내 코에 쑤셔 넣었다.

"피가 난 건 그쪽 구멍이 아니지만 말이지."

"미안해, 키리시마, 미안해, 미안해. 그러니까 날 싫어하지 말아줘, 버리지 말아줘."

하야사카는 내가 하는 말은 전혀 듣고 있지 않았고 결국 양쪽 구멍에 휴지를 가득 쑤셔 박았다.

보건실에서 있었던 일이다.

그 뒤로 나는 일단 학교로 돌아와 보건실을 찾았다. 그리고 마키에게 사정을 들은 하야사카가 찾아와 이렇게 간호해주고 있었다.

"얼굴 더러워졌어."

"하야사카, 그거 걸레야."

"콧등도 상처 났네. 소독해야겠다."

"눈알에 뿌리는 건 봐줄래?"

"미, 미안해! 잠깐 있어 봐, 금방——."

당황해 허둥대는 하야사카는 책상에 격돌했고 구급상자를 뒤엎어 바닥에 쏟았다.

"난 괜찮으니까 그렇게 서두르지 않아도 돼."

말하며 나는 바닥에 어질러진 구급상자의 내용물을 주웠다. 붕대, 위장약, 반창고. 어느 정도 주워 담았을 때 하야사카가 어깨를 늘어뜨리고 우두커니 서 있는 것을 눈치챘다.

"하야사카?"

"나, 정말, 안 되겠다. 착한 여친이 되고 싶은데, 될 수 있다고 생각했는데, 역시 전혀 안 돼……."

울상을 지으며 기운이 쭉 빠진 얼굴로 말했다.

"키리시마에게, 민폐만 끼치잖아……."

"그렇지 않아."

"나도 잘하고 싶어. 키리시마를 위해서 뭔가 하고 싶단 말야. 그래도 능숙하게 못 하겠어. 타치바나가 될 수 없어……. 미안해, 이번에도 타치바나처럼 남자를 잘 다루려고 했거든. 그랬는데, 키리시마를 다치게 했잖아. 미안해, 내가 바보라 미안해."

"하야사카……."

우선 하야사카를 의자에 앉혔다.

"저기, 하야사카. 딱히 타치바나가 될 필요는 없어."

"그래도 타치바나는 키리시마에게 있어서 첫 번째 여자잖아?

난 키리시마 취향에 조금이라도 가까워지고 싶어. 키리시마에게 있어서 100%의 여친이 되고 싶은걸."

"상대의 취향에 맞추려 하는 게 나쁜 건 아닌데."

나도 하야사카에게 좋은 인상을 주고 싶어서, 이상에 다가가고 싶어서 의식하고 신사적으로 행동하기도 했다. 누구나 다 그런 것이다.

"하지만 지금의 자신을 못났다며 부정할 것까진 없잖아. 난 하야사카가 스스로 못났다고 생각하는 부분이, 참 좋은걸."

"그런 건 거짓말이야."

맞잖아, 하고 하야사카가 말했다.

"본래 나는 라디오도 안 듣는걸. 키리시마가 좋아하는 심야라디오, 안 듣는단 말야."

"하야사카는 금세 잠이 드니까. 그런 점이 귀엽더라."

"본래 나는 미스터리 소설도 안 읽는걸. 키리시마가 좋아하는 미스터리 소설, 안 읽는다구."

"하야사카는 살인사건을 싫어했지. 착해서 좋잖아."

"……그래도 역시 안 돼. 난 이대론 안 돼. 타치바나랑 달라도 너무 달라. 키리시마는 분명 싫어할 거야."

사카이 말처럼 하야사카는 자기 긍정감이 낮다. 하지만 아마도 타치바나와 비교하게 만들어버린 것은 나일 것이다. 그러니 지금 나는 타치바나를 있는 그대로 긍정해줘야만 한다.

"……거기다 있지."

하야사카는 말을 이었다.

"나, 부담스러운 여자인걸. 두 번째라서 그렇게 되지 않도록, 잔뜩잔뜩 참고 있지만, 사실은 엄청 부담스러운 여자애야. 키리시마는 눈치채지 못했을지도 모르지만."

"그, 그러게⋯⋯."

제법 이른 단계에서 눈치챘지만 말이지. 그리고 그게 참은 거였구나⋯⋯.

"껴안거나 키스하거나, 전부 키리시마가 처음이라서 그것만으로도 점점 좋아졌어. 키리시마 말곤 다른 생각을 할 수가 없게 됐어. 타치바나는 소중한 친구인데. 그런데도 가끔, 없어졌으면 좋겠다고, 그런 생각을 해버리는 못된 여자애야."

"괜찮아. 난 그런 있는 그대로의 하야사카를 전부 받아들일 수 있으니까."

또, 하고 나는 말했다.

"하야사카처럼 멋진 여자애가 그렇게까지 좋아해 줘서, 정말 기뻐."

"진짜?"

"응."

"나, 부담스러운 여자로 계속 있어도 돼?"

"그럼."

귀엽고 부담스러운 여자는 귀찮다는 이미지가 따라다니지만 본심으론 남자로서 조금 동경하기도 했다. 잔뜩 좋아해 주는 것이 기분 나쁠 리가 없었다.

"키리시마, 나, 있는 그대로 있어도 돼?"

"물론이지. 나는 하야사카 아카네를 좋아해."

하야사카의 표정이 밝아졌다. 지어낸 것이 아니었다. 하야사카가 본래 지니고 있던, 천진난만한 빛이었다. 그 표정을 보고 생각했다. 나는 역시 하야사카를 좋아한다.

"맞아, 그렇지? 나는 나니까."

하야사카는 자리에서 일어나 날 껴안으려다가 아슬아슬하게 멈춰 섰다.

평소라면 브레이크가 망가져 내게 달라붙은 뒤 과격한 행동에 나섰을 것이다.

그러나——.

"됐어."

하야사카가 말했다.

"여긴 학교고, 키리시마는 날 받아준다고 말했으니까 무리할 거 없어."

왠지 정말로 모든 걸 떨쳐낸 느낌이라 이건 이것대로 잘 됐다고 생각했다.

"나, 앞으로 키리시마에게 부딪칠 거야. 있는 그대로의 나로 갈 거야."

"그래, 얼마든지 와."

"에헤헤, 그러면——."

하야사카는 얼굴 앞에서 손깍지를 끼고 볼을 붉히며 지금까지 본 적 없는 요염한 표정으로 말했다.

"다음에, 내 전부를 줄게. 그러니까, 제대로 받아줘야 돼? 도 망치면 안 돼?"

제13.5화 사카이 아야의 적성검사

3교시가 끝난 뒤, 쉬는 시간에 있었던 일이다.

"뭐 읽어?"

내가 말을 걸자 하야사카 아카네는 서둘러 읽고 있던 책을 책상 아래로 숨겼다.

"아, 아야구나. 아무것도 아니야, 그냥 만화."

"그래?"

얼버무릴 생각이었을지 모르나 아카네가 읽고 있던 것은 제법 과격한 순정 만화였다.

"다음 시간 체육이니까 어서 탈의실 가자."

"아, 알았어."

탈의실에서 아카네가 옷을 벗었다. 속옷이 무척이나 어른스러웠다.

누군가에게 보여줄 것을 의식한 속옷이었다. 연인이라면 보통 하는 것, 그것을 염두에 둔 것이겠지.

하여간. 여기선 친구로서 그 안경, 키리시마보다 먼저 아카네의 적성을 체크해둘까. 그렇게 생각하며 운동장으로 나왔다.

"아카네, 같이 스트레칭하자."

"응, 알았어."

"그럼 고관절부터 하자. 다리 벌리고 뒤로 누워."

"누우라고?!"

아카네를 지면에 굴려 양발의 허벅지를 잡고 몸을 향해 펼치며 눌렀다. 허벅지뿐 아니라 고관절도 부드러운지 꽤 넓게 가랑이가 벌어졌다.

"아야, 이거, 왠지 창피해……."

"그냥 스트레칭인데?"

"그, 그렇지……."

내가 수수하고 그런 것엔 어두운 여자인 줄 아는 아카네는 설마 내가 연인끼리 하는 행위를 상정하고 이 자세를 취하게 했을 줄은 상상 못 했던 모양이다.

나는 흥이 올라 내 몸을 아카네의 다리와 다리 사이에 집어넣고 위에서 덮쳐보았다.

"잠깐, 아야, 이건……."

"몸무게를 실으면 효과적이거든."

"안 돼……. 왠지, 이거…… 이상하잖아……."

아카네의 몸은 촉촉하고 부드러웠으며 누워있어도 가슴의 볼륨을 알 수 있었다.

이건 남자라면 참을 수 없겠다고 생각했다. 앳된 얼굴과 색기의 갭이 굉장하다.

만약 한다면…… 남자는 이 몸에 미칠 것이 틀림없다.

"미안 미안. 왠지 그랬지, 야했어."

"잠깐, 아야, 뭐, 뭐어?!"

"그런 거 상상한 거지?"

"아니, 그런 거 아냐!"

아카네는 몸을 일으킨 뒤 무릎을 끌어안고 쪼그려 앉아 얼굴을 감췄다. 하지만 얼마 뒤 빨개진 얼굴을 들어 토라진 듯한 얼굴로 나를 바라보았다.

"왠지, 의외야. 아야가 그런 말을 하는 거."

"그냥 지식으로서 알고 있는 게 다야."

거짓말이지만.

"그런데 아카네. 그런 거 하고 싶어?"

내가 대놓고 물어보자 아카네는 "뜨에엑!" 하고 이상한 소리를 냈다.

"아니야! 내가 그런 거 안 좋아하는 거 알잖아."

"상대가 아무 남자라면 말이지. 그래도 좋아하는 사람이면?"

"그건……."

아카네는 다리를 꼼지락거린 뒤 "하고 싶을 것 같아……." 하고 말했다.

잘됐네, 키리시마. 상대는 분명 너일 거다.

"하면 어떻게 될 것 같아?"

"그, 그런 거 몰라."

"상상해 봐."

내가 재촉하자 아카네는 머리에서 증기를 뿜기 시작했다. 그런 말을 들었다고 착실하게 상상하니, 솔직하다고도 할 수 있겠고 사람이 쉽다고도 할 수 있겠다.

"어때?"

"어떠냐니…… 엄청 좋아질 것 같아. 옷도 다 벗고 피부랑 피부로, 몸 전체로 상대를 느끼면, 그러면 분명 엉망진창이 될 정도로 좋아질 거야……."

"옷뿐만 아니라 안쪽으로도 느낄 테니까 말이지."

"아, 안쪽!"

아카네는 놀라 펄쩍 뛰어올랐다. 하지만 곧 상상했는지 눈이 멍~해졌다.

"키리시—— 좋아하는 사람을 안쪽까지 깊숙이 받아들인다면, 난 그냥, 부서져 버릴 거야. 분명, 계속 그 상태로 있고 싶다고, 달라붙어 있고 싶다고 생각할걸."

아카네는 황홀한 표정을 짓고 있었다.

"그래도, 키리시마가 타치바—— 가 아니라, 아카네가 좋아하는 사람이 다른 여자애랑 먼저 그런 걸 해버릴지도 모르잖아."

"어? 그런 건……."

그것도 상상했는지 아카네의 표정이 점점 어두워졌다.

"안 돼…… 그런 건 안 돼…… 절대 안 돼……."

"잠깐만, 아카네——."

아카네의 눈에 눈물이 그렁그렁 쌓였다.

"미안해, 이상한 소리 해서. 만약의 얘기야. 아마, 괜찮을 거야. 아마도……."

내가 그렇게 말해도 아카네는 더 이상 아무것도 듣고 있지 않앗다.

　울음을 터트릴 것 같은 얼굴로 줄곧 계속해서 중얼거렸다.

　"타치바나보다 먼저 해야 해……. 안 그러면 키리시마를……

뺏길 거야…… 키리시마……."

제14화 여자의 수치

상황이 좋아질 기미가 보이지 않았다.

하야사카는 오히려 불건전한 쪽으로 박차를 가한 듯이 느껴졌고 야나기 선배와는 말 한마디 나누지 못했다. 얼굴을 마주치는 것이 껄끄러워 내가 도망쳐버린 탓도 있었다.

그리고 다른 여자아이 한 명도 잊어선 안 된다.

점심시간, 구 음악실에서 있었던 일이다.

"하야사카, 연습 여친이라기보다 완전히 그냥 여자친구처럼 됐지."

타치바나가 말했다.

우리는 피아노 의자에 나란히 앉아있었다.

"이따가 또 하야사카랑 같이 도시락 먹을 거지?"

"그렇게 되겠지……."

"그런 얼굴 할 거 없어. 난 딱히 신경 안 쓰니까."

내가 부담스러운 여자라도 괜찮다고 말한 이래 하야사카의 여자친구다운 행동에는 속도가 붙었다.

도시락을 먹을 때, 전에는 항상 따로 부실로 향했는데 요즘은 자리까지 날 마중 온다. 복도에서 마주치면 친한 듯 손을 흔들었고 교내에서 서서 이야기할 때도 남들 눈을 신경 쓰지 않고 내 옷자락을 잡거나 했다. 전혀 숨길 생각이 없었다.

체육 시간에는 "키리시마, 힘내—!" 하고 새된 목소리로 성원을 날려 "너 아이돌이었냐?" 하고 마키가 어리둥절했다.

그에 비해 타치바나는 얌전했다.

손을 잡는 모습을 야나기 선배가 본 이래, 이렇게 누구에게도 들키지 않도록 구 음악실에서 잠시 대화를 나누는 정도가 다였다. 그럼에도 타치바나의 표정은 태연했다.

"타치바나는 질투 안 하는구나."

"그렇지. 별로 남들한테 관심도 없고 하야사카가 사실은 연습 여친과 조금 다르다는 것도 어렴풋이 알고는 있지만, 나서서 알고 싶다곤 생각 안 해."

역시 난 아직 어린애일지도 몰라, 하고 타치바나가 말했다.

"연애는 잘 모르는 게 많아. 시로랑 하야사카의 좋아하는 마음이 두 개 있다는 것도 잘 안 와 닿고. 내 안에는 아무리 찾아봐도 좋아하는 마음은 하나밖에 없으니까."

그러나, 모른다고 말하면서도——.

"타치바나도 다른 사람 연애를 도와주기도 하는구나."

"무슨 얘기야?"

타치바나는 고개를 홱 돌렸다. 장난을 들킨 어린아이 같았다.

"요시미랑 얘기했어."

"……그래."

하마나미는 소꿉친구인 요시미를 좋아했다. 하지만 요시미는 타치바나에게 푹 빠져 하마나미를 전혀 봐 주지 않았다. 하마나미가 그렇게 말했다. 실제로 요시미는 타치바나의 뒤를 쫓아다니고 있었고 타치바나가 연락처를 알려주자 기뻐했다.

하지만 실제로 만나 본 요시미의 인상은 달랐다.

요시미는 하마나미를 좋아했다. 그리고 그런 그의 말에 따르면 하마나미는 같은 실행위원인 키리시마라는 선배와 항상 같이 다니며 날 봐주지 않는다. 그런 상황이 되어있었다.

왜 이렇게 엇갈리게 되었는가. 그것은 아마도——.

"요시미가 타치바나에게 상담을 했지. 아마도 하마나미가 내게 상담하기 더 전에."

그리고——.

"심리적 저항을 이용했지?"

도망치는 것을 뒤쫓고 싶어지는 심리적 효과.

나는 이것을 연애 노트로 배웠으니 타치바나가 읽었어도 이상하지 않았다.

"하마나미는 감쪽같이 타치바나의 책략에 걸려든 셈이야."

"뭐, 그런 셈이지."

타치바나가 말했다.

"원래는 있잖아, 요시미가 먼저 하마나미를 좋아했고 하마나미는 전혀 의식하지 않았어."

"그랬어?"

"그냥 소꿉친구일 뿐 연애 대상이 아니었단 느낌이었지. 그래서 요시미는 하마나미의 반응을 살피려고 달리 좋아하는 여자애가 있다는 자세를 취했어. 나는 적당히 고른 걸 거야."

"아하."

아마도 요시미가 타치바나를 고른 건 적당히가 아닐 것이다. 달리 좋아하는 여자애가 있다는 자세를 취할 때 너무 현실적이면 하마나미가 멀어진다. 그래서 현실감이 없고 절대로 자신에게 마음을 줄 것 같지 않은 여자를 고른 것이다.

"요시미가 내게 말을 걸어왔을 때 금세 눈치챘어. 이 남자애는 딱히 날 좋아하는 게 아니란 걸. 사정을 듣고서 그런 느낌이 길래 도와주기로 한 거야."

"그래서 연락처를 알려줬구나."

"불안했어?"

"무슨 소리래."

"괜찮아. 난 시로의 여자니까."

그런 소릴 하며 내 목의 반창고를 뗐다. 손을 쓰면 안 되는 게임을 했을 때 남긴 키스 자국이 아직 남아있었다.

"꽤 옅어졌네."

타치바나가 내 목덜미에 입을 댔다. 한동안 그러고 있다가 반창고를 다시 붙였다.

"접착력이 약해졌겠어."

"떨어지지 않도록 조심해."

목에 남은 타치바나의 감촉이 조금 간지러웠다. 그래서, 하고 나는 얘기를 계속했다.

"타치바나는 요시미에게 자신을 쫓아오라고 조언했지. 도망치는 걸 쫓아가고 싶어지는 심리적 저항 효과를 노리고."

"맞아. 그랬더니 하마나미가 제대로 걸렸어. 귀엽지? 그냥 소 꿉친구인 줄 알았던 남자애가 실은 좋아하는 사람이었단 걸 그 렇게 깨달았으니까."

하마나미는 그것이 연기란 걸 몰라서 어떻게든 요시미의 관심 을 끌고자 내가 하마나미를 좋아한다는 후광 효과를 사용했다.

요시미는 발을 동동 굴렀다. 그러다 결국 내게 말을 걸었던 것 이다.

서로 잔꾀를 부리다 훌륭하게 엇갈리고 만 형국이었다.

"둘 다 요령이 없다니까."

타치바나가 말했다.

"솔직하게 마음을 전하질 못했어."

"서로 좋아한다고 말해줄까?"

"더 드라마틱하게 만들어주자."

타치바나에겐 생각이 있는 모양이었다. 이 아이가 한다고 마 음먹었으니 해낼 것이다.

"두 사람 사이를 많이 응원하네."

"어릴 적에 있잖아, 하마나미는 요시미의 신부가 되겠다고 약 속했어. 요시미는 그 약속을 지금도 소중히 하고 있지. 두 사람 이 이대로 이어지면 멋질 거야."

나와 타치바나도 어릴 적에 만난 적이 있었다. 그녀의 서늘한 얼굴을 옆에서 바라보며 그 사실을 떠올렸다. 그러자 타치바나 는 눈치챈 듯이 말했다.

"난 딱히 아무래도 좋아."

타치바나가 쿨한 여자아이인 것은 사실이다. 타인과 자신을 비교하지도 않고 질투도 하지 않는다. 그러나 타치바나도 솔직해질 수 없는 부분이 있는 건 아닐까? 나는 그것이 궁금했다.

"있잖아, 타치바나."

"왜?"

"요즘 동생이 도시락을 안 싸주게 됐거든."

그래서 매점에서 빵을 사게 되어, 그것을 계기로 하야사카가 매일 도시락을 싸 주게 되었다.

"그게 왜?"

"동생이 싸주지 않게 된 건 타치바나가 집에 온 다음부터야."

"흐음."

타치바나는 여동생과 연락처를 교환했다.

"생각이 지나친 걸지도 모르지만 혹시 타치바나, 내 동생한테 자기가 만든다고 말했어?"

내가 말하자 타치바나는 다시 고개를 옆으로 돌리고 말았다.

"시로는 나한테 기대가 너무 커."

"그렇구나. 전부 내 착각이구나."

"맞아. 내가 시로를 위해서 도시락을 싸려고 했다가, 막상 싸보니 죄다 냉동식품이라 창피해져서 주질 못했고, 그러는 사이에 하야사카가 도시락을 싸 오게 돼서, 그대로 말을 꺼내지 못했다고 망상하는 거라면 아무리 그래도 그건 좀 자의식이 과한 게 아닐까?"

그렇게 말하는 타치바나는 웬일로 말이 길었고 목덜미까지 빨갛게 달아올랐다.

　"그런데 타치바나, 실은 오늘 하야사카가 학교를 쉬어서 난 도시락이 없거든."

　"흐음."

　"덤으로 지갑도 놓고 와서 매점에서 빵도 못 사."

　"그래."

　"아무것도 먹을 게 없어서 난처하던 참이야."

　"나, 내 생각을 꿰뚫어 보는 거 안 좋아해."

　타치바나는 입을 비죽 내밀었다.

　그래도—— 하고 타치바나는 내키지 않는다는 듯이 말을 이었다.

　"우연이지만, 도시락을 하나 더 갖고 왔거든…… 오늘만, 어쩌다가, 우연히."

　그렇게 말하며 타치바나는 책상 위에 놓아둔 자기 가방에서 도시락을 두 개 꺼냈다.

　"난 요리는 별로 해 본 적 없어. 감상 같은 건 필요 없으니까. 조용히 먹어."

　그렇게 말하길래 묵묵히 먹었다.

　다 먹은 뒤 아무 생각 없이 피아노를 건드려봤다.

　초등학생 시절에 놀며 배운 엘리제를 위하여를 한 프레이즈만 오른손으로 쳐 봤다.

　당연하지만 어설펐고 더듬거렸다.

"이렇게 하는 거야."

타치바나가 다음을 알려주었다.

그대로 움직이자 내 느린 오른손 연주에 맞춰 타치바나가 왼손 파트를 연주해주었다.

타치바나는 완전히 평소의 차가운 분위기로 돌아와 있었다.

그 얼굴을 옆에서 바라보며 생각했다.

아마도 타치바나는 매일 나를 위해 도시락을 싸 왔지만, 그것을 건네지 못한 채 나와 하야사카가 함께 부실로 들어가는 것을 곁눈질로 보며 가방에 집어넣고 그대로 돌아갔을 것이다.

그리고 타치바나가 집어넣은 것은 도시락뿐이었을까?

더 소중한 마음을 내게 말하지 못한 채 마음 깊숙이 묻어둔 것은 아닐까.

그런 생각을 하고 있자 이번에는 타치바나가 내 마음을 꿰뚫어 보고 말했다.

"내일부턴 안 싸 올 거야. 난 오늘만으로 충분하니까."

타치바나는 감정을 제어할 수 있는 쿨한 여자아이였다.

나는 그런 타치바나의 진짜 본심을 알고 싶었다. 하지만 모르는 채 두는 것이 좋을 것 같기도 해서 결국 함께 계속 건반을 두드릴 뿐이었다.

◇

"그래서 어쩔 건데."

마키가 말했다.

방과 후, 돌아가는 길에 있었던 일이다.

"하야사카랑 타치바나랑 야나기 선배, 어떻게 정리할 셈이야?"

마키가 너무 끈질기게 물어서 나는 모든 것을 털어놓았다.

그리고 이미 나는 이 복잡한 관계를 해결할 방법을 갖고 있다.

"나랑 타치바나의 관계는 이대로 지속할 거야. 누구에게도 들키지 않게. 고등학교를 졸업하면 우린 헤어질 거고. 타치바나는 야나기 선배랑 결혼하고 난 하야사카랑 정식으로 연인이 되는 거지."

"엄청난 출구전략인걸. 기간 한정으로 양다리 긍정 아니냐."

"그래도 이러면 누구도 상처받지 않아."

세간이 보기에 나쁜 짓이란 것은 알고 있다. 하지만 현실은 도덕 교과서가 아니며 각자의 마음을 살펴 타협한다는 것은 분명이러한 것이다.

"뭐, 너랑 타치바나가 둘이 함께 내달리면 주변 사람 모두가 불행해지니까."

마키가 말했다.

"그렇다고 해도 들켰을 때가 지옥일걸. 하야사카가 완전히 망가질 건 틀림없고 선배도 어떻게 될지……. 더 온건한 방법도 떠오르는데……."

하야사카가 야나기 선배를 자기 것으로 만들고 남은 나와 타치바나가 이어지는 '하야사카 플랜'이었다.

"뭐, 불가능한 건 그쪽이겠지. 그 야나기 선배가 도중에 좋아하는 상대를 바꿀 것 같진 않으니까. 그건 미국 만화에서 영웅이 악역으로 타락하는 거나 마찬가지잖아. 아, 의외로 있던가?"

"불길한 소리 하지 마."

그건 그렇고 하고 마키가 말했다.

"그 계속 숨긴다는 작전, 타치바나한테 너무 의존하는 거 아니냐."

"역시 그렇게 생각해?"

"타치바나라면 연기를 잘할 것 같기는 해도, 완벽하게 첫 번째 타입이잖아? 오히려 적성이 그것 말곤 없는 여자애라고. 참다가 곧 터질지도 모른다."

"그건 타치바나를 믿을 수밖에 없지. 지금 당장은 딱히 상관없다고 말했지만······."

"새로운 감정을 깨달을 수도 있잖아. 특히 타치바나는 바로 얼마 전까지 누굴 좋아한다는 게 뭐야? 그렇게 말하던 여자애니까."

그렇게 말하니 아무 말도 할 수 없었다.

"거기다 어떻게 연인처럼 지낼 거야? 같이 등하교도 못 해, 문화제도 둘이 함께 못 도는데."

"우선 오늘, 우리 집에 오기로 했어."

여동생이 타치바나를 초대한 것이다.

여동생은 이 기회를 놓치면 다시는 오빠에게 애인이 생기지 않으리란 생각에 타치바나를 붙잡아둬야 한다는 사명감을 불태우고 있었다. 오빠를 생각해주면서 뒤로는 까르르 깔깔 제대로 우습게 보고 있었다.

"뭐, 집 데이트라면 들키진 않으려나."

그래도 말이다, 하고 마키가 말했다.

"진짜 외줄 타기다. 하야사카나 야나기 선배, 둘 중 한 명한테만 들켜도 바로 아웃. 타치바나의 불만이 쌓여도 바로 아웃. 너무 어려운 거 아니냐."

그런 얘기를 나누던 때였다.

뒤에서 누가 불러세웠다.

"키리시마, 마키. 같이 가자."

돌아보니──.

야나기 선배가 있었다.

변함없이 상쾌한 미소를, 나는 뒤가 켕겨 직시할 수 없었다.

"왜 그러냐, 키리시마?"

"아뇨…… 아무것도……. 그보다 선배, 어쩐 즐거워 보이네요."

"그럼. 네 여동생한테 메시지가 왔거든."

선배는 내 여동생과도 연락처를 교환했었다.

"그래서 지금부터 키리시마네 갈 거야."

"네? 지금부터? 왜요?"

"온다며? 키리시마를 보러, 엄청난 미인이. 여동생이 그러던데. 놀리러 가자고."

키리시마도 여간 아니네 하고 선배는 환히 웃으며 말했다.

"어서 만나 보고 싶다."

◇

나와 마키와 야나기 선배 세 사람은 같은 중학교 출신으로, 다시 말해 집이 가까웠다. 전철 통학이라 집에서 가장 가까운 역도 같았다. 근처에 살아서 여동생도 야나기 선배와 사이가 좋았다.

그리고 그 여동생이 엄청난 짓을 저질러주었다.

이대로 가다간 우리 집에서 선배와 타치바나가 딱 마주치게 되고 만다.

사정을 모르는 여동생은 선배에게 희희낙락하며 타치바나를 소개할 것이다.

──굉장하지! 타치바나 언니가 울 오빠 여친이래! 이렇게나 예쁜데!

그때 선배는 어떤 반응을 보일 것인가.

집 근처 역으로 향하는 전철 안에서 손잡이를 붙잡고 나는 머리를 풀 회전시켰다.

'어떻게든 해 봐, 나는 아수라장에 들어갈 생각 없어!'

마키가 그런 아이콘택트를 보냈다.

우리의 마음은 알지도 못하는 선배는 즐거운 듯이 말을 걸었다.

"요즘 수험 공부만 해서 답답했거든. 너희랑 얘기하니까 기분 좋다. 그래, 모처럼이니 키리시마 방에서 오랜만에 게임이라도 하자."

최고로 거절하기 어려웠다.

'빨리!'

'알았다니까!'

나는 마키와 아이콘택트를 나누며 선배에게 말을 걸었다.

"그 손님 말인데요, 급한 일이 생겨서 오늘은 못 온다고 아까 연락이——."

"여동생한테 메시지 왔네. '손님 왔어~. 야나기 오빠도 빨리 보러 와! 깜짝 놀랄 만큼 예쁘니까! 같이 놀자' 랜다. 어떤 여자 앨까."

흐뭇하게 날 바라본다.

선배, 어떤 여자애인지 알면 그 미소가 날아가 버릴걸요, 하고 생각했다.

그보다 타치바나, 벌써 도착했어?

'타치바나에게 돌아가라고 연락해!'

마키가 스마트폰을 가리키며 손짓으로 전했다.

나는 내 스마트폰을 꺼내 봤다. 화면이 새까맣다. 그것을 마키를 향해 보여주었다.

'폰겜 너무 많이 해서 배터리가 나갔었어.'

'키리시마, 일부러 그러는 거야?'

그런 대화를 나누는 사이 전철이 역에 도착했다. 승강장에서 내가 말했다.

"선배, 잠깐 어디서 시간 좀 때우다 올래요?"

"왜?"

"아니, 잠깐 먼저 가서 방 정리 좀 할까 해서."

"이제 와서 뭘 부끄러워하냐."

안 되겠다. 이 상황은 무슨 말을 해도 소용이 없다.

이젠 아수라장을 헤쳐나가는 수밖에 없다.

그렇게 생각해 포기한 기색으로 개찰구를 나갔을 때였다.

"하야사카?"

개찰구를 나서니 사복 차림의 하야사카가 있었다. 오버핏 밀리터리 점퍼에 반바지, 검은 타이츠를 입었고 목에는 목도리를 둘렀다.

하야사카는 날 발견하더니 작게 손을 흔들었다.

"다행이다, 키리시마를 찾아서."

"왜 여기 있어? 그보다 하야사카, 오늘 학교 쉬지 않았어?"

"응, 사고 싶은 게 좀 있었거든."

손에 든 비닐봉지를 부끄럽다는 듯이 뒤로 감췄다.

"평일에? 쉬면서까지?"

"응. 사람이 별로 없을 때 사고 싶어서……."

한정판 과자나 뭐 그런 걸까? 비닐봉지 속에 갈색 종이봉투가 보였다.

"그랬는데 왠지 키리시마랑 얘기가 하고 싶어져서, 왔어. 연락하려 했는데 전혀 읽음 표시가 안 뜨길래…… 돌아갈까 했는데, 기다리면 만날 수 있을까 해서……."

"미안해, 폰 배터리가 나갔거든."

"응, 그럴 것 같더라. 키리시마가 날 소홀히 대할 리가 없으니까. 날 무시할 리가 없으니까. 나한테 심한 짓을 할 리가 없으니까."

"으, 응……."

하야사카네 집과 우리 집은 도쿄의 서쪽과 동쪽이다. 우리 집과 가장 가까운 역을 알려준 적은 있었지만, 집이 어디에 있는지는 모르니 줄곧 개찰구 앞에 서 있었을 것이다.

"아, 마키랑…… 선배도 있었구나! 미안해요, 전혀 몰랐네!"

하야사카가 놀라서 말했다. 그런데 계속 옆에 있었거든.

"혹시 셋이 놀려고 그랬어?"

"키리시마 방에서 게임 할 생각이었는데, 역시 난 마키랑 오락실 가마."

그렇게 말한 뒤 선배는 내 어깨를 두드렸다.

그리고 소곤소곤 둘이서 즐겁게 놀아 하고 말했다.

"여동생이 말했던 손님이 하야사카였구나."

"저기…… 그건……."

"역시 키리시마는 하야사카였군. 그러면 그렇다고 말을 해주지 그랬냐. 난 또……."

야나기 선배는 난처한 듯이 머리를 긁적였다.

"키리시마에겐 미안하다고 해야겠는걸."

"뭘요?"

"의심했다고 해야 하나, 아니, 아무것도 아니야……수험 공부로 지쳤었나 보다."

아마도 나와 타치바나가 손을 잡은 모습을 목격한 것 때문이리라.

"키리시마, 미안하다. 일단 오늘은 마키 데리고 물러나마!"

그럼 간다, 하고 선배는 마키를 데리고 시원스레 자리를 떴다.

나와 하야사카, 단둘이 되었다.

"얘기할 거면 저기 햄버거 가게는 어때? 최근에 생긴 본격파거든."

하야사카는 "응." 하고 고개를 끄덕였다.

이제 됐다. 하야사카가 멀리 떨어진 이 역까지 갑자기 찾아온 것은 놀랐지만 덕분에 살았다. 타치바나는 기다려야 하겠지만 여동생이 있으니 괜찮겠지.

우리는 햄버거 가게로 들어가 주문을 했다. 한동안 기다리자 미국 본토 느낌의 집채만 한 햄버거가 접시에 담겨 나왔다.

하야사카는 햄버거를 들고 무언가 생각하더니 "맞다, 이제 타치바나 흉내 안 내도 됐지."라고 말하곤 작은 입으로 천천히 먹기 시작했다.

"키리시마, 그거 알아? 타치바나가 햄버거 먹는 법."

"아니, 모르는데."

"저번에 타치바나랑 같이 요코스카에 갔거든."

휴일에 둘이 함께 항구에 정박한 항공모함을 보러 갔다고 한다.

"잠깐만, 그거 누구 취미야?"

"나야. 말 안 했나? 항상 미사일이 터지거나 기관총을 두두두 쏘는 영상을 본다고."

이 타이밍에 그런 과격한 취미를 커밍아웃하지 말아줬으면 좋겠다.

"그래서 있지, 요코스카는 미군 기지가 있어서 이런 본격적인 햄버거 가게가 잔뜩 있잖아?"

"유명하지."

둘이 함께 가게에 들어갔다고 한다.

"높다란 햄버거가 나왔거든, 타치바나가 어떻게 먹을지 궁금해하고 있었는데 양손으로 이렇게 꾸~욱 평평하게 눌러서 먹더라. 재밌지."

타치바나는 햄버거를 눌러서 먹는 타입인가 보다.

"난 하야사카랑 타치바나가 친하게 지내는 이야기를 듣는 거 좋아해."

그 뒤로도 우리는 별것 아닌 얘기를 나누었다. 어제 본 방송이나 최근에 본 재미있는 영상의 채널 등. 그리고 슬슬 돌아가려고 계산하고 있을 때 그 일이 일어났다.

"키리시마, 그거 뭐야?"

하야사카가 내 목을 보며 말했다.

어느새 반창고가 떨어져 있었다. 타치바나가 한 번 벗겨서 접착력이 약해졌기 때문이다. 당연히 그 자국이 드러나고 말았다.

"저기, 이건 모기에게 물렸다고 할까, 뭐라 해야 하나……."

"……………있지, 지금부터 키리시마네 가도 돼?"

"어? 아니, 오늘은 이제부터 볼일이……."

"집에서 다 같이 게임하려고 그랬잖아. 그럼, 괜찮지?"

"여자애를 들이기엔 방이 지저분하다 해야 하나……."

"지금부터 키리시마네, 가자?"

하야사카는 방긋 웃으며 말했다.

"저기……."

"안 그럼 나, 여기서 울어버릴 거야. 또 우울해질 거야. 망가질 거야."

"아, 응. 그럼, 갈까."

그 말밖에 할 수 없었다.

◇

현관문 손잡이를 잡았다.

스마트폰의 배터리가 없어서 연락은 불가능했다.

야나기 선배가 집으로 오는 것은 피할 수 있었다. 하지만 이대로라면 하야사카가 타치바나와 마주치고 만다. 내 방에서——.

"왜 그래? 안 들어가?"

이제 포기할 수밖에 없다.

그렇게 생각하고 어쩔 수 없이 문을 열었다. 그러나——.

현관에 타치바나의 로퍼는 없었다.

어쩌면 햄버거 가게에 있던 시간이 길어서 돌아간 것일지도 모른다.

"오빠, 어서 와~."

여동생이 마중을 나왔다. 그리고 곧 "어?" 하고 당황한 표정을 지었다.

"저기…… 그쪽은?"

내 대답보다 빠르게 하야사카가 "귀여워~!!" 하고 달려가 여동생을 껴안았다.

"키리시마, 여동생 있었구나!"

"어어."

"동생이 별로 안 닮았네. 키리시마랑 다르게 배배 꼬인 느낌도 안 나고 요즘 여자애들처럼 반짝반짝거려. 진짜로 친동생 맞아?"

하야사카, 자연스럽게 말에 가시가 돋쳤는걸. 혹시 나한테 열받았나? 그렇다고 해도 전혀 이상하지 않았다.

"난 하야사카 아카네라고 해."

하야사카는 여동생을 보고 말했다.

"오빠랑은 사귀는 사이야. 잘 부탁해!"

"어? 뜨, 뜨, 뜨에엑~?!"

하야사카의 가슴에 얼굴을 압박당하면서도 여동생은 이쪽을 보고 눈을 휘둥그레 떴다. 하지만 똑똑한 여동생은 뭔가 사정이 있다고 눈치챈 모양이다.

"이렇게 귀여운 사람이 오빠 여친이야? 의, 의외다~!"

분위기를 살폈는지 여동생은 갑자기 새된 목소리로 말했다.

"커, 커서 내가 오빠를 돌봐야 할 줄 알았거든! 그, 그게, 오빠는 평생 여친 같은 건 안 생길 줄 알았어서! 다행이다~!"

동생아, 어설픈 연기를 시켜서 미안하다.

나는 서둘러 하야사카를 데리고 내 방으로 가려 했다.

여동생이 째려보는 시선을 느꼈다.

'나중에 하나도 빠짐없이 설명해.'

그런 눈이었다.

"난 남자 방에 들어가는 거 처음이야!"

방에 들어가자마자 하야사카는 호기심으로 눈을 반짝였다.

"미안해, 타치바나보다 먼저 방에 와서. 그래도 난 여친이니까 괜찮지?"

"어어, 응."

"여기서 키리시마가 항상 공부하거나 자거나 하는구나. 왠지 굉장하다."

방안을 둘러보는 하야사카.

"에헤헤. 갑자기 온 거니까 벽장을 열거나 침대 아래를 살피진 않을게."

"부탁할게."

아무래도 위기를 넘긴 것 같다. 먼저 돌아간 타치바나는 나중에 챙겨주자.

하야사카는 여자친구답게 굴 수 있어 기분이 좋아 보였다.

졸업 앨범을 보거나 책장을 보고 이것저것 말하거나 하며 여자친구가 남자친구 방에 오면 할 법한 행동을 한 차례 했다. 도중에 여동생이 차와 과자를 들고 와 주었다. 엄마는 아직 퇴근하지 않은 모양이다.

그러는 사이 어느새 하야사카와 침대에 나란히 앉아있었다.

왠지 함초롬한 분위기라 뭐, 남자친구 방에 여자친구가 있으면 한번은 이런 분위기가 되겠거니 싶었다.

"있지, 키리시마, 목에 그거……."

"아아, 모기에게 물린 거 말이지."

"아주 못된 모기였나 봐. 멍이 들 정도로."

"뭐, 그럴지도 모르지."

"그럼 내가 치료해줄게."

하야사카는 날 껴안더니 입술을 목덜미에 갖다 댔다. 처음에는 잘 빨지 못해 고전하며 고개를 갸웃거렸다. 하지만 도중부터 요령을 터득하고선 강하게 빨기 시작했다. 그 힘은 타치바나보다 강해서 키스 자국이라기보다는 진짜로 멍이 들었을 것 같았다.

"…………있지, 키리시마."

"왜?"

"나, 여자애가 남자친구 방에 처음 오면 하는 거, 대강 했지?"

"했지."

"그래도 보통 연인 사이라면 그보다 더하겠지?"

"하, 려나?"

시치미를 뗐지만 하야사카에겐 통하지 않았다.

몸을 기댄다. 반바지에서 뻗어 나온 허벅지, 검은 타이츠에 무심코 시선이 갔다. 들이미는 가슴, 셔츠 단추가 터질 것 같다.

"아니, 갑자기 이러는 건……."

"키리시마, 역시 착하구나. 내가 소중해서 그러는 거지?"

하야사카는 감격한 듯이 말했다.

"항상 날 제대로 생각해주잖아. 그래서 항상 아슬아슬한 곳에서 그만두자고 말해준 거지? 맞아, 아직 고등학생인데 분위기에 휩쓸려서 이런 걸 하면 나중에 큰일 나니까. 나도 그렇게 생각해. 이런 건 갑자기 하는 게 아니지."

그래서 있지. 나, 오늘은 준비하고 왔어, 하고 하야사카가 말했다.

그렇게 말하고 개찰구에 있을 때 손에 들고 있던 비닐봉지를 건네주었다. 난 또 안의 갈색 봉투는 과자나 뭐 그런 것인 줄 알았지만…… 들어있던 것은…….

"하야사카, 이건……."

극초박형.

0.03mm.

콘돔이었다.

"그리고 있지. 나, 체온 재고 있어."

"체온?"

응, 하고 하야사카는 고개를 끄덕였다. 체온 주기를 보아——.

"나, 오늘은 안전한 날이야. 그러니까 키리시마가 하고 싶으면, 없어도 괜찮아."

◇

　하야사카가 학교를 쉰 건 오늘 사람이 없는 시간대에 약국에서 이것을 사기 위해서였다.

　"너무너무 부끄러웠어. 점원도 남자였고……."

　그렇게 말하며 하야사카는 얼굴을 붉히고 침대 위로 몸을 던졌다.

　진짜, 마음대로 해도 된다는 듯한 자세다.

　"키리시마, 밝으면 부끄러워……."

　그 말에 순순히 나는 커튼을 치고 방의 불을 꺼버렸다. 여기는 학교가 아니라 내 방이었고 콘돔까지 준비되어 있었으며 하야사카는 완전히 스위치가 켜졌다.

　"나, 전부 타치바나한테 지는 건 아니라고 생각해. 몸은…… 앞설 거야. 남자애들이 그렇게 말하는 거, 자주 들으니까……. 다들, 엄청 보고……."

　지금 여기서 하야사카와 그런 행위를 하지 않을 이유를 찾는 쪽이 어려웠다.

　"있지, 키리시마. 날 좋아하지?"

　"물론 좋아하지……."

　"그러면 이런 거 안 하는 게 이상한 거지……? 아니면 나, 매력 없어?"

　나는 사카이가 말했던 것을 떠올렸다.

　그러한 행위를 하는 것은 상대에 대한 최상급의 긍정이며 나는 하야사카를 긍정해주고 싶었다.

"하야사카는 매력적이야……."

"그러면…… 해줬음 좋겠어……. 키리시마가 날 좋아한다면…… 하고 싶다면."

부끄러운 듯이 입가를 감추고 시선을 옆으로 흘리는 하야사카. 요염한 표정, 흐트러진 옷, 반바지에서 뻗어 나온 허벅지. 아무쪼록 마음대로 해달라는 듯한 포즈.

정신을 차리니 나는 침대 위에서 하야사카를 밑에 깔고 키스하고 있었다.

하야사카의 젖은 입이 내 혀를 감싸 안았다. 당연한 듯이 나를 받아들였다.

"음…… 으응…… 아앗…… 하아……."

하야사카의 입꼬리로 숨결이 새어 나왔다.

서로를 안아주며 혀를 집어넣는다. 그러는 사이 점점 몸의 경계가 모호해졌다. 좋아해서 그 감정을 더 들이밀고 싶어서 알아주길 원해서 몸의 여러 곳을 겹치려 하며 갖다 댔다. 가슴, 허리를 마음 가는 대로 서로에게——.

나는 하야사카의 터져나갈 듯한 블라우스 단추에 손을 댔다. 하나하나 풀어나간다. 하야사카의 풍만하고 하얀 앞가슴이 드러났다.

속옷은 레이스였다. 무리해서 어른스럽게 입었다. 하지만 사랑스럽게 옅은 분홍색인 점이 역시 하야사카라고 느꼈다.

"……만져도 돼."

그 말에 브래지어 위에 손을 댔다. 딱딱한 천 너머로 부드러운 존재를 확실하게 느꼈다.

"키리시마…… 더어…… 더, 만져줘…… 더어……."

나는 등으로 손을 둘렀다. 후크가 풀어졌다. 브래지어 속에 손을 집어넣자 하야사카의 가슴은 내 손에 빨려들듯이 형태를 바꾸었다. 부드럽게 반응이 돌아온다.

같은 반 남자들이 한 번은 상상했을 하야사카의 몸이 내 손안에 있었다.

"키리시마 마음대로 해도 돼. 키리시마라서 그래도 되는 거야. 키리시마 마음대로 해줬으면 좋겠어."

키스하며 가슴을 만졌다.

손바닥에 작은 돌기가 닿았다. 그것은 금세 딱딱해지며 고개를 들었다.

"키리시마…… 싫어…… 그거, 싫어……. 아니야…… 계속 해 줘…… 더어……."

하야사카는 마치 어린아이처럼 조르며 몸을 작게 떨었다. 숨이 거칠어지고 볼이 달아오르기 시작했다. 무언가를 원하듯이 신음을 흘리며 혀를 내밀기에 나는 또 키스했다.

나는 하야사카를 좋아했고, 그 마음을 더 알아주길 원해서, 더 기분이 좋아졌으면 싶어서, 검은 타이츠에 감싸인 허벅지를 만졌다. 하지만, 이 타이츠가 거추장스럽다.

"키리시마…… 그래도 돼…… 해도 돼."

하야사카가 창피한 듯이 매달렸다. 나는 청 반바지를 만졌다.

그 엄중한 재질의 딱딱함 너머를 의식하고 버튼을 풀어 지퍼에 손을 댔다.

"……부끄러워."

하야사카는 내 가슴에 얼굴을 들이댔다. 젖은 숨결이 뜨겁다.

나는 반바지 앞을 열어 그 속으로 손을 미끄러뜨렸다. 그 순간──.

"싫어, 안 돼, 키리시마, 잠깐만! 거긴, 안 돼……."

하야사카는 황급히 내 손을 붙잡고 반바지 밖으로 끄집어냈다.

손끝이 촉촉이 젖어 희미하게 실을 그렸다. 그도 그럴 만하지. 속옷과 타이츠 위에서도 알아볼 만큼 하야사카의 그곳이 뜨겁게 젖어있었으니까.

"키리시마, 아니야, 이건……. 이러면 나, 천박한 여자 같잖아. 싫어……."

하야사카는 베개에 얼굴을 파묻고 울먹거리며 말했다.

"창피해……. 이렇게 돼서…… 나, 그런 여자 아니야."

"난 기뻐."

"키리시마라서 그래. 키리시마라서 이렇게 된 거야. 키리시마라서……."

하야사카가 너무 창피해하길래 우리는 머리끝까지 이불을 뒤집어썼다.

캄캄해지고 나서야 하야사카는 몸의 힘을 뺐다. 우리는 다시 반복하듯이 키스하고 서로를 안으며 몸을 만졌다. 열은 전혀 식

지 않아 우리는 금세 달아올랐고 이불 속이 후끈해지자 하야사
카가 내 셔츠를 벗기기 시작했다.

"이거, 너무 기분 좋다, 안심돼……."

하야사카는 날 안더니 등을 쓰다듬으며 말했다.

서로의 피부와 피부가 맞닿아 체온이 느껴졌다. 무척 따뜻하
고 녹아내리는 것 같아서, 존재와 존재가 직접 서로를 만지는
것 같아서 확실히 무척 안심된다. 피부를 겹치는 것은 무척 기
분이 좋다.

"있지, 키리시마……. 또, 만져도 돼……."

"괜찮아?" 하고 묻자 하야사카는 내 가슴에 얼굴을 대며 고개
를 끄덕였다.

나는 만지기 쉽게 이불 속에서 반바지와 타이츠를 벗기고 하
야사카를 속옷 한 장 차림으로 만들었다. 그리고 하야사카의 허
벅지 사이로 손가락을 집어넣어 속옷의 얇은 천을 쓰다듬었다.
역시나 뜨겁게 젖었다.

조금 만지기만 했는데도 점점 촉촉해져 이윽고 천 너머임에도
찰싹찰싹하는 물소리가 날 정도가 됐다.

"싫어어…… 부끄럽게 하지 마아……. 부끄럽게 하지 마……."

하야사카가 재미있을 정도로 반응하길래 나는 그런 마음이 들
어 더욱 만졌다.

"안 돼, 키리시마……. 나, 이상해질 것 같아……."

그렇게 말하며 하야사카는 허리를 띄우고 내 손가락에 그곳을
들이밀었다.

나는 손가락을 움직이며 키스했다. 목덜미를 핥고 귀에 혀를 집어넣었다. 하야사카는 계속해서 교성을 질렀다. 얼마나 이어졌을까. 이윽고 하야사카의 몸이 긴장하기 시작했다.

"키리시마…… 키리시마…… 키리시마……!"

하야사카의 허리가 공중에 떠오르며 다리가 발끝까지 쭉 뻗었다.

"키리시마, 좋아, 좋아, 좋아, 좋아앗!"

한층 더 새된 교성을 지르며 하야사카는 두세 번 몸을 떨었다. 시트를 붙잡고 거친 숨을 내쉬고 있다.

나는 하야사카의 모습을 자세히 보고 싶어 이불을 치웠다.

"싫어…… 보지 마아……."

침대에 누운 몸은 하얗고 매끈했다. 피부가 희미하게 땀으로 젖었다.

머리카락을 한 자락 입에 문 흐트러진 모습.

연한 분홍색이었던 속옷은 지금은 진한 분홍색이 됐다. 그 부근의 시트가 음란하게 젖었다.

"키리시마, 싫어어……."

그런 하야사카를 껴안고 키스했다. 혀로 입속을 뒤적이면 하야사카도 곧 스위치가 켜져 내게 매달려서 허리를 문질러댔다.

나는 완전히 열이 올랐다. 하야사카도 "하자…… 연인끼리 하는 거, 하자……." 하고 황홀한 표정으로 애원했다.

나는 책상 위에 놓인 콘돔에 시선을 주며 벨트 버클을 풀려 했다.

하지만 그때였다.

무슨 일인지 내 머릿속에서 오늘의 사건들이 되살아났다.

냉정해지며 마치 퍼즐 조각이 맞춰진 것처럼 지금의 상황이 정리됐다.

그리고 나니 끝까지 하는 것은 더 이상 불가능했다.

"…………오늘은 여기까지 하자."

나는 몸을 뗐다.

"……어?"

하야사카는 무슨 일이 일어났는지 모르는 눈치였다.

"왜? 왜? 왜 왜 왜?"

변화한 상황에 머리가 쫓아가지 못하는 것 같았다. 하지만 내가 더는 할 생각이 없다는 것을 알자 점점 눈에 눈물이 고였다.

"왜…… 왜, 안 해주는데? 역시 나, 그렇게나 매력이 없어?"

"그렇지 않아."

"나, 타치바나에게 거의 다 뒤지지만, 몸만은 앞선다고 생각해. 그래도 안 돼? 어디가 안 되는데? 나 뭐든지 할게. 아니면 내가 싫어?"

"좋아해."

"그러면, 왜…… 왜 안 해주는데?"

그럼에도 나는 더 이상 할 수가 없었다.

하야사카는 한동안 멍하니 있다가, 중얼거렸다.

"…………너무해, 키리시마."

이불로 몸을 돌돌 말아 허공을 바라보며 말했다.

"여기서 그만두면…… 나, 진짜로 바보 같잖아…….."

"……미안해."

"…………나, 갈래."

하야사카는 흐트러진 옷을 붙잡고는 가라앉은 표정으로 입기 시작했다. 실망했고 상처받았다.

사실은 말해주고 싶었다. 나는 하야사카와 하고 싶었고 다음에 제대로 상황이 갖추어진다면 꼭 하겠다고. 그러나 지금은 말할 수 없었다.

"난 하야사카를 좋아해. 진심이야."

"이젠 못 믿겠어……."

"어떻게 해야 믿어줄 거야? 그, 이런 걸 하는 것만 빼고…….."

"그럼, 말해줘."

"뭘?"

"타치바나보다 좋아한다고 말해줘."

하야사카의 날 시험하는 듯한 질문. 나는 그녀를 조금이라도 위로하고 싶어서, 말했다.

"난 하야사카를 좋아해. 타치바나보다 더."

순간 하야사카의 얼굴에 빛이 들었다. 하지만──.

"역시 안 돼……. 그치만 이건 수치인걸. 여기까지 와서 거절 당하면, 여자는 누구라도 상처받을 거야…….."

그만 갈래. 안 나와도 돼, 하고 옷을 다 입은 하야사카가 말했다.

"더는 키리시마를 볼 낯이 없어. 미안해, 매력 없는 여자친구

라. 미안해. 못난 여자친구라.”

하야사카는 앞머리로 표정을 감췄다.

“당분간, 만나지 말자. 나, 옆에 있을 자신이 없어.”

그렇게 말하고 방을 나서 계단을 내려가 뒤도 돌아보지 않고 총총히 돌아가 버렸다.

역시나 상처받았겠지, 하고 생각했다.

나도 할 수 있다면 하고 싶었다.

하지만 할 수 없는 이유가 있었다. 그것을 눈치채고 말았다.

나는 벽장 앞에 서서 문을 열었다.

안에 있던 것은——.

“끝났어?”

타치바나였다.

행거에 걸린 옷 아래의 좁은 공간에 교복 차림으로 로퍼를 들고 무릎을 안고서 앉아있었다.

“자. 그럼. 여러 가지로 하고 싶은 말은 있는데——.”

타치바나는 천천히 일어서서 말했다. 표정은 무슨 생각을 하는지 알 수 없다.

“하지만, 그래. 우선 한 번만 더 말해 봐.”

“뭘?”

“마지막으로 하야사카한테 했던 말. 한 번 더 듣고 싶으니까. 한 마디도 빠짐없이.”

타치바나의 푸르게 불타오르는 듯한 눈동자의 압박에 못 이겨 나는 말했다.

"난 하야사카를 좋아해. 타치바나보다 더——."

그 순간이었다.

시야에 번개가 달렸다.

몇 초 늦게 그것이 타치바나가 뺨을 때려서란 걸 알았다.

무척 차진 소리가 나며 머릿속이 울렸고 입 끝이 찢어져 피가 났다.

타치바나는 날 노려보며 말했다.

"거짓말이라도, 두 번 다시 말하지 마."

제15화 부도덕 RPG

　타치바나는 지금 목욕물에 잠겨 있다. 뜻밖에도 우리 집 욕실에서다.

　왜 이렇게 되었는가.

　타치바나에게 뺨을 맞은 뒤 엄마가 돌아왔다. 그리고 타치바나를 본 엄마가 말한 것이다.

　"모처럼이니 저녁 먹고 가지 그러니?"

　거기에 여동생이 말을 얹었다.

　"타치바나 언니, 자고 가. 같이 놀자."

　의외로 타치바나는 고개를 끄덕이고 서둘러 집에 연락을 넣었다. 통금은 있어도 친구 집에 묵으면 오케이. 흔한 일이었다. 당연히 나는 동성 친구란 설정이 되었다.

　이렇게 우리 집에서 하룻밤 묵게 된 타치바나는 욕실에서 목욕 중이었다.

　신기한 상황이었다. 무척 비일상적이라고도 할 수 있으리라.

　한 지붕 아래에 타치바나가 있다니——.

　나는 지금 거실에서 코타츠에 들어가 있었다. 늦가을 코타츠도 제법 정취가 있다.

"밤새 걸스 토크하면서 놀아야지!"

여동생이 그런 소릴 하며 거치형 게임기를 준비했다.

엄마는 부엌에서 기분 좋게 콧노래를 불렀다.

저녁 식사는 엄마가 타치바나에게 요리를 가르쳐주며 만들었다.

"아들 여자친구랑 이런 걸 해 보고 싶었거든. 꿈이 이루어졌네. 고마워."

그런 엄마 옆에서 타치바나는 쑥스럽다는 듯이 토란 껍질을 벗기고 있었다.

"다음에는 같이 쇼핑도 갔으면 좋겠다."

"네……."

대답하는 타치바나는 조금 복잡해 보였다. 기간 한정 여자친구라는 점이 뒤가 켕기는 것이다. 하지만 가고 싶어 하는 것 같았다.

"시로 옷도 어떻게 좀 해야지. 저런 거랑 데이트하면 폼이 안 나잖니?"

"그러게요. 조금 더 꾸몄으면 좋겠어요."

"센스가 없다니까, 센스가."

"시로는 멋을 부리지 않는 게 멋있다고 생각하는 비뚤어진 성격이니까요."

날 반찬 삼아 즐겁게 대화를 나누었다.

엄마는 하야사카를 모르니 천하태평이었다.

한편 여동생은 둘 다 얼굴을 마주쳐서 사정을 전부 파악하고 있었다.

"동생아."

부지런히 게임 준비를 하는 여동생에게 말을 걸었다.

"타치바나랑 하야사카, 둘에 대해 어떻게 생각해?"

"오빠한텐 둘 다 아까워."

"오빠 여친이라면 원하는 사람 있어?"

"우와, 자기가 못 골라서 동생 보고 고르게 하려는 거야? 저질! 쓰레기 같은 남자!"

그렇게 말하면서도 오빠 생각이 깊은 여동생은 으~음, 으~음 하고 고민하며 생각해주었다.

"역시 못 고르겠어. 굳이 말하자면 둘 다 내 언니가 됐음 좋겠다."

"욕심쟁이구나. 그리고 넌 내 여동생이 맞다."

그런 대화를 나누고 있자 목욕을 하고 나와 촉촉해진 타치바나가 방으로 돌아왔다.

내 체육복을 입고 있었다. 팔다리가 길어서 엄마와 여동생의 옷은 사이즈가 맞지 않았던 것이다.

"타치바나 언니, 놀자!"

"응."

타치바나가 순간 나를 바라보았다. 하지만 곧 고개를 홱 옆으로 돌렸다. 뺨을 때린 이후로 대화를 거부했다. 상당히 화가 났다.

"오빠, 걸리적거리잖아. 비켜 비켜."

그 말에 나는 코타츠를 넘겨주고 내 방으로 철수했다.

침대에 드러누워 읽다 만 해외 미스터리 소설을 읽었다. 평소와 다름없는 밤이 되고 말았다. 모처럼 타치바나와 한 지붕 아래에 있는데 완전히 엄마와 여동생에게 뺏겼다. 뭐, 직전까지 내가 하고 있던 짓을 생각해보면 어쩔 수 없는 일이다.

페이지를 넘기는 사이 졸음이 찾아왔다. 한동안 꾸벅꾸벅 졸고 있다가 문을 노크하는 소리에 잠이 달아났다.

"들어와."

들어온 것은 타치바나였다.

"동생이랑 놀던 거 아니었어?"

"지금은 씻으러 들어갔어."

타치바나는 무언가 말하고 싶은 표정을 지으면서도 조금 불쾌하다는 얼굴로 우두커니 서 있었다.

"왜 그래?"

"아무것도……."

그렇게 말하며 자기 어깨에 코를 대고 깊게 숨을 들이쉬었다.

"아니, 체육복에서 내 냄새는 안 나거든. 섬유유연제 냄새밖에 안 날걸."

"여전히 시로는 재미가 없네."

그렇게 말하며 타치바나는 테이블에 놓은 갈색 봉투에 손을 뻗었다.

하야사카가 놓고 간 콘돔이었다.

"이거, 어떻게 쓰는 거야?"

타치바나는 손에 든 스마트폰으로 그것의 사용법과 어디에 쓰는 것인지 알아보기 시작했다. 당연히 그 행위도 검색을 시작했다. 연애 초보가 또 한 걸음 어른의 계단을 오르는 순간이다.

어떤 행위인지 동영상으로 확인하려던 것이겠지.

스마트폰에서 여성의 신음이 새어 나왔다.

한동안 타치바나는 잡아먹을 듯이 화면을 바라보았다.

"타치바나, 코피 나."

"……응."

결국 그 행위를 처음부터 끝까지 똑똑히 보고 말았다.

타치바나는 머리에서 김을 피워 올리며 말했다.

"아니…… 이건……. 키스보다 더한 게 있단 건 어렴풋이 알고는 있었는데……."

"순정 만화에서도 과격한 건 그런 묘사가 있잖아."

"난 귀여운 거밖에 안 읽는단 말야!"

얼굴을 빨갛게 붉히며 웬일로 소리를 크게 질렀다.

"말도 안 돼. 아까 하야사카랑 이런 걸 하려고 했구나……."

"뭐, 그렇지."

"하야사카가 나한테 유세 떤 적 있어. 시로랑 친한 사이끼리 하는 행위를 했다면서."

"끝까진 안 했어……. 오늘도 그렇고……."

타치바나는 연이어 불건전한 영상을 살폈다. 선 자세 그대로 손가락으로 휙 휙 동영상을 넘기며 눈을 빙글빙글 돌리거나 발을 꼼지락거리기도 했다.

"저, 저번에 응용 편 게임에서 시로랑 껴안았을 때. 내가 허리를 띄운 거, 이, 이런 걸 의식하고 한 거 아냐! 그, 그냥 멋대로 그렇게 된 거라고!"

"그건 그것대로, 나로서는, 뭐———."

그렇게 말하는 내게 타치바나가 스마트폰을 집어던졌다.

그 부분은 별로 언급하지 않도록 하는 게 좋을 것 같았다.

"이, 이건…… 어른끼리 하는 거지."

타치바나는 명백하게 동요했다.

"난 시로를 좋아하지만, 이건 조금……. 아직 마음의 준비가……."

"그러면 돼."

"안 돼. 그야 난 부끄러워서 못 했지만 시로는 하야사카랑 그런 걸 할 생각이었잖아? 그건…… 미안, 이 감정은 뭘까, 잘 설명을 못하겠어."

타치바나는 고민하듯이 미간에 주름을 새겼다.

"별로 인정하고 싶지 않다, 이런 감정이 내 안에 있다는 거."

타치바나는 콘돔을 종이봉투에 다시 집어넣었다. 그리고 숨을 돌린 뒤———.

"저기, 시로. 역시 있지."

"왜?"

"후야제 베스트 커플 대회, 같이 나가자."

"갑자기 왜 그래?"

그것은 이전에 연애 노트에 실린 게임을 하며 결론을 낸 문제였을 터이다.

미안, 하고 타치바나가 말했다.

"나도 시로랑 제대로 사귀고 있었다는 추억, 갖고 싶어졌어."

"타치바나……."

"떼쓸래."

"하지만 아무리 그래도 나랑 타치바나가 커플 대회에 나가는 건 위험하잖아."

"탈출게임 경품이면 괜찮아. 기획의 일환인 데다 난 귀신 분장을 하니까 웃고 넘어갈 거야."

넘어갈까?

야나기 선배와 하야사카도 아무리 축제라지만 무언가 느끼는 게 있지 않을까?

"난 있잖아, 한 번이라도 좋으니까 당당하게 시로의 연인이고 싶어. 문화제 무대 위에서 연인으로서 행동하면 정말 멋질 거야. 그 추억이 있으면 시로가 하야사카랑, 그런, 몹시 저속한 행위를 하더라도 참을 수 있을 것 같아."

"아니, 그래도……."

이미 정했어, 하고 타치바나가 말했다.

"나, 경품이 될래. 시로가 안 와 주면 누군지도 모르는 남자랑 나갈 거야. 시로는 그래도 괜찮아?"

"괜찮진 않은데."

하나쯤은 연인다운 추억을 원한다고 말한 타치바나의 마음도 이해가 간다.

문화제 무대라면 추상적이기도 하다. 하지만 그것을 저지르면 하야사카가 망가져 버릴 것 같고 무엇보다 아무리 상대가 야나기 선배일지언정 더는 얼버무릴 수 없다.

"알았어, 타치바나. 그렇게까지 말한다면──."

나는 책상 서랍에서 노트 한 권을 꺼냈다.

남녀가 친해지기 위한 게임이 다수 수록된 연애 노트의 금서였다.

"다시 한번 게임으로 승부하자. 내가 이기면 타치바나는 나가는 걸 포기해. 타치바나가 이기면 난 커플 대회에 나갈게."

제안을 듣고서 타치바나는 턱에 손을 짚고 생각하는 모습을 보이더니 "좋아." 하고 대답했다.

"내가 이기면 꼭 같이 무대에 나가는 거야."

"알았어."

"그래서, 게임은 어떤 걸 할 건데?"

그 말에 나는 페이지를 넘겨 게임을 골랐다.

"이건 어때? 부도덕 RPG."

당연히 이것은 평범한 사람들이 떠올리는 RPG가 아니었다.

타치바나는 노트를 훑더니 "그래, 이거 해." 하고 말했다.

"직접적인 건, 저기, 부끄러워서 못 하지만 게임이라면 그걸 변명으로 삼을 수 있으니까……."

이건 승부가 아니라 그저 꽁냥거리다 끝나는 게 아닐까?

아무튼──.

"우선 해 볼까."

"해 보자."

부도덕 롤 플레잉 게임.

결국 해보기로 했다.

◇

RPG를 직역하면 역할을 연기하는 놀이(롤 플레잉 게임)가 된다.

많은 사람이 떠올리는 RPG도 판타지 세계에서 용사의 역할을 부여받은 캐릭터를 조작해 노는 점에서 그렇게 불리게 되었다. 자, 그럼——.

연애 노트에 수록된 '부도덕 RPG'는 이름 그대로 남녀 두 사람이 각자 역할을 연기하며 노는 게임, 다시 말해, 역할 놀이이다.

집사와 아가씨, 메이드와 주인님 등이 떠오르겠지만, 게임의 요령에는 역할이 부도덕하면 할수록 흥이 오른다고 적혀있었다.

"부끄러워서 역할을 연기하지 못하게 되는 쪽이 지는 거야."

"역할 놀이를 하다가 몰입이 깨지면 흥이 달아나니까, 알았어."

내가 집사를 맡고 타치바나가 아가씨를 맡고 있을 때 내가 '아가씨'라고 하지 않고 '타치바나'라고 부르기라도 한다면 패배인 셈이다.

"그래서 역할은 어떤 걸 할 거야?"

집사와 메이드를 하면 이미지가 정착되어 있어 연기하기 쉬울 것이다. 하지만 그러면 승부가 나지 않을 것 같았다.

"배덕감이 있는 역할이 좋은 거지?"

"그렇긴 한데——."

우리는 몇 가지 아이디어를 냈다. 사장과 비서, 소년과 누나, 코치와 선수, 여왕 폐하와 스파이……

그러나 그 무엇도 와 닿지 않았다. 어떻게 할까 고민했다. 그 때였다.

타치바나의 시선이 책상 위로 쏠렸다. 그곳에는 개 목걸이가 있었다. 기르고 있는 시바견 히카리가 더 자랐을 때 산책하며 쓰려고 준비한 것이다.

"타치바나, 설마……."

"정해졌네."

하자, 하고 타치바나가 말했다.

"개와 주인."

나는 꿀꺽 침을 삼켰다.

타치바나는 역시 천재다. 이건 분명 엄청난 일이 벌어질 것이다. 그런 예감이 들었다.

"그래서…… 나랑 타치바나 중에 누가 개를 하지?"

"나."

"아니, 아무리 그래도 그건 미안하잖아."

"저번에는 시로가 발을 핥았잖아. 이번에는 내가 개가 될래."

체육복 차림으론 분위기가 안 산다며 방을 나갔다.

돌아왔을 때 타치바나는 교복 차림이었다.

무슨 분위기? 하고 생각했으나 즉, 그런 것이었다.

타치바나는 직접 목걸이를 채웠고 나는 거기에 목줄을 맸다.

여고생에게 개 목걸이를 걸고서 목줄을 끌고 간다는 얼토당토 않은 구도가 완성됐다.

"우선 시험 삼아 조금만 해 볼까."

"그러게. 가볍게 해 보자."

머뭇머뭇 목줄을 끌고 방안을 한 바퀴 돌아봤다. 타치바나는 네발로 기어서 내 뒤를 개처럼 따라왔다. 뭔가가 눈을 뜰 것 같았다.

살짝 부끄러움을 보이는 타치바나의 표정도 좋았다.

이어서 나는 침대에 앉아 말했다.

"앉아."

그러나 타치바나는 네 발로 선 채 흥 하고 코를 울리며 고개를 돌렸다.

"타치바나?"

대답 없이 그 자세 그대로 내게 달려들었다. 내가 침대로 쓰러지자 그 위로 올라탔다. 그리고 개의 앞발처럼 둥글게 만 손으로 꾸욱 꾸욱 내 볼을 눌렀다.

"그, 그만해!"

"난, 나쁜 강아지거든."

또다시 꾹꾹 눌렀다. 이래서야 좋다며 달려든 대형견에게 벌러덩 넘어져 울고 있는 어린아이가 아닌가.

"얌전히 못 있어!"

"싫어."

그렇게 말하며 타치바나는 내 목덜미를 물어뜯으려 했다.

하야사카가 키스 자국을 덧씌운 곳이었다.

"아야야야야야!"

장난처럼 무는 것과는 전혀 달랐다. 진심으로, 피가 나고 이빨 자국이 남도록 물었다.

"못된 강아지구만!"

맞아, 하고 타치바나가 말했다.

"난 못된 강아지니까 제대로 때려서, 혼내서, 교육해줘. 그러면 주인님이 말하는 건 전부 듣는 착한 강아지가 될 거야."

그렇게 말한 타치바나의 눈동자는 어딘가 애달팠고 무언가를 기대하고 있었다.

나는 이해했다. 우리는 지금 선 위에 있었다. 나와 타치바나의 관계가 진짜 주인과 개가 되는 선 위였다.

"어서 가르치지 않으면 제멋대로 물어대는 버릇 나쁜 강아지가 될 거야."

또다시 목을 물어오려 하는 타치바나.

그래서 나는 부득이하게, 어쩔 수 없이――드디어 그 일선을 넘었다.

"떽!"

그렇게 말하며 엉덩이를 때렸다. 타치바나의 몸이 희미하게 떨렸다.

"멍."

타치바나가, 요염한 목소리로 울었다.

그럼에도 여전히 목덜미를 노리듯이 코를 킁킁대길래 한 번 더 때렸다.

"멍."

또 울었다. 타치바나의 볼이 붉게 물들었다.

"히카리견은 하야사카견이 남긴 냄새를 지우고 싶구나?"

"멍! 멍!"

"마음은 이해하지만 주인을 다치게 하면 안 되지."

제대로 교육하기 위해 엉덩이를 더 때렸다. 타치바나가 또 요염하게 울었다. 그 목소리에 나는 이상한 기분이 들어 다시 한번 때렸다. 그러자 타치바나는 희색이 섞인 목소리로 또다시 울었다.

타치바나는 더 이상 여고생이 아니었다. 못된 강아지였다.

그래서 나는 몇 번이고 때렸다. 그때마다 타치바나는 볼을 붉히고 숨을 헐떡이며 말했다. 멍 하는 울음소리가 "앗." 이라든가 "아앙." 하는 달콤한 한숨처럼 느껴진 것은 기분 탓이리라.

그리고——.

"끼잉."

교육이 끝난 타치바나는 아까 물었던 내 목덜미를 할짝할짝 핥기 시작했다.

"주인의 볼을 때리기도 했지. 그것도 안 돼."

"끄으응, 끄으응."

잘못했다고 말하듯이 아까 뺨을 맞아 찢어진 내 입꼬리를 할짝할짝 핥았다.

"몇 번이나 때려서 미안했다."

나는 타치바나를 안아주며 말했다.

"이제 나쁜 짓 하면 안 돼."

"멍! 멍!"

타치바나는 내게 안겨 꼬리를 흔드는 것처럼 몸을 떨며 기뻐했다.

제법 귀여운 암캐가 아닌가.

"그래그래, 착한 아이가 됐구나."

나는 타치바나의 머리를 쓰다듬어주었다. 타치바나는 기쁜 듯이 "멍, 멍!"하고 울었다. 몰입감이 괜찮아졌다. 그리고 뭘까, 이러면 안 된다는 것은 알지만── 무척 기분이 좋았다.

"그럼 슬슬 본격적으로 시작해볼까."

"멍!"

"먼저 연기를 그만두는 쪽이 지는 거야."

"멍!"

이렇게 개와 주인의 부도덕 RPG가 시작됐다.

또다시 방 안을 빙글 돌아봤다. 네 발로 걷는 히카리견이 순순히 따라왔다.

나는 의자에 앉아 말했다.

"앉아."

히카리견은 이번엔 제대로 앉았다. 교육이 잘 된 모양이다.

"손."

동그랗게 만 오른손을 내밀었다.

"다른 손."

동그랗게 만 왼손을 내밀었다.

"누워!"

타치바나는 배를 보이고 바닥에 발라당 누웠다. "옳지 옳지 옳지 옳지." 하고 내가 그 배를 문지르며 머리를 헝클헝클 벅벅 쓰다듬자 타치바나가 기쁜 듯이 울었다.

"멍멍!"

타치바나가 몸을 일으켜 내 얼굴을 핥았다. 나도 히카리견의 입가를 핥아주었다. 이런 스킨십을 사자와 하다가 얼굴이 물어뜯긴 동물 애호가도 있지만, 히카리견은 멍청한 사자와는 다르다. 순종적이고 귀여운 암캐인 것이다. 듬뿍 귀여워해야만 한다.

한바탕 서로를 핥아주며 장난친 뒤 내가 말했다.

"히카리견, 혹시 목마르지 않나?"

"멍!"

"잠깐 기다리고 있어 봐."

나는 부엌에 가서 의아해하는 엄마를 곁눈질로 보며 히카리견이 마시기 쉽게 얕은 그릇을 골라 우유를 담았다. 방으로 돌아오자 변함없는 자세로 히카리견이 기다리고 있었다.

"기다리라고 말해서 그대로 기다리고 있던 거야?"

"멍!"

"히카리견은 착한 멍멍이구나!"

"멍멍!"

그릇을 두자 히카리견은 입을 대고 마시기 시작했다. 나는 그 등을 쓰다듬었다. 늘씬하게 늘어진 팔다리. 윤기 나는 털. 히카리견은 정말로 아름답다. 나는 이 히카리견을 더 내 것으로 삼고 싶다는 충동에 휩싸였다.

이렇게까지 따라주는데, 더 내 것으로 삼고 싶다.

나는 히카리견을 껴안았다.

"입가에 이렇게 우유를 묻히면 어떡해."

히카리견의 입가를 핥아 닦아주었다. 그러자 기쁜 듯이 나를 핥았다. 히카리견을 교육하고 싶다는 충동에 몸을 맡기고 나는 온몸으로 스킨십하며 장난쳤다. 이따금 히카리견이 애달프게 울었다.

그러나 내 애정을 부딪치기만 해선 안 된다. 분명 히카리견도 개로서 하고 싶은 것이 있을 것이다. 그래서 내가 말했다.

"산책 갈까."

"멍!"

"밖으로."

히카리견은 살짝 얼굴을 붉히더니 꼼지락거린 뒤 작게 멍 하고 울었다.

"잠깐 편의점 다녀올게."

부엌에 있는 엄마에게 말하고 히카리견이 들키지 않게끔 밖으로 나섰다. 밖에선 아무래도 두 발로 걷게 되었지만, 개 목걸이와 목줄은 제대로 채웠다.

"근처에 커다란 공원이 있으니까 거기로 갈까."

걸음을 내딛으려 했으나 히카리견은 코를 킁킁거리며 반대 방향으로 가려 했다. 목줄을 당겨도 계속 반대 방향으로 가려 했다.

"보아하니 또 못된 강아지가 됐구나."

나는 히카리견의 엉덩이를 때렸다. 그러자 다시 고분고분해지며 찹쌀떡처럼 내 옆에 붙어 걸었다.

엉덩이를 맞고서 조금 기뻐 보였던 건 내 착각일 것이다.

"옳지~~~ 착하다."

목덜미를 벅벅 쓰다듬어주자 히카리견은 기분 좋은 듯이 눈웃음을 지었다.

교복 차림에 개 목걸이를 차고 목줄을 맨 귀여운 강아지.

밤의 거리를, 간선도로를 따라 걸었다.

이미 늦은 시간이라 인적은 드물었다. 이따금 자동차가 스쳐 지나갔다.

누가 보면 어쩌나 하는 걱정이 들 리가 만무했다. 왜냐하면 나는 100% 주인에 히카리견은 100% 강아지였으니까. 산책이라는 당연한 행위를 하고 있을 뿐이다. 부끄러운 것은 전혀 없었다.

히카리견은 조금 얌전했다. 집에선 기운이 넘쳤지만 밖에선 부끄럼쟁이다. 집에서만 호랑이인 강아지다.

취객과 스쳐 지나갈 때 히카리견은 내 등 뒤에 숨었다.

"하여간 녀석, 귀엽다니까."

머리를 쓰다듬어주자 기쁜 듯이 눈웃음을 지으며 더 쓰다듬어 달라고 머리를 내밀었다. 만족할 때까지 마음껏 쓰다듬어줬다.

종합 운동 공원에 도착했다.

체육관과 야구장도 있어서 낮에는 북적이지만 밤이라 인기척이 없었다. 달리기 선수 한 사람이 달리고 있을 뿐이었다.

나무가 우거진 산책길을 걸어 안쪽에 있는 잔디밭 공원으로 데려가자 히카리견은 네발로 돌아왔다. 자유롭게 목줄을 풀어 주었다.

"공놀이라도 할까."

"멍!"

집에서 갖고 온 공을 밑으로 툭 던졌다. 히카리견은 데굴데굴 굴러가는 공을 쫓아갔다. 그러나 막상 공을 물려다가 고개를 갸웃거렸다.

히카리견은 햄버거를 눌러서 먹는 타입의 입이 작은 강아지였다. 망설인 끝에 코로 데굴데굴 굴려서 공을 갖고 왔다. 똑똑한 걸.

"옳~지, 옳지 옳지 옳지 옳지!"

"멍! 멍! 멍! 멍!"

히카리견을 마구 쓰다듬고 베이비 초코를 상으로 주었다. 히카리견은 손바닥 위에 올린 초콜릿을 재주 좋게 핥아먹었다.

공을 던지고 굴려서 갖고 온다. 몇 번을 반복했다. 신기하다. 히카리견은 그저 개일 뿐인데 꼬리를 흔들며 네 발로 걸어오는 그 모습이 묘하게 야릇해 보인다.

그런 생각을 하다 보니 공을 너무 멀리 던지고 말았다.

"같이 주우러 갈까."

"멍!"

잔디밭 위를 걸어 공원 안으로, 안으로 들어갔다. 볼을 발견해 주어 올리자 말소리가 들려왔다. 보아하니 벤치에서 젊은 남녀가 껴안고 있었다. 그들은 우리를 눈치채자 어색하다는 듯이 흐트러진 옷을 고쳐 입기 시작했다.

젊은 남녀는 다시 한번 우리를 보더니 놀라움에 목소리를 높였다.

"저거, 도그 플레이잖아!"

"진짜네, 개 목걸이를 했어……. 거기다 교복……."

"여자애를 저렇게 네발로 걷게 시켜서 이곳저곳 핥도록 명령하는 거겠지."

"친구가 해봤다는데 쾌감이 대박이래. 지배욕이랑 지배당하고 싶은 욕망이 멈추질 않아서 주인 쪽은 잔뜩 애정을 쏟고 싶어지고 개 쪽은 아무튼 복종하고 싶어진대. 엄청 흥분된다던데?"

"너무 자세히 안다? 해 본 적 있는 건 아니겠지?"

"그럴 리가 없잖아. 그래도 우리도 해 보자, 응?"

그렇게 말하며 젊은 남녀는 총총히 떠나갔다.

도그 플레이? 나 원, 이래서 밤의 공원에 있는 불건전한 커플은 안 된다니까.

난 주인으로서 개를 산책시키고 있을 뿐이다. 애견가로서 애정을 듬뿍 쏟아주는 것에 지나지 않는다. 유사 이래 종족을 넘어 친구로 지내온 인간과 개의 아름다운 모습 그 자체이며 도그 플레이니 뭐니 하는 괘씸한 것들과 같은 취급을 하면 곤란하다.

나와 히카리견은 순수한 주인과 개의 관계니까.

"나 원, 저 젊은 남녀는 무슨 소릴 하는지 모르겠군. 그리고 저기서 대체 뭘 하려고 했던 걸까!"

"멍멍!"

만약 이것이 교복을 입은 여자아이에게 개 목걸이를 채우고 이런저런 저속한 짓을 시키고 있는 것처럼 보였다면 그것은 보는 이의 마음이 오염됐기 때문이다. 그렇다곤 하나──.

"히카리견은 나한테 지배받고 싶은 욕망이 있나?"

나는 물었다. 만에 하나다. 만에 하나라도 아까 그 남녀가 말했던 것과 같은 욕망이 히카리견에게 있다면 그것을 최대한 만족시켜줘야만 한다. 그것이 주인 된 자이다.

"…………멍."

히카리견은 부끄러워하면서도 긍정했다.

"맞고 혼나면서 교육받고 싶어?"

"멍."

"주인에게 모든 걸 맡기고 싶어?"

"멍!"

"내가 네게 뭘 해도 상관없어? 엉망진창으로 귀여워해 줘도 돼?"

"멍! 멍! 멍!"

"누워!"

히카리견은 볼을 물들이며 배를 보이고 누웠다. 그 눈은 무언가 기대에 차 있었다. 정말로, 원하는 대로가 아닌가. 이, 이──.

"음란한 개가!"

그런 마음이 들어 나는 타치바나를 덮고 깔아뭉갰다.

나는 이미 머리가 바보가 됐다. 몸 아래 있는 것이 주인에게 절대복종하는 귀여운 강아지인지, 아니면 개 목걸이를 찬 타치바나인지 분간이 가지 않았다. 경계가 모호했다.

하지만 충동에 몸을 맡기고 히카리견의 손을 붙든 채 다리 사이에 허벅지를 넣었다.

히카리견은 끄응 하고 불안한 듯이 울었지만 그것은 흉내일 뿐, 겹친 몸에선 기대감에 높아지는 고동이 전해졌다. 눈의 초점이 맞지 않는 걸 보니 히카리견도 마찬가지로 바보가 된 것 같다.

먼저 히카리견의 입속을 난폭하게 핥아댔다. 이빨 뒤부터 입 깊숙이까지. 히카리견은 숨이 막힌다는 듯이 몸을 비틀었지만 황홀한 표정으로 헐떡였다.

"제대로 교육해줘야겠는걸."

히카리견이 지금까지 내게 해 온 것을 되풀이했다. 귀에 혀를 집어넣거나, 목덜미에 키스 자국을 남기거나. 게다가 전부 조금 난폭하게. 히카리견은 그때마다 아주 살짝 저항하는 움직임을 보였지만 번민하는 표정 아래로 기뻐하는 것을 알 수 있었다.

나는 히카리견을 마음대로 하고 싶고 히카리견은 그런 내게 모든 것을 맡기고 싶다. 하지만 나는 히카리견을 더욱 내 것으로 삼고 싶고, 히카리견은 더욱 그런 나의 것이 되고 싶다.

그런 마음을 느끼고 나는 다리 사이에 넣은 허벅지에 조금 힘을 주었다. 그리고 히카리견의 얼굴을 손으로 단단히 붙들었다.

"엉망진창으로 귀여워해 주마."

"머, 머어어어엉……."

"개가 옷 같은 걸 입으면 쓰나."

나는 리본 타이를 풀었다. 타치바나의 숨이 거칠어졌다. 블라우스 단추를 풀자 피부가 드러난다. 하얗고 아름다운 쇄골을 핥아 올렸다. 타치바나는 "멍." 하고 애달프게 울었다. 계속해서 단추를 풀었다. 치마도 걷어 올렸다. 하얀 허벅지가 드러나 타치바나는 부끄러운 듯이 몸을 비틀었다. 그러나 내가 허벅지 사이에 다리를 집어넣어 도망칠 수 없었다.

오늘 밤은 캐미솔을 입지 않아 연푸른 속옷이 그대로 드러났다. 흐트러진 모습이 아름답다.

"멍, 멍."

타치바나는 부끄러움을 감추고 싶은지 개로서의 본능인지 나를 핥기 시작했다. 내 입에 혀를 넣고 정열적으로 혀를 얽으며 내 혀를 빨아낸 뒤 목덜미를 핥기 시작했다. 거기서 다시 생각이 미쳤으리라. 키스 자국이 있는 곳에 이빨을 세웠다. 어지간히 하야사카견의 냄새가 남아있는 것이 마음에 들지 않는 모양이다. 크르르르 하고 으르렁댔다. 그래서 나는———.

"착하게 굴어야지!"

타치바나가 배를 보이고 누워있어서 엉덩이 옆을 때렸다. 순간 타치바나의 허리가 튀어 올랐다.

그리고 그 때문에 허벅지 사이에 넣은 내 다리에 타치바나가 허리를 비비는 모양새가 되었다.

"머…… 아, 아윽."

타치바나가 꿀처럼 달콤하게 울었다.

"착하게 안 굴면 이렇게 할 거야."

나는 한 번 더 때렸다.

"아, 아으웃."

타치바나는 다시 허리를 내 다리에 갖다 대며 달콤하게 울었다. 눈의 초점이 맞지 않는다.

완벽하게 이성을 잃었다.

타치바나는 감성이 민감했다. 다시 말해 감각이 날카롭다는 것이며 마음이나 관찰력뿐만 아니라 피부나 여러 가지 감각 기관도 민감하다는 것이기에, 조금만 때려도 평범한 사람이라면 느끼지 않을 법한 것을 느끼고 만다.

"끄응, 끄응."

내가 손을 멈춘 뒤로도 다시 내 목덜미를 가볍게 물었다. 마치 맞고 싶어 하는 것처럼──.

"더, 교육해줬으면 좋겠어?"

"……멍."

부끄러워하면서도 긍정하여서 나는 또 타치바나를 때렸다. 다시 타치바나는 허리를 띄우고 내 다리에 문지르며 달콤하게 울었다. 몇 번이고 문지르며 몇 번이고 달콤하게 울었다. 계속, 줄곧.

타치바나의 교복은 더욱 흐트러졌고 달콤한 울음소리는 거의 신음소리가 되었다.

"멍, 멍…… 아, 안 돼, 시로……. 나, 왠지 이상…… 머, 멍,

안 돼…….”

허리가 튀어 오른다.

만약 이 민감하고 무서우리만치 쉽게 느끼는 타치바나의 그러한 부분을 직접 만지면 어떻게 될까? 그런 타치바나를 보고 싶은 생각이 나를 재촉해 위아래 속옷에 손을 댔다.

“아…… 싫어……. 안 돼, 안 돼, 시로, 거긴…….”

결국 견딜 수 없어졌는지 내 손을 타치바나가 붙잡았다.

그러나 그러면서도 타치바나는 허리를 리드미컬하게 내 다리에 계속 들이댔다. 마치 맞았을 때 움직임이 버릇이 된 것처럼.

“어? 왜……아, 아냐, 이건……. 영상으로 본 거, 하고 싶다고 생각한 적 없어. 몸이 멋대로…… 움직여서, 싫어…… 왜? 앗, 꺅, 아…….”

나는 때리는 것을 그만뒀지만 그럼에도 타치바나는 허리를 계속 움직였다.

점점 들이미는 간격이 짧아졌다. 그리고──.

“안 돼…… 뭔가 올라와……. 시로, 보지 마. 부끄러워, 싫어, 좋아해, 시로!”

타치바나는 한층 더 목소리를 높이더니 몸이 활처럼 휘며 몇 번이고 떨었다.

동시에 이 어둠 속에서도 속옷이 젖어 색이 변해가는 것을 알 수 있었다.

머리가 어떻게 될 것만 같은 관능적인 광경이었다. 잔뜩 흐트러진, 개 같은 아가씨.

타치바나는 숨을 세차게 헐떡이며 축 늘어졌다.

"시로, 더는 안 돼. 이제 안 돼…… 이상해져…… 아직, 안 돼
애……."

타치바나는 기어들어 가는 목소리로 말했다. 아직 내 손을 붙
잡은 채였다.

"아니, 안 되는 건 아닌데……. 시로한테 엉망진창으로 당해
서 순종적인 개가 되고 싶은 건 진짠데, 그래도 이 이상 하는 건
아직 부끄럽다고 해야 하나, 하야사카처럼 마음의 준비가 안 됐
으니까…… 더 공부하고 나서……."

"타치바나가 졌어."

"어?"

"아까부터 계속 말하고 있잖아. 개 연기를 그만뒀어."

연기를 그만두면 패배, 부도덕 RPG는 내 승리다.

"………………시로는 치사하다니까."

얼굴을 붉힌 채 토라진 듯이 고개를 돌렸다. 그렇다, 이것은
모두 부도덕 RPG라는 게임이었다. 머리가 조금 바보가 됐을
뿐이지 모두 진심이 아니었다. 정말이다. 여자애를 개 취급하
며 엉덩이를 때리다니, 정신이 나갔지.

이런 느낌으로 평소처럼 냉정을 되찾고 집으로 돌아가려 했
다. 그러나——.

"게임은 끝났지만 말이지."

타치바나는 살짝 토라진 태도 그대로 말했다.

"너무 앞서나간 건 할 수 없지만, 이대로 키스하고 껴안는 정

도는, 조금만 더 해도 괜찮지 않을까. 문란한 건, 빼고서."

우리는 역시 아직 애들이라 얕은 곳에서 놀 수밖에 없다.

그러나――.

"조금 정도라면 저기, 때려도 되는데."

"그래도 돼?"

"……………멍."

◇

깊은 밤, 침대 속에서 생각했다.

여자와 '한다'는 것에 대해서.

스무 살이 되기 전까진 해 두고 싶다든가 정말로 좋아하는 사람 말곤 해선 안 된다든가, 안 해 본 사람은 촌스럽다든가 수많은 사람과 하고 있는 사람은 부도덕하다든가 하는 여러 가지 의견이 있다.

수많은 사람이 그것을 특별한 행위라고 여기고, 나 또한 그중 하나다.

어른이 되면 더 가볍게 생각할 수 있을지도 모르지만 10대인 지금은 아직 무척 커다란 의미를 지니고 있다.

좋아하는 마음을 전하는 궁극의 표현인 것도 같고 연인이라는 증명 같기도 하다.

하야사카와 두 번째끼리 사귀자고 정했을 때 키스까지라는 규칙을 만들었다.

그것은 역시 서로 그러한 행위에서 특별한 의미를 발견해냈기 때문이라고 생각한다. 하지만 지금 하야사카는 그것을 하고 싶어했다. 준비를 위해 학교를 쉬고 약국에 사러 갈 정도로.

만약 하야사카와 했다면 어떻게 됐을까?

그 행위를 해버린다면 내 감정과 인간관계에 커다란 변화가 찾아올 것처럼 느꼈다.

무척 커다란 변화다. 나는 그것이 조금 두려웠다.

그럼 타치바나와 그러한 행위를 한다면 어떻게 될까?

타치바나는 내가 첫 번째로 좋아하는 여자아이다. 하지만 내게는 하야사카와 야나기 선배처럼 다른 관계성도 생겨난 탓에 행위를 한 이후 내게 찾아올지 모르는 감정의 변화가, 역시나 두려웠다.

그런 생각을 하며 슬슬 잠자리에 들려 하는데 가볍게 문을 노크하는 소리가 들렸다.

"자?"

"아니."

방에 들어온 것은 타치바나였다.

공원에서 돌아와 여동생의 방에서 자고 있었는데, 빠져나온 것이다.

"거기, 들어가도 돼?"

"그래."

"시로는 저쪽 보고 있어."

타치바나는 침대에 들어와 나와 등을 마주 대고 옆으로 누웠다.

"……당분간 그런 게임은 하지 말자."

"나랑 타치바나는 금세 머리가 바보가 되니까."

"난 이제 더 이상 그런 내가 되고 싶지 않아. 오늘 밤은 잊어줘."

개와 주인을 마치고 우리는 꽤 반성했다.

"하야사카에게 대항해버린 걸지도 몰라."

타치바나가 말했다.

"스스로도 의외일 만큼, 답지도 않게."

"웬일이야. 타치바나는 평소에 남을 신경 쓰지도 않는데."

"벽장 안에 있는데 그런 걸 보여줘서 그래."

"……미안해."

눈치채고 말았어, 하고 타치바나가 말했다.

"난 전부 두 번째야. 손을 잡는 것도 키스하는 것도, 전부 하야사카가 먼저 했어."

"그건……."

"나도 시로랑 첫 번째로 뭔가 하고 싶다는 생각에 과격한 행동에 나선 걸 거야. 하지만 아직 애였나 봐. 마지막 선은 넘지 못했어."

하지만, 하고 타치바나가 말했다.

"이대로라면, 그 첫 번째도 하야사카에게 뺏기겠지."

타치바나는 모른다.

나와 하야사카의 관계가 타치바나를 전제로 하고 있다는 것을. 실은 타치바나가 첫 번째 여자아이란 사실을. 만약 진실을 안다면 타치바나는 어떻게 할까?

하지만 지금은 인간관계가 미묘한 시기라, 그 사실을 전할 수 없다.

그리고 타치바나는 이 상황에 스트레스를 느끼고 있다.

그 타치바나가, 스트레스를 느끼고 있는 것이다.

"문화제, 시로랑 같이 돌래."

"아니, 그건 야나기 선배도 있는데 어렵지."

"있지, 시로."

"왜?"

"뺨 때릴래."

침묵이 방안을 메웠다. 타치바나의 기분을 생각한다면, 뭐, 당연하리라 생각했다.

"그럼 하야사카랑 같이 문화제 돌 거야?"

"아니, 그런 얘기가 아닌데."

"어차피 그렇게 될 거야."

시로는 착하니까, 하고 타치바나가 말했다.

"이제 됐어, 하야사카랑 그리고 살아."

타치바나는 천천히 침대를 빠져나갔다.

"나, 역시 탈출게임 경품이 될래. 시로가 안 오면 첫 번째로 탈출한 사람이랑 커플 대회에 나가서 우승할 거야."

"아니, 아까 승부에서 졌으니까 그건 안 하기로 약속했잖아."

"그런 거 몰라. 왠지, 이제, 그런 거 싫어."

나도 침대에서 나와 타치바나와 마주 보았다.

"내가 어떻게 해야 해?"

"같이 문화제 돌고 커플 대회 나가자. 추억이 갖고 싶어. 그거면 충분해. 다른 사치는 말하지 않을게. 나머진 제대로 참을게. 착한 아이로 있을게."

"그러니까 그건…… 안 된다니까."

"그럼 하야사카랑 안 한 거 하자. 그, 야한 거라도 괜찮으니까."

"부끄러워서 못 하겠다고 말한 건 타치바나잖아."

"하지만 하야사카에게 지고 싶지 않아. 그러니까 억지로 해 줘. 부끄러워서 저항할지도 모르지만 싫은 건 아니니까. 강압적으로 나오는 거, 조금…… 좋아하니……."

타치바나는 웬일로 여유가 없었다. 아마도 태어나서 처음으로 타인과 경쟁한다는 것을 의식해버린 탓이리라. 그리고 개를 흉내 낸 여운이 아직 남아있었다.

"아니, 억지로는 좀……. 그리고 그런 건 신중하게 생각하고 나서 하는 게……."

"그치. 시로는 그렇게 말할 줄 알았어. 아까도 내가 부끄러워서 그만두자고 말했을 때 안심하는 표정이었거든."

겁쟁이, 하고 타치바나가 말했다.

"비겁해도 좋으니까, 가끔이라도 좋으니까 용기를 내서 한 걸음 내디뎌주면 난 착하게 있을 수 있는데. 이렇게 화내지도 않을 텐데—."

그리고 결국 뺨을 맞았다.

타치바나는 서글픔을 불쾌한 표정 아래 감추고 여동생의 방으로 돌아갔다.

제16화 완전 청춘 계획 《퍼펙트 플랜》

"어? 키리시마 선배 혼자예요?"

하마나미가 말했다.

"그렇지, 뭐."

"쓸쓸한 문화제네요~."

문화제는 성황이었다. 뜻을 모은 이들의 밴드와 댄스 공연, 연극부 무대 공연과 관악부의 연주로 축제의 열기가 계속해서 상승했다. 문제가 일어나는 일도 없이 진행되어 실행위원으로서도 대성공이었다. 그러나 나는 혼자서 시간을 보내고 있었다.

"하야사카 선배랑 안 돌아요?"

"코스프레 카페에서 계속 인형탈을 입고 있어서."

"그럼 타치바나 선배랑 돌면 되잖아요."

"계속 귀신 하고 있어서."

"······싸웠군요."

"············."

우리 집에서 한차례 다툼을 벌인 이래 하야사카와 타치바나 모두 말 한마디 들어주지 않았다.

'볼 낯이 없어.'

그렇게 말하는 것처럼 하야사카는 나를 보면 도망갔다.

　전부 내 잘못이다. 그런 상황에서 여자아이가 수치스러워할 만한 타이밍에 그만둬 버렸으니까──.

　하야사카는 껄끄러워서 도망친다는 느낌이었지만, 타치바나는 노골적으로 냉랭했다. 타인인 척하는 걸 떠나 내가 보이지 않는 것처럼 행동했다.

　연결 통로에서 말을 걸었더니 타치바나는 무뚝뚝하게 이렇게 말했다.

　'누구야?'

　절대 영도란 바로 이를 가리키는 것이다. 정말로 모르는 사람을 보는 듯한 눈으로 나를 바라보았다.

　그렇게나 따라주던 멍멍이였건만…….

　문화제를 함께 돌지 않겠다는 것에 제법 화가 난 모양이었다.

　그런 식으로 나는 하야사카에게도 타치바나에게도 거절당한 채 문화제 마지막 날을 맞이했다.

　"앞으로 어떻게 할 생각이에요?"

　"문화제가 끝나면 둘 다 자연스럽게 원래대로 돌아올 거야."

　"같이 돈다는 분쟁의 씨앗이 사라지니까요. 그래도 근본은 해결이 안 되거든요?"

　"이대로, 끝까지 해내야지."

　타치바나와의 관계를 계속 감춘다. 졸업하면 타치바나와는 헤어진다. 타치바나는 야나기 선배와 결혼하고 나는 하야사카와 정식으로 연인이 된다.

"나는 이 시나리오에 '완전 청춘 계획'이라는 이름을 붙였지." <ruby>퍼펙트 플랜</ruby>

누구도 상처 입지 않는 현실적인 타협안.

"하지만 그건 타치바나 선배와의 관계가 절대로 들키지 않는다는 걸 전제로 한 거죠?"

"그렇지. 들키면 더 이상 수습이 불가능해질 거야. 선배와의 관계도, 하야사카의 마음도 전부 엉망이 돼버리겠지."

"조심하세요. 아수라장만 펼쳐지곤 끝나지 않을 테니까. 안 그래도 키리시마 선배는 칼에 찔려도 어쩔 수 없는 짓을 벌이는 중이라고요."

그렇다곤 해도, 하고 하마나미가 말했다.

"둘 다 화나게 만들어서 외톨이가 됐으니 어이가 없네요."

"할 말이 없다."

"어쩔 수 없으니 저랑 같이 돌래요?"

그렇게 되어 하마나미와 같이 문화제를 돌았다. 말은 많아도 하마나미는 착하다.

교사 벽에 컬러풀한 스프레이로 펑키한 그림이 그려져 있었다.

"그라피티 아트란 거로군."

"미술부 사람들이 그렸대요."

"같이 사진 찍자."

"신나셨네. 키리시마 선배는 애 같은 면이 제법 있네요."

그라피티 아트 앞에서 함께 V 포즈를 취했다.

"노점에서 타코야키라도 먹자."

"여기가 또 저희 반 가게이기도 하거든요."

하마나미의 인맥으로 공짜 타코야키를 얻었다. 나는 이쑤시개로 타코야키를 하마나미의 입에 옮겨주었다.

"자, 하마나미. 아~앙."

"아~앙. 음…… 으음…… 맛있네요~. 아니, 무슨 짓을 시키는 거예요!"

하마나미는 다 먹은 용기를 쓰레기통에 집어 던지며 말했다.

"절 하야사카 선배와 타치바나 선배 대신으로 삼지 말라고요!"

"시간차로 딴지도 잘 걸어준다니까."

"전 말이죠, 키리시마 선배랑 돌고 싶은 게 아니라고요! 사실은, 사실은……."

그렇다.

하마나미는 소꿉친구인 요시미와 문화제를 돌고 싶었다. 그러나──.

"요시미 그 바보는 지금 탈출게임에 도전하고 있단 말이에요! 타치바나 선배랑 커플 대회에 나가려고! 왜 이렇게 된 건데요?! 막은 게 아니었냐고요?!"

"일이 많았거든……."

타치바나는 화가 나 자신을 경품으로 걸고 말았다.

하지만 요시미가 진짜로 좋아하는 것은 하마나미다. 하마나미의 관심을 끌려고 타치바나를 좋아하는 척하는 것뿐이다.

"뭐, 괜찮지 않을까? 너무 자세한 말은 못 하겠지만."

타치바나도 하마나미와 요시미의 사랑을 응원했다. 그래서 둘의 사이를 갈라놓는 짓은 하지 않을 터이다. 그러나 하마나미는 그 사실을 몰랐다.

"하나도, 안 괜찮다고요! 요시미 녀석, 자신감이 하늘을 찌른다고요. 반드시 1등으로 탈출하겠다고 그랬다니까요!!"

아마도 탈출게임의 정답을 타치바나가 사전에 알려주었을 것이다.

이대로 가다간 요시미와 타치바나가 커플 대회에 나가게 된다. 나로서도 어디 사는 누군지도 모르는 남자와 나갈 바에야 달리 좋아하는 여자애가 있다는 걸 알고 있는 요시미와 나가주는 것이 속이야 편하겠지만⋯⋯.

"이거, 타치바나 선배. 키리시마 선배가 와 주길 기다리는 거죠? 유혹하는 거죠?"

"그렇겠지."

타치바나는 나와 무대에 서서 추억을 만들고 싶어 했다.

"그럼 어서 가세요!"

"그러면 야나기 선배와 하야사카에게 들키잖아."

"그건 그렇지만요, 맞는 말이지만!"

그러면 제 사랑은 어떻게 되는 거냐고요, 하고 하마나미가 말했다.

"뭐, 그건 괜찮으니까."

타치바나는 분명 아슬아슬하게 그만둘 것이다. 그녀도 하마나미의 사랑을 응원했고 무엇보다 나에 대한 빈정거림일 뿐 요시미와 콘테스트에 나갈 만큼 화가 나진 않았을 터이다.

아니, 혹시 타치바나는 그렇게까지 화가 났나?

가능성은 있었다. 타치바나가 벽장 안에 있을 때 나는 하야사카와 나 좋을 대로 일을 저질렀으니……. 그런 생각을 하고 있는데 교내 방송이 스피커에서 흘러나왔다.

'1학년 2반, 하마나미 양. 지금 바로 시청각실로 와 주세요.'

호출이었다.

"실행 위원 일로 뭔가 있었나?"

"제가 없으면 안 된다니까요. 어쩔 수가 없네요."

하마나미는 그렇게 말하고 시청각실로 향하려다가 마지막으로 돌아보고 말했다.

"키리시마 선배, 저기, 그……."

"알았어. 한 번 더 타치바나한테 그만두라고 말해 둘게."

"……죄송해요, 고맙습니다."

하마나미는 꾸벅 고개를 숙이고 교사 안으로 들어갔다.

또 혼자가 되고 말았다. 실행위원 설치 담당이라 뒷정리 업무가 아직 남아있으니 문화제가 끝날 때까지는 어딘가에서 시간을 보내야 한다.

어떻게 할까. 그런 생각을 하려던 때였다.

"키리시마!"

뒤에서 누군가 말을 걸었다.

돌아보니 야나기 선배가 있었다.

축제를 즐기는 사람들 속에서 선배는 조금 붕 떠 보였다. 생각이 골똘한 표정으로 무언가 파멸적인 분위기를 띠고 있었다. 평소의 선배가 아니었다.

그리고 이 자리에 어울리지 않는 목소리로 말했다.

"……… 지금부터 잠깐, 얘기 좀 할래?"

나는 고개를 끄덕였다.

아마도 나도 선배와 같은 표정을 하고 있었을 것이다.

축제로 소란스러운 교사 안, 코스프레 카페를 오픈한 우리 반 앞을 지나갔다.

교실 안을 들여다보니 다이쇼풍 의상을 입은 여학생과 마법소녀에 섞여 커다란 곰돌이 인형탈이 부스럭대며 손님을 맞이하고 있었다. 소리를 낼 수 없어 화이트보드를 목에 걸고 그곳에 매직으로 글자를 적고 있다.

"저거, 하야사카지?"

야나기 선배의 말에 나는 고개를 끄덕였다.

하야사카는 복도에 내가 있다는 사실을 눈치채자 머리 위로 화이트보드를 치켜들었다.

'절 대 오 지 마'

그리곤 교실 안쪽으로 들어가 버렸다. 선배가 그것을 보고 의아한 표정을 지었다.

"…………키리시마, 무슨 짓 저질렀냐?"

"일이 많았다고 해야 하나 뭐라 해야 하나. 그런 느낌이죠, 뭐."

야나기 선배가 편하게 얘기를 나누고 싶다고 해서 우리는 옥상으로 나왔다.

늦가을 바람이 차다. 해가 기울기 시작했다.

"수험 공부는 잘돼가요?"

"어어. 나름대로 하고 있거든."

선배는 대학에 가면 경영학을 배울 것이다. 아버지의 회사를 물려받기 위한 준비였다. 장래도 제대로 생각하는 점에서 무척 어른스럽다.

"뭐, 오늘은 쉬는 날이야."

그렇게 말하는 선배의 옆얼굴은 전혀 편해 보이지 않았다.

"키리시마는 요즘 어떻게 지내냐?"

"그냥 똑같죠. 학교에 가고, 소설도 읽고──."

"사랑도, 하고?"

그 자리의 분위기가 찌릿찌릿한 것으로 바뀌었다.

선배가 한 발짝 발을 들이민 것이 느껴졌다.

나는 시치미를 떼며 "영화 제목 같네요." 그런 소릴 했다.

"학교에 가고 소설을 읽고 사랑하라──."

"그건 인도에 가는 거잖아."

"그러게요. 예쁜 여배우가 먹고 기도하고 사랑을 하죠. 저랑은 달라요."

그대로 화제를 돌리려 했지만, 당연히 선배는 올라타지 않았다. 그뿐만 아니라 급소를 나이프로 찌르듯이 핵심을 건드렸다.

"키리시마는 말이다──."

선배는 난간에 기대어 하늘을 올려다보며 말했다.

"타치바나 히카리를 좋아하냐?"

돌직구였다.

나와 타치바나가 손을 잡은 걸 본 그날부터 선배는 줄곧 신경이 쓰였던 것이다.

그러나 이 미묘한 밸런스 속에선 일부러 모르는 척할 수밖에 없었다.

그것을 오늘 질문했다. 마음에 담아둘 수 없게 된 것이다.

선배는 고민했음이 틀림없다. 무척 착한 사람이니까.

"………왜 그렇게 생각해요? 제가 타치바나를 좋아한다고."

"나라면 좋아하게 됐을 테니까."

선배는 똑똑히 말했다. 말투는 평소와 다름없었지만 무척 강한 의지가 느껴졌다.

처음부터 이 사실을 물어보겠다고 결심하고 내게 말을 건 것이다.

"키리시마는 부 활동이 같잖아. 취미도 맞고 같이 있는 시간도 길고."

"사이는 좋지만, 그게 다예요. 타치바나는 예쁘지만 저한텐 너무 좀 차가워서."

그래 하고 선배는 똑바로 내 눈을 바라보며 말했다.

"그럼 키리시마는 누굴 좋아해?"

"그건──."

"오늘은, 얼버무리지 말았으면 좋겠다."

선배는 진심이다.

"하마나미란 애는 아니지?"

"……네."

거짓말은 할 수 없다, 그런 느낌이 들었다.

"그럼 역시 하야사카냐?"

"그건……."

"저번에 역 앞에서 기다리고 있던데, 사귀는 거야?"

사귄다고 말해버리는 것이 무난했다.

그렇게 말하면 선배는 안심할 것이고 나와 타치바나의 사이가 의심받을 일도 사라진다.

그러나 여기서 하야사카와 사귀고 있다고 말해버린다면 내가 하야사카의 첫 번째 사랑에 막을 내리게 된다. 하야사카를 누구에게도 넘기고 싶지 않다는 마음이 내 안에 있는 것은 사실이다. 하지만 그것은 너무나도 이기적인 것이며 무엇보다 첫 번째 사랑에 막을 내린다 해도 그것은 하야사카가 스스로 해야 할 일이다. 그래서, 말했다.

"사귀는 거 아니에요."

그리고──.

"사이는 좋아요. 하지만 그건 아주 친한 친구로서고 하야사카가 연애 상담을 해올 때도 있어요.”

내겐 예감이 있었다. 하야사카의 첫 번째 사랑은 아마도 끝나지 않았다.

선배는 무척 선량한 사람이지만 역시나 같은 인간이다. 이번처럼 고민할 때도 있고 아마도 분명, 평범한 남자처럼 생각하기도 할 것이다. 선배는 서글서글하기만 한 사람이 아니다. 그래서, 물었다.

“선배는 하야사카를 어떻게 생각해요?”

잠시, 선배가 침묵했다. 그리고──.

“나도 바보는 아니야.” 하고 말했다.

그렇다, 선배는 바보가 아니다. 그래서 다음에 ‘너랑 히카리에 대한 것도 다 알아.’ 하고 말할 것 같은 느낌이 들었다. 하지만, 그렇게 되지는 않았다.

선배는 갑자기 쑥스러운 표정을 짓더니 말하기 어려운 듯이 머리를 긁적이고 “내 입으로 할 말은 아닌데.” 하고 서두를 떼며 말했다.

“……하야사카, 날 좋아하지?”

역시 선배는 눈치채고 있었다.

“그런 거 왠지 모르게 알아. 풋살할 때 수건을 건네주거나 같이 스트레칭할 때 얼굴을 붉히거나 하니까. 이래 봬도 가끔 여자한테 고백받거든.”

“가끔, 이 아닌 거 알아요.”

“그러게.”

너무 겸손 떠는 것도 좋지 않지, 하고 선배가 말했다.

"그런 느낌이라서 여자애가 날 좋아하는지 어떤지 제법 알아. 아, 애 곧 나한테 고백할 것 같은데? 하고. 둔감한 척하며 흘려보내지만."

하야사카에겐 특별히 더 둔감한 척하고 있다는 모양이다.

"키리시마가 하야사카를 좋아한다고 생각했거든."

"그럼 하야사카가 불쌍하잖아요."

"그러게."

후배가 좋아하는 여자아이라 그 애가 자신을 좋아해도 모른 척한다.

감동적으로 느껴질지도 모르지만 그 여자아이에게 있어선 조금 잔혹하다.

"선배는 하야사카를 어떻게 생각해요?"

"귀엽다, 곤 생각해. 다른 여자애들보다 더, 특히."

문화제 마지막 날, 옥상이라는 지금 상황이 그렇게 만든 것인지 선배는 무척 솔직했다.

"하야사카, 엄청 귀엽지. 성격도 좋고, 그런 여자애는 흔치 않아."

"사귀고 싶단 생각이 들어요?"

"실은 요즘, 늘 생각해."

있잖냐, 하고 야나기 선배가 말했다.

"다들 날 보고 서글서글하다고 생각하지? 하지만 입 밖에 내지 않을 뿐이지 비겁한 생각도 제법 해."

"약혼자가 있어도 다른 여자애랑 사귀고 싶다고 생각할 만큼."

"바로 그거지. 히카리는 참 좋아해. 그건 사실이야. 매일 밤 그 아이를 생각하지. 하지만 히카리는 날 좋아하지 않아. 난 그저 부모가 정한 약혼자일 뿐이야. 그러면 하야사카와 사귀면 행복해지지 않을까, 그런 타산적인 생각도 해."

한결같은 사랑을 내버리고 좋아해 주는 사람을 좋아하게 되는 것. 그것은 자연스러운 것이다. 특히나 좋아해 주는 것이 하야사카 같은 여자아이라면 더더욱.

자신이 좋아하는 사람을 계속 뒤쫓을 것인가 자신을 좋아해 주는 사람을 좋아하게 될 것인가.

전자는 훨씬 순애적이고, 후자는 조금 타협적이다.

"어째 나 좀 이상하지. 수험 공부 때문에 지쳤나."

미안하다. 오늘 한 말은 다 잊어줘, 하고 선배가 말했다.

"키리시마와 히카리의 관계를 의심하는 것 같은 소리나 하고, 진짜 바보 아니냐."

선배는 창피하다는 듯한, 그리고 정말로 미안하다는 듯한 표정을 띄웠다.

이런 얘기는 하지 말 걸 그랬다고 후회하는 얼굴이었다.

역시나 선배는 착한 사람이고 그 이미지에서 벗어날 수 없다.

"키리시마는 히카리에게 좋은 영향을 주고 있다고 생각해. 요즘 즐거워 보이거든. 그러니까 이대로 사이좋게 지내주라. 약혼자라며 학교생활을 방해하고 싶지 않아. 같은 반 행사에도 무척 적극적으로 참가해서 좋아 보이고."

"그래도 타치바나는 이대로라면 다른 남자와 커플 대회에 나갈걸요……."

　"농담으로 넘길만 하지. 신경 안 써. 상대가 키리시마라면 조금 짚이는 구석이 있었을지도 모르지만──."

　그렇게 말하다 선배는 고개를 저었다.

　"미안하다, 또 이상한 소릴 했네……. 나 안 되겠다. 이상해졌어."

　"괜찮아요. 저랑 타치바나는 그냥 친구 사이라 커플 콘테스트에 나갈 일도 없어요. 애당초 전 탈출게임에 참가도 안 했고."

　"그렇지. 더 이상 이상한 소리 하기 싫으니까 난 이만 가마."

　그리고 선배는 마지막으로 내 머리를 토닥토닥 두드리며 말했다.

　"키리시마, 믿는다."

　중학교 때 운동회에서 해줬던 것과 같은 동작이었다. 다리가 느린 내가 계주에 나간들 아무도 기대하지 않았다. 하지만 선배만은 날 믿어주었다. 기뻤다.

　혼자가 된 옥상에서 나는 생각했다.

　이대로 끝까지 거짓말을 하려 하니 제법 괴롭다. 거짓말을 들킬 때는 거짓말을 하는 사람이 그것을 견디지 못하고 스스로 털어놓을 때가 아닌가 하고 생각했다.

　나 원, 하고 한숨을 쉬었다. 그때였다.

문득 교사로 이어지는 계단 입구에서 커다란 곰돌이 인형탈이 이쪽을 엿보는 모습이 시야에 들어왔다. 무척 비현실적이다.

　곰돌이 인형탈은 머뭇거린 뒤 부끄럽다는 듯이 화이트보드를 치켜들었다.

　'문화제, 같이 돌자!'

◇

　인형탈을 입은 하야사카와 함께 문화제를 돌았다.

　마지막 날도 종반에 접어들어 후야제 무대를 제외하면 특별히 볼 것은 없었다.

　그러나 문화제를 함께 지낸다는 사실을 원했을 것이다. 그래서 우리는 아무것도 하지 않고 교사 안을 천천히 걸었다. 그러나.

　"하야사카, 슬슬 인형탈 벗는 게 어때."

　'오늘은 이대로 있을래.'

　하야사카는 화이트보드에 적어서 대답했다.

　'키리시마 얼굴 보기 창피하니까…….'

　그 감정이 여전히 이어지고 있는 모양이다. 여자에게 수치를 주는 것은 정말로 몹쓸 짓이다.

　만약 그때 내가 마지막까지 제대로 했다면 하야사카는 인형탈 같은 건 입지 않고서 다른 의미로 창피해서 얼굴도 보지 못하는 모습으로 함께 손을 잡고 있었을지 모른다.

'그리고 인형탈을 쓰고 있으면 둘이 있어도 이상한 소문 돌 걱정이 없잖아?'

"하야사카란 게 빤히 보이지만 말이지."

'괜찮아. 인형탈은 같은 반 애들끼리 돌아가며 입거든.'

인형탈이라면 타치바나나 야나기 선배가 보더라도 괜찮다고 말하고 싶은 것이리라.

경솔하다. 적어도 감이 날카로운 타치바나는 분명 눈치챌 것이다. 하지만 그래도 괜찮다고 생각했다. 저번에 하야사카에겐 정말로 비참한 경험을 시켰으니…….

하지만 그런 생각을 하자 이번에는 타치바나의 마음이 떠올라 괴로워졌다. 그녀도 문화제의 추억을 남기고 싶다고 했었는데…….

번민을 품에 안고서 하야사카와 끝나가는 문화제를 돌았다.

'이거, 같이 마시자!'

버블티 가게를 하는 교실 앞에서 하야사카가 멈춰 섰다.

'미안. 샀는데 난 인형탈 때문에 못 마시는구나. 키리시마가 마셔줘.'

나는 버블티를 양손에 들고 번갈아 마셔가며 걸었다.

"저번엔 미안해."

내가 사과했다.

"하야사카는 매력이 넘쳐. 하지만 내게 용기가 없었어……."

'괜찮아, 내가 너무 서두른 것 같아. 조금 더 천천히 해야 했지, 그런 건. 우린 지금 아직 학생이니까.'

지금은 곰돌이지만 말이지.

'타치바나보다 좋아한다는 말을 하게 해서 미안해. 싫었지, 억지로 말하게 해서.'

"그건……."

'나, 진짜 못됐어. 반성해. 타치바나에게 몸으로 이기고 있다든가, 그런 소리까지 해버렸고……'

게다가 그것은 거짓말이라고 한다.

'타치바나, 옷을 입으면 꽤 말라보여. 건강 검진 때 함께여서 알거든. 어쩌면, 나보다 클지도……'

"그래?"

'키리시마, 헤벌쭉하네……'

"아니, 괜한 트집이야."

'괜찮아. 타치바나는 매력적인걸. 있지, 타치바나 가슴은 크고 아름다워, 라고 말해봐.'

"굉장한 말을 시키려 드는걸."

'됐으니까.'

곰돌이가 내 정강이를 발로 차 어쩔 수 없이 말했다.

"타치바나 가슴은 크고 아름다워."

'나보다 더 크고 아름다워.'

"하야사카보다 더 크고 아름다워."

자기가 시켜 놓고서 곰돌이는 침묵했다. 인형탈 속에서 울고 있는지도 모른다.

"하야사카, 이런 비뚤어진 놀이는 좋지 않아."

그런 소릴 하자 곰돌이는 허둥지둥 조금 떨어진 교실을 손가락으로 가리켰다. 보아하니 아무래도 1학년 반이 점집을 차린 모양이었다.

　'상성 점, 봐달라 그러자!'

　갑자기 기운이 넘쳤다. 하야사카의 정서가 걱정이다.

　곰돌이가 쿵쿵 교실로 들어간다. 점집 기획인 만큼 타로점이나 수정점 같은 코너가 각각 마련되어 있었다. 하야사카는 제대로 점을 보고 싶은지 전통적인 손금을 봐주는 코너로 걸음을 옮겼다.

　'우리 상성을 봐주세요.'

　점술사를 맡은 여학생은 곰돌이를 보자마자 귀찮은 손님이 왔다는 듯이 쓴웃음을 지었다.

　"커다랗고 폭신폭신한 손이네요~."

　여학생은 곰돌이의 손을 만지며 말했다.

　"이목구비도 뚜렷하고요~."

　여학생은 곰돌이의 얼굴을 보며 말했다.

　'우리 상성 어때요?'

　여학생은 자포자기해 내던지듯이 말했다.

　"최, 최고예요!"

　'아자!'

　하야사카는 불끈 주먹을 쥐었다.

　"그냥 말하게 시킨 거거든. 손금도 관상도 하나도 안 봤거든."

　이후 우리는 운동장으로 나가 축구부가 개최한 슈팅 게임에 참가했다.

하야사카가 찬 공은 제대로 중앙 패널을 뚫었다.

하이파이브를 하며 생각했다.

하야사카는 제법 덜렁이라 인형탈에 들어가 공을 찰 수 있는 사람이 아니었다. 그러나 그것이 가능했던 건 야나기 선배와 함께 풋살을 해서일 것이다. 선배가 공 차는 법을 제대로 가르쳐 줬고 하야사카는 그것을 배웠다.

조금 샘이 났다.

'하야사카, 날 좋아하지?'

선배가 보여준 의외의 얼굴.

하야사카와 사귀는 것도 고려해봤다고 선배는 말했다. 실제로 선배가 그럴 마음이 든다면 가능한 일이었고 하야사카도 기뻐할 것이다.

그러나 선배가 하야사카와의 가능성을 얘기하고 있을 때 나는 생각하고 말았다.

——하야사카를 넘겨주고 싶지 않다.

날 따르는 하야사카의 마음도, 내게 달라붙는 몸도 독점하고 싶다.

그렇게 생각하고 말았다.

정말로 구제 불능이었다. 나는 자신의 마음을 제어할 수 없었다. 하야사카의 첫 번째 사랑을 응원해야 하는 처지임에도. 내게도 타치바나라는 첫 번째 상대가 있음에도——.

그러나 누군가를 좋아하게 된다는 것은 다시 말해 그런 것이라고 생각한다.

영화와 드라마처럼 아름다운 감정과 즐거운 장면만 잘라낼 수도 있다.

그러나 그런 제멋대로에 더러운 감정을 품는 것 또한 진실된 연애 감정이리라.

나는 하야사카를 누구에게도 넘기고 싶지 않아서 손뼉 친 그 손을 무심코 인형 옷 너머로 쥐고 있었다.

하야사카는 순간 놀란 듯했지만 곧 손을 마주 잡고 폴짝 뛰어오르며 달라붙었다. 둔탁하게 거대한 곰돌이 얼굴이 부딪쳐 나는 뒤로 쓰러지고 말았다.

'미안해!'

인형탈 안에서 우읍—! 우읍—! 하고 소리가 났다.

"아니야, 괜찮아."

손을 잡고 일으켜 세워줬다. 그때였다. 주변이 갑자기 소란스러워졌다. 보아하니 운동장의 울타리 망 쪽에서 환성이 오르고 있었다. 사람들도 모이기 시작했다.

문화제를 마무리하는 후야제의 메인 스테이지.

커플 콘테스트에 나가는 학생들 몇 팀 정도가 무대로 올라간 것이다. 그것은 전교생 공인 커플이 되는 것이나 마찬가지였다. 면식이 있는 남녀가 공공연하게 우리 사귄다고 어필하며 등장하는 모습은 언제든 화제가 되는 법이다.

그런 남녀에 뒤섞여 요시미와 분장한 귀신도 보였다. 남자끼리 나가는 것처럼 거의 웃음을 노린 팀이었다. 그러나——.

"저거, 어떻게 할까."

나는 요시미와 하마나미에 대해 설명했다.

그러자 하야사카는 화이트보드를 힘껏 치켜들었다.

'저지하자.'

"어?"

'우리도 나가서 둘이 우승 못 하도록 막자.'

분명 만에 하나라도 요시미와 타치바나가 우승했다간 큰일이었다. 결혼의 징크스도 있거니와 무대 위에서 두 사람이 키스라도 하는 날엔 하마나미가 울음을 터트리고 말 것이다.

"그렇다고 해도 나랑 하야사카가 나가는 건 아니지 않아?"

'괜찮아, 인형탈 차림이니까.'

그리고, 하고 하야사카는 화이트보드에 적어넣었다.

'키리시마도 타치바나가 우승하면 싫잖아?'

듣고 보니 맞는 말이다. 아무리 장난이라고 해도 갑자기 튀어나온 요시미와 만에 하나 그렇게 되어버린다면 참을 수 없을 것이다.

"그런데 갑자기 나갈 수 있나?"

'그럴 줄 알고 등록해놨어! 난 곰돌이!'

"준비성이 좋단 말이지."

인형탈 속에서 방긋하고 웃는 하야사카의 표정이 떠올랐다. 뭐, 상관없겠지.

완벽하게 하야사카의 수에 말려든 셈이었으나, 이렇게 됐으니 어쩔 수 없었다.

그런 생각을 하며 하야사카와 함께 무대로 향했다. 도중, 야나기 선배가 3학년 친구들과 함께 있는 것이 보였다. 이 무대를 보고 가려는 것이다.

　인형탈 속이 하야사카란 건 들키겠거니 싶었다.

　하지만 타치바나와 나가는 장면을 보이는 것보단 낫다. 만약 그렇게 된다면 우리 네 사람의 관계는 엉망진창이 되고 만다.

　그건 그렇다 치고. 나는 바보였다.

　타치바나와 미래를 함께하는 것을 포기했을 터인데 결혼의 징크스를 신경 쓰고 있었다.

　내가 생각한 완전 청춘 계획^{퍼펙트 플랜}에 따르면 졸업 후 내 상대는 하야사카밖에 없을 터인데.

　탐욕스럽기 짝이 없고 스스로에게 너그럽다.

　나는 이따금, 그런 쓰레기가 된다.

제17화 공유하자

 베스트 커플 대회는 학교에서 가장 러브러브한 연인을 뽑는 콘테스트다.

 커플끼리 여러 문제에 도전하게 되는데 친한 사이를 어필하는 커플이 있는가 하면 반대로 상대의 생일을 기억하지 못해 싸움이 벌어지는 커플도 있어 매년 제법 성황이다.

 올해는 여덟 팀의 연인들이 참가했다.

 나는 곰돌이 인형탈의 손을 끌고 무대로 올랐다.

 코미디 담당은 나와 곰돌이 하야사카, 요시미와 귀신 타치바나였다.

 하야사카와 타치바나는 항간을 떠들썩하게 만들만 하지만, 곰돌이의 내용물은 알 수 없었고 타치바나도 얼굴 앞으로 검은 머리를 내려 가렸기에 미인다운 느낌이 전혀 전해지지 않았다.

 이쯤 되니 관중들은 진짜 커플을 주목했다. 무대에 오른 남녀가 보이는 연인으로서의 모습. 평소에 다른 학생들에게는 보여주지 않는 그 새콤달콤함에 몸을 비틀기도 하고 놀리기도 한다.

 교내에서 눈에 띄던 아이도 참가했다.

 예를 들면 밴드부의 부 활동 불도저로 유명한 1학년 여학생.

양 갈래머리를 한, 흔히 말하는 여우 같은 타입으로 남자를 마구 홀리는 바람에 그녀를 두고 보컬과 기타가 싸움을 벌이다 해산한 밴드는 셀 수가 없다. 그런 그녀가 3학년 남학생과 함께 무대에 섰다. 드디어 뿌리를 내렸나. 아니, 저 애가 한 남자로 만족할 리 없다. 아예 무대 위에서 헤어지자는 얘길 꺼내도 이상하지 않다. 그렇게 많은 사람이 비난이 담긴 시선을 보냈다.

생각 못 한 조합의 커플도 있었다.

수수한 남학생과 화려한 여학생.

그들이 무대에 오른 순간, 어? 늬들 사귀는 사이였어? 하는 소리가 올랐다.

여학생은 꽤 화려한 머리색에 치마도 짧았다. 남학생은 성실함을 고집하며 연애 사건과는 연이 없어 보이는 타입이었다. 화려한 여자는 의외로 수수한 남자에게 상냥하다는 가설의 실제 사례일지도 모르고, 저래 보여도 남자가 리드하고 있는 것일지도 모른다. 아무튼 보고 있기만 해도 가슴이 훈훈해진다.

이렇게 보니 각자 자기들만의 사랑하는 방식이 있구나, 하고 생각했다.

그런 생각을 하고 있으려니 문화제 실행위원장이 확성기를 입가에 대며 베스트 커플 대회의 개막을 알렸다. 커다란 박수가 일었다.

"우선, 연례의 상성 진단 퀴즈!"

번호를 불러 해당 번호의 퀴즈를 푸는 방식이다.

무대 위에 준비된 책상에는 스케치북과 펜이 놓여있었다. 출

제한 질문에 두 사람이 같은 답을 적으면 1포인트.

사회자를 맡은 실행위원장이 소리를 높였다.

"그러면 첫 번째 문제, 두 사람의 추억의 장소는?"

첫 번째 문제부터 제법 어려웠다. 나와 하야사카는 둘이 함께 외출한 적이 나름대로 있어 대답을 일치시키기엔 후보가 많았다.

"그러면 정답 오픈!"

시간이 다 되어 스케치북을 뒤집었다. 내가 적은 것은——.

'학교'

결국 무얼 골라야 할지 몰라 이런 대답을 적고 말았다…….

여담으로 하야사카가 적은 것은——.

'하코네 온천'

미스연 합숙으로 모두와 함께였다곤 하나, 듣고 보니 확실히 첫 외박이었다.

인형탈 안쪽으로부터 날카로운 시선을 느꼈다.

"아니, 이것저것 너무 깊이 생각했더니 가장 오랜 시간 같이 있는 곳은 학교라고 생각해서……. 저기…… 뭐랄까, 미안해."

그랬지 참, 여자는 첫 번째 여행이라든가, 그런 기념비적인 것을 소중히 했었지. 그걸 일치시키지 못한 내 잘못이었지만, 아니, 그래도 이건 어렵잖아.

실제로 제법 많은 커플이 불일치였다.

그러나 정확하게 정답을 맞힌 커플도 있었다.

타치바나와 요시미였다. 두 사람의 추억의 장소는——.

'우물 속'

이제 그냥 귀신 캐릭터로 놀고 있을 뿐이 아닌지.

그 뒤로도 타치바나와 요시미는 귀신 소재를 이용해 연이어 정답이 일치했다. 게다가──.

"개와 고양이, 취향은 어느 쪽?"

"바다와 산, 여름에 간다면 어디?"

이런 평범한 상성 문제까지 일치했다.

요시미와 타치바나, 혹시 상성이 꽤 좋은가?

동시에 이대로라면 두 사람이 정말로 우승할 것 같아서 타치바나, 제정신인가? 하고 생각했다.

한편 나와 하야사카는 엉망진창이었다.

우리는 전보다 서로를 이해하고 있었다. 그저 내가 하야사카에게 맞춰 대답했고 하야사카는 내게 맞춰 대답했기에 멋지게 엇갈리고 말았다.

"좋아하는 만화 잡지는?"

나와 하마나미가 생각해낸 이 설문에 나는 하야사카가 읽는 점프라고 답했고 하야사카는 내가 즐겨 읽는 스피리츠라고 답하고 말았다.

서로를 신경 쓰며 배려해주고 있음에도 단추를 잘못 끼우는 것처럼 제대로 되지 않는다. 마치 지금의 우리 같았다.

"키리시마와 저 곰돌이, 진짜 상성 안 좋네."

그런 목소리가 관중에게서 들려왔다. 사이가 나쁜 것처럼 보이는 것이 마음에 들지 않는지 곰돌이 하야사카는 날 향해 화이트보드를 치켜들었다.

'화났어!'

팔을 붕붕 휘두르며 요시미와 타치바나 커플을 가리켰다. 지고 싶지 않은 모양이다.

혼돈 속으로 빠져들기 시작했다.

"그럼 다음 코너, 가슴 찡한 고백 시추에이션!"

퀴즈 형식이 아니라 심사원이 점수를 매기는 심사 방식으로 진행된다.

심사를 맡은 것은 각 부 활동의 부장들로 특별히 연애에 일가견이 있는 것은 아니나 우선은 판정을 내려줄 것이다.

"이 코너에서는 각 커플에게 고백 신의 재현을 부탁드리겠습니다. 심사위원의 가슴을 찡하게 만들면 포인트가 추가됩니다. 우리는 새콤달콤한 장면을 보고 가슴이 찌이잉해지고 싶을 뿐이니 창작도 가능합니다!"

사회자의 설명이 끝나고 각 커플이 순서대로 연기를 펼쳤다.

특히 밴드부의 인간관계 불도저 여학생의 고백신이 압권이었다.

의외로 여학생이 먼저 고백한 모양이다.

그녀가 보컬을 맡은 밴드가 작은 라이브 하우스에서 연주를 하고 있을 때였다. 아마추어였기에 손님은 학교 관계자들뿐이었다.

그녀는 노래하던 중, 사귀게 된 3학년 남학생을 객석에서 발견했다. 한 번도 얘기한 적 없었고 굳이 말하자면 생김새도 변변찮았다. 그러나 이 사람이라고 느꼈다고 한다.

　여학생은 노래 한 곡을 마치고서 남자를 손가락으로 가리키며 말했다.

　"저, 저, 저, 전! 저 사람과 사귈래요!"

　연기를 마치자 관중은 크게 들끓었다.

　너무나도 드라마틱하다.

　해설을 맡은 학생회장인 마키가 해설석에서 평론가처럼 코멘트를 달았다.

　"이거 좋네요. 사귈래요, 라고 단언한 부분이 포인트군요. 상대의 의사를 확인하지 않는, 그 점이 무척 아이돌답고 그녀의 인기녀 캐릭터에 걸맞습니다. 그럼 오만하느냐? 그것도 아니죠. 저, 저, 저라고 허둥지둥 고백하고 있어요. 이건 저 사람을 누구에게도 뺏기고 싶지 않다는 마음이 드러난 것으로, 무척 갸륵하다고도 할 수 있겠습니다. 네, 만점입니다."

　이윽고 요시미와 타치바나의 순서가 돌아왔다. 둘은 사귀는 사이가 아니라 창작으로 고백신을 펼치게 될 것이다.

　어쩔 셈이지? 그렇게 생각하며 둘을 지켜보았다.

　요시미는 타치바나와 한동안 마주 보더니 "역시 안 되겠어요." 하고 말했다.

　그도 그럴 것이다. 상대는 외관이 완전히 호러 생물이다. 고백 같은 게 가능할 리 없다. 그렇게 생각했으나 요시미가 고백하지 않는 이유는 달리 있었다.

"어째 흥을 깨버려서 죄송합니다, 하지만 전 제대로 좋아하는 여자애가 있어서, 농담이라도 그 녀석 말고 다른 사람에게 고백할 순 없다고 해야 하나, 뭐라 해야 하나——."

요시미는 관중을 향해 사과한 뒤 이렇게 말했다.

"전 부끄럼을 많이 타서 그 좋아하는 여자애와 항상 같이 있는데도 마음을 줄곧 전하지 못한 채였어요. 벌써 10년 정도. 거꾸로 관심 없는 척하기도 했죠. 진짜 멍청이라니까요. 하지만 이 무대에 서서 모두가 진심으로 연애하는 모습을 보고 저도 확실히 해둬야겠다고 느꼈습니다."

그리고 요시미는 머리를 긁적이며 운동장의 관중을 향해, 아마도 그 속에 있을 한 명의 여자아이를 향해 말했다.

"이 무대가 끝나면 10년간 못 했던 말을 할게."

최고네요, 라고 말하며 마키가 또다시 코멘트를 달았다.

"그가 하지 못했던 말은 무척 심플한, 단 세 글자로 이루어진 말이겠죠. 무슨 말인지는 촌스럽게 말하지 않겠지만요. 일반적이라면 쉽게 말할 수 있을 말을 그는 하지 못했습니다. 아마도 상대는 무척 가까운 관계이자 티격태격하는 사이지만, 소중한 감정을 마음속에 감추고 있는, 그런 느낌이겠죠. 이야아, 최고네요. 잘 먹었습니다."

마지막은 나와 하야사카였다.

'창작으로 해도 괜찮아.'

하야사카가 화이트보드를 보여주었다. 그러는 게 좋겠지. 이 흐름을 타고서 두 번째 운운하는, 우리가 진짜로 했던 불건전한 고백을 무대에서 재현할 수도 없는 노릇이다.

즉석 창작이라 시추에이션을 생각할 시간은 없다. 그렇다면 어떻게 인상적인 고백을 할 것인가, 그것은 대사밖에 없다. 드라마틱한 문구.

무대 위에서 하야사카와 마주 보고 나는 만반의 준비를 갖춘 뒤 말했다.

"봄날의 곰만큼 네가 좋아."

혼신을 담은 문학적 고백이었다. 중학생 때부터 이 문구를 써서 언젠가 고백하고 싶었다. 설마 무대 위에서 쓰게 될 줄이야. 그러나──.

어라? 분위기가 왜 이래?

회장이 조금 조용해진 듯한 느낌이 들었다. 왜지?

다들, 무슨 소리래? 하는 얼굴이었다.

이봐, 아까까지의 열기는 어디로 갔어?

"저러~언, 이건 안 되죠."

마키가 한숨을 쉬며 코멘트를 달았다.

"모두가 벙~ 찐 것 같은데, 그의 고백은 한 문학 작품의 대사를 비튼 겁니다. 말하자면, 자기 마음에 든 대사를 여자애한테 말해주는 데 성공했다! 그런 부풀어 오른 자의식의 산물인 셈이죠. 작중에선 제법 멋지고 유머러스하게 쓰여 그걸 그대로 현실로 갖고 와버렸군요. 아뇨, 마음은 이해가 갑니다. 저도 중학생 때는 새벽 감성으로 그런 망상을 했으니까요. 하지만 지금 저러는 걸 보니 공감성 수치로 저까지 창피해지네요. 아~ 오글거려라."

나 원.

아무래도 노림수는 빗나간 모양이다. 하지만 이런 건 옛날부터 내 안에 존재하는 숙명적 경향이었고 이제 와서 한탄한들 어쩔 수 없었다. 그보다도 집에 돌아가 하이네켄이라도 마시며 파스타를 삶고 고양이라도 찾으러 뒷골목으로 떠나고 싶은 기분이었다. 물론 고양이를 찾는다는 것은 은유적 표현이며 나는 그것을 해도 좋고 하지 않아도 상관없다.

그렇게 봄날의 곰 같은 상상을 하며 현실도피에 빠져있을 때였다.

톡 하고 곰돌이가 어깨를 두드렸다. 화이트보드에는 단 한마디.

'기운 내.'

위로받은 것이 거꾸로 괴로웠다. 화를 내줬다면 차라리 나았을 것이다.

나 원.

그 뒤로도 나와 하야사카 커플은 줄곧 최하위였다. 그리고 1위를 달리는 것은 타치바나, 요시미 커플이었다. 요시미도 꽤 진심으로 이 콘테스트에서 이기고 싶은 것처럼 보였다.

"요시미는 타치바나를 노리는 게 아니잖아."

나는 무심코 요시미에게 말을 걸었다.

맞아요, 하고 요시미가 말했다.

"하지만 전 진짜로 이길 겁니다."

"아니, 하마나미는 어쩔 거야."

아까와 말이 다르잖아.

그러나 요시미는 초연히 말했다.

"그건 그거고 이건 이거죠. 우승하면 키스할 수 있을지도 모르니까요. 보통 남자라면 타치바나 선배처럼 멋진 사람과 그런 걸 해보고 싶다고 생각하잖아요?"

키리시마 선배, 진심을 내는 게 좋을걸요. 그런 소릴 했다.

"안 그러면 타치바나 선배는 제가 받아 갈 겁니다."

도망치면 무심코 뒤를 쫓고 싶어진다.

연애의 비법, 심리적 저항 효과. 타치바나의 조언을 받아 요시미는 그 효과를 이용해 훌륭히 하마나미의 관심을 끌어 보였다. 타치바나는 이번엔 스스로가 심리적 저항 효과를 이용하려는 모양이었다.

갑자기 요시미는 타치바나와 베스트 커플 대회에서 우승하겠다는 말을 꺼냈다.

"그래, 타치바나가 부탁했구나."

죄송해요, 하고 요시미는 머리를 긁적였다.

"타치바나 선배에겐 신세를 져서 협력하고 싶거든요. 타치바나 지지파로서."

"하마나미에겐 설명이 안 될걸?"

"그 녀석이라면 이해해줄 거예요."

좋아하는 사람이 있는데 아름다운 선배와 이런 콘테스트에서 우승하는 것은 세간이 보기에 바람직하지 않다. 순애주의에 반한다. 그러나——.

"연애에는 좋고 나쁘고가 없다고 생각하거든요."

요시미는 이 무대에 서서 느꼈다고 한다.

"누군가를 좋아하게 된다는 건 긍정적인 감정 같지만, 그거랑은 다른 얘기죠. 아무튼 강력하면서 컨트롤할 수 없고, 저처럼 줄곧 옆에 있는데도 좋아한다는 말도 못 꺼낸 채 10년이나 지날 만큼 설명이 불가능한 엉망진창인 힘이라 그건 선악 같은, 그런 차원의 얘기가 아니라고 느꼈어요."

그래서 타치바나 선배와 우승하는 것에 주저하지 않는다고 말했다.

"연애는 강력한 감정이고 분명 그 마음의 강함이 전부예요. 저 밴드의 여학생도 주변에선 놀고 있다든지 못된 여자라고 말하지만 결국엔 무지막지 드라마틱한 최고의 사랑을 하고 있잖아요. 아마도 모든 사랑이 최고이자 최강인 거라고요."

아마도 요시미가 말하는 대로일 것이다.

사랑은 노골적인 감정이라 때로는 폭력적이고 설명할 수 없으며, 그래서 규칙성도 일관성도 올바름도 무시하고 우리를 엉망진창으로 만든다. 그렇기에 찰나적이고 순간의 아름다움이 있어 사람은 이를 고귀하다고 느낀다.

"그런 굉장하고 강력한 감정을 맞부딪치는 이 콘테스트에서 저만 대충 하면 모두에게 미안하잖아요."

"이상한 부분에서 스포츠맨일세!"

"게다가 역시 타치바나 선배처럼 아름다운 선배랑 이런 곳에 커플로 나가니까 좀 신나거든요."

그리고 요시미는 솔직한 남자 고등학생이기도 했다. 아무튼 그는 진심으로 우승을 노리는 모양이었다. 팔을 걷어붙이고 타치바나에게 돌아갔다.

어떻게 할까, 그렇게 생각하고 있는데 곰돌이가 내 어깨를 손으로 토닥 두들겼다.

'우리가 우승하자.'

그러면 타치바나 팀이 우승할 일은 없다. 하마나미에게 있어서도 내게 있어서도, 모두가 행복한 결말이다.

"하지만 그렇게 한다 쳐도 말이지."

얘기하는 사이 사회자가 다음 코너를 외치기 시작했다.

"사랑의 공동 작업, 후끈후끈, 둘이서 한 옷 입기~!!"

둘이 함께 옷 하나를 입고 여자가 뒤에서 남자에게 어묵 요리를 먹여주는 코너였다.

인형탈을 입은 타치바나는 둘이 함께 한 옷 입기가 불가능해 눈을 가리고 내 뒤에 섰다.

"하야사카, 보아하니 화났구나."

시작하자마자 내 이마에 뜨거운 무를 세게 짓눌렀다.

하야사카는 우승하고 싶은 것이다.

그럼에도 내가 미적지근해 화가 났다. 무는 뜨끈뜨끈했다.

"하지만 우리가 우승하는 건 좀 아니지 않을까, 아니 잠깐, 앗 뜨, 앗뜨뜨뜨!"

이번에는 *치쿠와를 볼에 짓눌렀다.

"**간모도키는 봐주지 않을래? 아니, 뜨겁진 않은데, 안경에 국물이 스며들 것 같아."

결국 간모도키를 안경에 짓눌렀다.

그다음 코너는 '이해도 체크'였다. 여자가 남자를 얼마나 이해하고 있는지 겨루는 코너다.

"우선 기본적인 것부터. 상대의 생일을 맞혀 주세요!"

나는 내 생일을 스케치북에 적고 덮었다. 하야사카도 스케치 북에 내 생일을 적었다. 동시에 오픈하니 둘 다 4월 1일로 정답 이었다.

여기부터는 하야사카가 날카로운 감을 마구 발휘했다. 뭐가 됐든지 간에 맞혔다. 내가 좋아하는 커피 브랜드에 쓰고 있는 지갑 브랜드, 잘 때 옷차림까지 맞혔다.

---

*치쿠와 : 어묵의 일종.

**간모도키 : 두부 가공 제품의 일종.

"그럼 다음 문제! 남자는 '이 녀석, 내 여기에 반했구나.' 싶은 포인트를 세 가지 적어 주세요! 여자는 '이 사람의 이런 점이 좋아!' 싶은 포인트를 세 가지 적어 주세요!"

이건 굳이 말하자면 남자가 여자의 마음을 얼마나 이해하고 있는지 확인하는 거구나 하고 생각하며 세 가지를 적었다.

'성실함, 노력가, 사랑에 진지함'

스스로 어필하는 것 같아 꽤 쑥스럽다. 그러나 제대로 맞혔다.

하야사카가 스케치북에 적은 것은——.

'성실한 점, 노력가인 점, 사랑에 진지한 점'

이로써 우리에게 점수가 들어온 셈인데 하야사카는 계속해서 스케치북을 넘겼다.

'안경이 잘 어울리는 점, 의외로 등이 넓은 점, 조금 덜렁대는 점'

몇 장이고, 몇 장이고 계속해서 스케치북을 넘겼다.

'손재주가 있는 점, 넥타이가 어울리는 점, 책을 잘 읽는 점, 내가 잘 모르는 걸 잔뜩 알고 있는 점, 은근히 걷는 속도를 맞춰 주는 점——.'

동감이야, 하고 생각했다.

요시미가 말한 대로 누군가를 좋아하게 된다는 것은 강력하고 또 좋아하는 사람의 좋은 점을 백 가지 정도 말하는 것은 별것 아닐 정도로 뜨거운 감정이다.

나는 여전히 어딘지 모르게 그 강한 감정으로부터 도망치던 부분이 있었는지도 모른다. 표면상으로는 여자아이가 날 좋아해 주길 바라면서도 마음 깊은 곳에선 두려워하고 있었는지도 모른다.

이 감정을 더 직시해야만 한다.

타치바나는 우승하는 것을 막아주길 바랐다. 내가 타치바나를 누군가에게 뺏기기 싫다고 생각해 온 힘을 다하는 모습을 보고 싶은 것이다. 그리고 하야사카는 나와 함께 우승하길 바랐다.

내가 우승을 목표로 삼지 않을 이유가 전혀 없었다.

그럼에도 내가 망설인 것은 아마도 너무나 비겁하다고 느꼈기 때문이다.

이 상황은 지나치게 내게 유리했다. 우승하면 하야사카와 타치바나의 기분을 동시에 풀어줄 수 있으며 야나기 선배는 인형탈 안에 있는 것이 하야사카란 걸 눈치챌 테니, 나와 타치바나의 관계도 의심하지 않게 될 가능성이 컸다.

하야사카와의 관계를 유지하며 타치바나와는 사귀고 야나기 선배와도 화해한다.

그것이 완전히 실현된다.

내가 하는 행동은 세간이 보기엔 쓰레기 같은 짓이고 잘못된 것이다.

변명은 하지 않겠다.

나는 타치바나와의 한정된 시간 속에서 덧없는 사랑을 계속하고 싶다. 나는 하야사카와의 조금 불건전한 사랑을 손에서 놓고 싶지 않다. 그리고 야나기 선배와의 우정도 부수고 싶지 않다.

지금까지 나는 타치바나가 그렇게 해주니까, 하야사카가 용서해주니까, 그렇게 이 상황이 어딘가 내 탓이 아닌 것처럼 행동하고 있었다.

하지만 그렇지 않다. 내가 바라는 것이기에 스스로 책임을 져야만 한다.

그러니 단호한 결의로 이 계획을 완수해야만 한다.

"하야사카, 이기자."

'응!'

우리는 거센 파도처럼 바짝 뒤를 쫓았다. '여자친구를 얼마나 오래 공주님 안기를 할 수 있는지 버티는 레이스'에선 인형탈을 입은 채 안고서 1등이 되었고 다른 경기에서도 포인트를 마구 땄다. 마음이 엇갈릴 때가 있으면 딱 일치할 때도 있다.

그것이 사랑이라고 생각한다.

'이번 경기에서 1등 하면 우승이야!'

하야사카가 기쁜 듯이 깡충깡충 뛰어올랐다.

마지막은 이인삼각이었다. 무대에서 시작해 운동장을 한 바퀴 돌아 다시 무대로 돌아와야 한다. 돌아오면 무대에는 결승 테이프가 준비되어 있을 것이다.

출발을 잘 끊은 것은 현재 종합 1위인 요시미, 타치바나 커플이었다.

역전을 노리는 종합 2위인 우리는 출발이 늦었다. 역시 인형탈을 입고 달리기는 힘든지, 무대에서 내려올 때 하야사카가 발이 걸려 넘어진 것이다.

"괜찮아?"

하야사카는 고개를 끄덕이곤 재빨리 일어나 앞을 향했다. 어깨동무를 하고 내가 "하나둘, 하나둘."하고 호령을 붙이며 달렸다. 본래는 연인들이 찰싹 달라붙는 경기라 얼레리꼴레리 하며 놀림을 받아야 할 상황이지만, 내 상대는 곰돌이였다.

선두를 달리는 요시미의 상대도 귀신이라 비주얼적으론 그림이 되지 않았다. 그러나 합이 딱딱 맞아 점점 앞으로 나아갔다. 제법 상성이 좋아 보여 조금 불만이다.

그렇다, 나는 불만이었다.

타치바나, 질투심을 돋구다니 안 어울리는 짓을 한다.

지고 싶지 않다.

나와 하야사카는 우리 페이스로 앞을 향해 나아갔다. 서두른 커플은 넘어지거나 리듬이 깨져 일단 멈춰 있었다. 그런 그들을 앞질러 갔다.

타치바나는 길이가 긴 원피스라 달리기 힘들어 보였다.

나와 하야사카는 요령을 터득해 점점 가속했다. 혼연일체를 이루었는지, 무척 자연스럽게 달렸다. 평소보다 빠른 게 아닐까 싶었을 정도다. 바람을 느꼈다.

트랙 안에 있는 관객 중 야나기 선배가 시야에 들어왔다.

"힘내라!"

선배가 성원을 보내 주었다.

나와 하야사카가 우승하면 야나기 선배도 기뻐해 줄 것이 틀림없다. 타치바나가 다른 남자와 우승하는 모습 같은 건 분명 보고 싶지 않을 것이다.

인형탈 안에 있는 것이 하야사카란 걸 알고 있는 선배가 나와 타치바나 사이를 의심하는 일도 사라진다.

우승한 커플은 장래 결혼한다.

나와 하야사카가 그 징크스를 손에 넣는 것은 좋은 일이다.

모두 계획대로.

나머지는 나와 타치바나의 관계를 졸업 전까지 계속 감추면 된다. 나는 그것을 완수할 것이다.

앞을 달리는 요시미, 타치바나 커플이 멈춰 섰다.

타치바나가 기어코 원피스 자락을 밟아버린 것이다.

나와 하야사카는 두 사람을 앞질러 더욱 속도를 높였다.

이제 우리 앞을 달리는 커플은 없었고 그저 계속해서 속도를 높였다. 마음과 의식마저 뛰어넘어, 무대 위로 올라가 결승 테이프를 끊고서, 나와 하야사카는 그대로 무대에 양손을 짚고 쓰러졌고, 숨이 차서, 괴로웠다.

하지만, 해냈다. 해냈다, 해냈어.

뒤늦게 다른 팀도 무대로 뛰어 올라왔다.

두 번째로 도착한 요시미, 타치바나 커플.

항상 태연스러운 타치바나도 달린 탓에 더운지 얼굴 앞에 늘어진 머리카락을 치우려 했다. 그 모습을 보고 나는 위화감을 눈치챘다.

원피스 자락 아래로 보이는 발은 높은 나막신을 신고 있었다.

키가 큰 타치바나가 저런 걸 신었다간 요시미보다 키가 커질 것이다.

"이게 어떻게 된 거예요?"

요시미도 눈치챘는지 망설이며 귀신의 긴 머리카락을 치웠다.

나타난 그 얼굴은———.

하마나미였다.

그녀는 쑥스럽다는 듯이 눈을 내리깔았다. 줄곧 변장하고 있었다는 것은 요시미의 그 고백도 눈앞에서 듣게 된 셈이다.

"방송으로 불려 갔을 때 타치바나 선배한테 들었어. 대신 귀신이 되라고……."

"어쩐지 호흡이 맞는다 싶었지."

요시미도 이해했다는 표정이다.

도중에 상대가 타치바나가 아니라는 사실을 어렴풋이 눈치챘던 모양이다.

"나도 타치바나 선배한테 들었거든. 귀신을 하마나미라고 생각하고 하라고……."

"그, 그랬구나……."

두 사람은 이제 서로의 마음을 알고 있었다. 하지만 시선을 맞추지도 못했다. 아니, 그렇기에 더더욱 시선을 맞출 수 없는 것일지도 모른다.

"요시미가 말했던 거 있잖아. 10년을 못 했던 말, 들려줘."

"아아, 그거…… 왠지, 역시 조금 부끄러운데……."

애가 타고, 귀여워서, 응원하고 싶어지는 두 사람이다. 힘내———.

는 무슨, 그런 소릴 할 때가 아니지!

귀신은 하마나미였다. 그럼 타치바나는 어디에 있지?

　나는 머뭇머뭇, 무대에 양손을 짚고 숨을 헐떡이는 곰돌이를 바라보았다.

　힘들어서 고개를 숙인 탓에 점점 곰돌이 탈이 떨어졌고, 결국은 벗겨지고 말았다. 나타난 것은 물론──.

　타치바나였다.

　땀을 흠뻑 흘려 촉촉이 젖은 머리카락이 하얀 뺨에 달라붙었다.

　그리고, 잠시 숨을 돌린 뒤 말했다.

　"…………아, 더워."

◇

　인형탈 안에서 아름다운 여자아이가 튀어나와 회장은 단숨에 들끓었다.

　관객들은 곧 나와 타치바나를 진짜 연인이라 인정했다.

　타치바나가 스케치북을 잔뜩 써서 내 좋아하는 점을 백 가지 발표했던 것이 기억에 선하다.

　코미디 담당인 줄 알았던 커플이 뚜껑을 열자 멀쩡한 남녀였고 더불어 역전 우승이라는 극적인 전개까지 더해져 환성이 일었다.

　타치바나는 그 소리를 듣고 옅게 웃었다.

"······역시 우리가 일등이야."

변함없이 냉랭해 보이는 얼굴.

하지만 흥분해서 제정신이 아닌 얼굴.

나는 내게 유리한 전개를 뒤쫓는 데 한 눈이 팔려 놓치고 말았다.

잘 생각해보면 알 수 있는 사실이었다.

타치바나는 요시미와 하마나미의 사랑을 응원했고 나와 함께 이 대회에 나가고 싶어 했다.

그래서 타치바나는 그것들을 동시에 실현할 수 있는 책략을 꾸몄다.

하야사카를 포함해 몇 명이 돌아가며 입는 곰돌이 인형탈은 하야사카 말고 다른 사람이 입고 있을 때 빌리면 그만이다. 그리고 하마나미에게 높은 나막신을 신기고 귀신으로 세워 요시미와 함께 콘테스트에 나가게 했다.

간단한 바꿔치기 트릭.

얼굴도, 목소리도 밝히지 않기에 가능했다.

다름 아닌 타치바나였으니 그대로 곰돌이 인형탈을 입은 채 누구에게도 알리지 않고 콘테스트에 나가 추억만을 갖고서 돌아갈 셈이었으리라. 다만 오산은 타치바나 자신이 이따금 머리가 바보가 되고 만다는 점이었다.

눈의 초점이 맞지 않았다.

우승해서 완전히 제정신이 아니었다.

"······역시 우리가 일등이야."

타치바나는 누구에게랄 것도 없이 중얼거렸다. 옆에서 본 그 얼굴은 오싹하리만치 아름다웠다.

　"……우리가 최고라고."

　"타치바나, 일단 냉정해지는 게 좋겠다."

　"……있지, 시로. 나랑 시로가 일등에 최고야."

　"우리, 제법 저질렀어."

　"……우리는 최고의 연인이고, 누구도 쫓아올 수 없어서, 일등으로 기분 좋아."

　이 자리의 분위기에 취한 타치바나에게 내 말은 닿지 않았다.

　인형탈의 몸통을 벗고 느릿한 동작으로 일어섰다.

　통한이다.

　도중에 눈치챌 기회는 얼마든지 있었다.

　몸이 굼뜬 하야사카가 인형탈을 입고 민첩하게 움직일 수 있을 리가 없었고 내가 어떤 차림새로 자는지 맞힐 수 있을 리도 없었다. 나에 대한 것을 감으로 맞출 수 있는 건 역시나 타치바나였으며, 타치바나가 옷을 입으면 날씬해 보이는 타입에 사실은 하야사카보다 가슴이 크다고 말하게 시킨 것도 잊어선 안 된다.

　그러나 이것저것 되짚어볼 때가 아니었다. 예년대로——.

　회장에서는 키스를 부르는 소리가 터져 나왔다.

　키스를 했다간 더는 장난으로 끝낼 수 없고 변명도 할 수 없다.

　그러나 타치바나는 비틀비틀 내게 다가왔다.

　"있지, 시로. 우리야."

"타치바나, 취하면 안 돼. 지금 분위기에."

"시로한텐 나밖에 없고 나한텐 시로밖에 없어."

"정신 좀 차려."

"우리가 최고야. 우리가 아니면 안 돼. 우리밖에 없어."

"알았으니까——."

"최고야."

그만두라고 말하는 것보다 빠르게 타치바나는 날 껴안았다. 그에 떠밀려 나는 무대에 뒤로 쓰러졌다.

타치바나가 날 덮친 채, 키스했다.

새된 소리와 스캔들을 기뻐하는 비명이 노도처럼 밀려왔다. 타치바나는 완전히 스위치가 켜져서 언젠가처럼 마음껏 혀를 써서 키스를 계속했다.

누군가를 좋아하게 된다는 감정은 제어할 수 없으며 완벽하게 예상하는 것은 불가능하다.

나의 예정 조화적 계획이 무너진 결정적 순간이었다.

타치바나의 키스를 받으면서도 나는 무대에서 곁눈질로 관중 맨 앞줄을 시야에 담고 있었다.

하야사카가 무표정한 얼굴로 이쪽을 바라보고 있었다.

"……미안해."

"타치바나가 사과할 일이 아냐."

밤, 둘이 함께 하굣길에 올랐다.

문화제 철수 작업을 하다 보니 해가 완전히 저물어 그만 돌아가려던 차, 교문 그늘에서 타치바나가 뛰어나온 것이다.

바람이 차갑다.

가을은 지나가고 겨울의 기척이 느껴졌다.

"시로를 기다리고 있었는데 놀림 많이 받았어."

"나도 비슷했어."

무대 해체를 하고 있을 때, 반은 놀리듯이 많은 사람에게서 축복받았다. 그들은 우리 사정을 모르기 때문이다.

나와 타치바나는 사귀고 있다. 모두의 그 인식을 더는 바꿀 방법이 없었다.

"사실은 이럴 생각이 아니었어, 인형탈을 벗을 생각이 없었는데."

"알아."

"앞으로 어떻게 될까."

"모르겠어."

이전까지의 전제도, 생각하고 있던 미래도 모두 거꾸로 뒤집혔다. 지금까지의 상정은 아무런 의미도 갖지 못한다. 모든 것이 제로가 되었다.

야나기 선배는 아무 말 없이 그저 멀리서 우리 쪽을 보더니 고개를 숙이고 자리를 떴다.

타치바나의 상황은 크게 변할지도 모른다.

하지만 옆에서 바라본 타치바나의 표정은, 당사자임에도 고요했다.

"나, 이러면 된 걸지도 몰라."

"왜?"

"이제 아무한테도 거짓말 안 해도 되니까. 좋아한다는 감정을 숨기지 않아도 되니까."

결국, 타치바나가 무리하게 한 건 나였다. 본래의 타치바나에게 맞지 않는 일을 시키고 말았다. 그 여파가 이번 파탄으로 이어진 것이다.

"다른 사람에게 상처를 주고 말았어……."

"나도야."

"뒤에서 손가락질당하더라도 아무 말도 못 하겠는걸."

그렇다면 그런대로 상관없어, 하고 타치바나가 말했다.

"그렇게 되더라도 어쩔 수 없다고 생각했으니까."

"타치바나는 조금 파멸적인걸."

"그럴지도 몰라."

타치바나는 추운 듯이 목도리를 턱까지 올렸다.

윤기 나는 검은 머리와 밤의 어둠 속에 떠오르는 단정한 옆얼굴. 주름 하나 없는 교복 재킷과 치마.

나는 이런 상황인데도 이 완벽한 여자아이와 세상에 단둘이 된 듯한 기분이 들어 감상에 젖고 말았다. 취하고 말았다.

그러나 이렇게나 크게 다른 이를 상처 준 뒤라 우리는 어쩔 줄을 몰라서 그저 나란히 걸을 수밖에 없었다.

내가 쥘 수 있는 것은 타치바나의 손뿐이었고 아마 타치바나가 쥘 수 있는 손도 내 손뿐이었다.

왠지 모든 것이 끝을 향해 속도를 높여가는 것처럼 느껴졌다.

"시로."

역 앞 광장까지 와서 타치바나가 걸음을 멈췄다.

차가운 시선 끝에는 한 여자아이가 있었다.

하야사카였다.

이쪽으로 다가와 우리 앞까지 찾아왔다.

"키리시마……타치바나……."

주저하는 표정에 사양하는 듯한 분위기로 말했다.

"둘이, 그런 거 하고 있었구나……. 내가 모르는 곳에서, 계속 해왔던 거지……."

미안해, 하고 내가 말했다.

하야사카는 깊은 상처를 입어 화를 내거나 슬퍼하리라 생각했다.

그러나 고개를 든 하야사카의 표정은 그 무엇도 아니었다.

어딘가 부끄러운 듯이, 쑥스러워하며 말했다.

"있지, 반씩 나누자."

"뭐?"

"……키리시마한테 말한 거 아냐."

"앗, 네."

죄송합니다.

하야사카는 "있지, 타치바나." 하고 말을 걸었다.

그리고는 어린아이가 자신도 놀이에 끼워달라고 조르는 것 같은 얼굴로 말했다.

　"키리시마를 나랑 타치바나가 공유하는 거야. 안 될……까?"

　당연히 안 된다고 나는 생각했다. 하야사카가 하는 말은 즉 한 남자를 두 여자가 공유하자는 것이었다. 그것에 내 의사는 전혀 상관없는 분위기였고 불건전하다거나 그런 차원을 완전히 벗어난 데다, 애당초 그것이 어떤 관계가 될지 상상도 가지 않았다.
　그러나 타치바나는 몇 초 침묵한 뒤 말했다.

　"좋아. 우리끼리 시로를 공유하자."

후기

독자 여러분 안녕하세요, 작가인 니시 죠요입니다.

이 책을 구매해주셔서 진심으로 감사드립니다.

2권에서는 타치바나가 활약했죠. 글을 쓰며 대단한 여자애구나, 하고 생각했습니다.

문 너머로 키리시마의 등을 차거나 개 목걸이를 하고 개가 되거나.

물론 하야사카도 매력적이었습니다. 귀엽고 얀데레인 것이다가 아니라, 부실에서 타치바나와 말다툼을 벌이는 장면에선 팽팽한 분위기를 펼쳤죠. 작가도 쓰면서 긴장했습니다.

앞으로 그들은 어떻게 될까요?

이야기의 향방은 그들의 마음을 따라 움직이기에 작가도 아직 알 수 없습니다.

하야사카가 갸륵하게 애를 쓸지도 모르고 더 망가질지도 모릅니다. 야나기도 이렇게 됐으니 그저 착하기만 한 사람으론 있을 수 없을 겁니다.

어찌 됐든 착한 아이가 하는 연애는 되지 않겠죠.

세간은 그것을 불순, 불건전이라고 부를지도 모릅니다.

여담으로 작중에서도 이 말을 쓰고 있는데요. 그럼 진짜로 그들이 불순하고 불건전하냐 묻는다면, 그렇다고 잘라 말할 수는 없으리라 봅니다.

아마도 키리시마는 연애를 과도하게 아름다운 것이라 찬미하는 순애 환상을 더 불성실하다고 여기고 있을 겁니다. 왜냐하면 사람의 마음은 천차만별, 천변만화이며 하나의 가치관과 양식으로 정형화할 수 없기 때문입니다. 순애라는 건 자의식이 취하기 쉬운 하나의 이데올로기이며 마음이 이를 자각한다면 취기에서 깨어나 그 레일을 벗어날 수 있을 것이다, 극단적으로 표현하면 이런 얘기가 되겠죠.

하야사카와 타치바나도 진심으로 감정을 마주하고 있으므로 저도 모르게 패턴화된 연애를 할 일은 없습니다. 세간의 이미지보다도 자신의 올곧은 마음 그대로 행동합니다.

진심이기에 그들의 사랑은 세간이 장려하는 사랑의 형태와 일치하지 않습니다.

그렇게 생각하면 그들의 이야기야말로 진짜 순애 같지 않나요?

개가 되거나 하는 점은 변명할 여지가 없지만요.

아무튼 이런 순수함과 불순함이 뒤섞여 이 이야기를 구성하고 있다고 생각합니다.

그러면 이제 감사 인사입니다.

담당 편집자님, 전격 문고 여러분, 교열 담당자님, 디자이너님, 책을 진열해주신 서점 여러분, 특전을 끼워 주시는 직원 여러분, 이 책에 관여해주신 모든 분께 감사드립니다.

Re타케 선생님, 1권에 이어 멋진 일러스트를 그려주셔서 감사합니다. 하야사카와 타치바나가 모두 생동감 넘치는 캐릭터로 살아 움직이는 것은 무엇보다도 Re타케 선생님의 일러스트 덕분입니다. 일러스트를 담당해주셔서 정말로 다행입니다. 앞으로도 함께 이 작품을 흥행시켜 나갑시다!

마지막으로 독자 여러분께 거듭 진심으로 감사드립니다. 그들의 이야기에 앞으로 한동안 어울려주신다면 감사하겠습니다!

니시 죠요

나는 두 번째 여친이라도 괜찮아 2

2023년 08월 25일 제1판 인쇄
2023년 11월 10일 2쇄 발행

지음 니시 죠요
일러스트 ReBEST

발행 영상출판미디어(주)
등록번호 제 2002-000003호
주소 07551 서울특별시 강서구 양천로 570 NH서울타워 19층
대표전화 02-2013-56653

ISBN 979-11-380-3244-5
ISBN 979-11-380-2961-2 (세트)

WATASHI, NIBAMME NO KANOJO DE IIKARA. Vol.2
©Joyo Nishi 2022
Edited by 전격문고
First published in Japan in 2022 by KADOKAWA CORPORATION, Tokyo.
Korean translation rights arranged with KADOKAWA CORPORATION, Tokyo.
through Korea Copyright Center inc.

노블엔진(NOVEL ENGINE)은 영상출판미디어(주)의 라이트노벨 및 관련서적 브랜드입니다.

아가씨 돌보기

영애들이 다니는 명문 학교에서
제일가는 아가씨(생활력 없음)를 남몰래 돕는
시중 담당이 되었습니다

1~3

◆

남자 고등학생 '토모나리 이츠키'는 유괴 사건에 말려들었다가 국내에서 손꼽히는 재벌 가문의 아가씨인 '코노하나 히나코'의 시중을 들게 되었다.

겉으로는 뭐든지 잘하는 히나코 아가씨. 하지만 그 정체는 혼자서는 일상에서 아무것도 못할 정도로 생활력이 없고 나태한 여자애. 그러나 히나코는 집안의 체면상 학교에서는 '완벽한 숙녀'를 연기해야만 한다. 그런 히나코를 지키고 싶은 마음에 하나부터 열까지 지극 정성으로 모시는 이츠키. 마침내 히나코도 그런 이츠키에게 몸과 마음을 의지하는데……

어리광 만점! 생활력 빵점?!
완벽한(?) 아가씨와 함께하는 러브 코미디!

사카이시 유사쿠 지음 | **미와베 사쿠라** 일러스트 | **2023년 7월 제3권 출간**
청춘의 상상, 시동을 걸어라!

언제나 쌀쌀맞게 구는 소꿉친구지만 나를 짝사랑하는 속마음이 다 들려서 귀여워

1~3

《오늘이야말로 코우에게 고백하는 거야!》

딱히 인기가 많은 것도 아닌 남고생 니타케 코우타에게 느닷없이 들리게 된 목소리. 그건 언제나 코우타에게 쌀쌀맞은 태도를 보이는 소꿉친구 유메미가사키 아야노의 속마음이었다! 아야노가 자신에게 홀딱 빠졌다는 것을 전혀 몰랐던 코우타였지만──.

《사실은 코우가 말을 걸었으면 했어……》

느닷없이 훤히 들리게 된 '속마음'에 아야노를 의식하기 시작한 코우타.
그러나 '속마음'의 뜻밖의 부작용을 알게 되는데──?!

© Rokumasu Rokurouta / HOBBY JAPAN

로쿠마스 로쿠로타 지음 | bun150 일러스트 | 2023년 8월 제3권 출간
청춘의 상상, 시동을 걸어라!

문제아와 모범생, 정반대인 두 사람의
솔직해지지 못하는 사랑 이야기

타인을 거부하는
무뚝뚝한 여자를 설교했더니
엄청 달라붙는다
1~2

◆

교사들의 신뢰가 두터운 반 대표 오오쿠스 나오야는 반에서 겉도는 문제아 에나미 리사를 진로 면담에 출석시키라는 난제를 억지로 부탁받았다. 의무감에 말을 걸기는 했으나 에나미의 완고한 태도에 자신의 옛날 모습을 겹쳐보고 무심코 설교를 퍼붓고 마는 오오쿠스.

하지만 무슨 일인지 그날 이후로 에나미는 오오쿠스를 기다리면서 함께 가자고 들러붙게 되는데──.

"관심이 있어서. 너에 대해 알고 싶어."

타인에 대한 불신으로 똘똘 뭉친 미소녀 에나미가 마음을 열었다며 주위가 놀라는 가운데, 오오쿠스와 에나미의 어색한 교류가 시작된다.

 무코하라 산키치 지음 | 이치카와 하루 일러스트 | 2023년 5월 제2권 출간
청춘의 상상, 시동을 걸어라!

패배 히로인이 너무 많아!

1~3

학급의 배경인 나, 누쿠미즈 카즈히코는 인기 많은 여자인 야나미 안나가 남자에게 차이는 모습을 목격한다.

"나를 신부로 삼아주겠다고 했으면서!"

"그거 언제 적 이야기인데?"

"네다섯 살쯤인데."

──그건 좀 아니지.

그리고 이 일을 시작으로 육상부의 야키시오 레몬, 문예부의 코마리 치카처럼 패배감이 넘치는 여자애들이 나타나는데──.

패배 히로인── 패로인들과 엮이는 수수께끼의 청춘이 지금 막을 연다

 아마모리 타키비 지음 | 이미기무루 일러스트 | 2023년 5월 제3권 출간
청춘의 상상, 시동을 걸어라!